給親愛的M&M：我永遠都會記得那些美好時光

慾望杜拜

貝琪・威克著
楊艾倫譯

晨星出版

慾望杜拜

Contents

慾望杜拜

Contents

慾望杜拜

Contents

序

*布卡下的炙熱沙慾──我的私密杜拜遊記

哇，一本書，我寫了一本滿滿都是字的書，感覺好怪啊！我有好多人要感謝……絕對不能不提的──我可愛的經紀人瑪格麗特．季，自從她瀏覽過我的手稿後，就馬不停蹄地幫我尋找最適合的出版商來處理出書事宜。當然，這家出版社就是哈伯柯林斯，裡頭經手我作品的，是人好得沒話說的珍瑞克曼，她從一開始看到我的稿就十分相信我，並一手將我介紹給世人。

還有我的編輯珍妮佛．布勞，以及親愛的家人和朋友，他們從我一開始嘗試寫作，向報紙投稿一些一文不値、歌頌天使之類的耶誕詩時，就一直支持我到現在。我要特別感謝爸媽、賽門和克莉絲汀芬恩女士，她是我中學的英文老師，她不但總是給我A＋，而且每次我因爲太愚鈍被數學老師趕出教室時，她都會好心地提供地方讓我躲。我沒有寵物可以感謝，不知爲何，牠們總是因爲我而離奇死亡（很抱歉讓你在兔籠裡凍死，小菲佛）。另外我還要向倫敦的lastminute.com網站致上我最大的謝意，這眞的是我做過最棒的工作，他們就是我讓沉淪於部落格分享的主因。沒有你們的支持和鼓勵，我一定無法拋下靠舌燦蓮花過活的安逸工作，毅然決然地前往杜拜冒險。但你們也可能只是爲了擺脫我才送我去的，是嗎？

當然，千謝萬謝，杜拜一定得謝，我在那裡學到了許多，我學到了旺盛野心好的一面、學會追逐夢想、也學到了有時候，即使你千百個不願意，事情就是該結束了。

給我在杜拜遇到的人──你們成就了我的故事，你們應該很清楚知道我指的是誰，謝謝你們。你們之中有些我還保持聯絡，有些則沒有，但我會永遠記得我們在一起的時光，並且感激那段有你們相陪的日子。

該謝的都謝完了，最後我希望大家會喜歡我的故事，我希望能以最忠於記憶的方式，將杜拜原汁原味呈現給大家。杜拜，是一個我仍時常談起、讀起、憶起的國度，雖然我離開時，是一個略被寵壞、略感厭煩、自我放逐的人，但我在那裡的日子是我人生的轉捩點。即使我不寫這本書，我在杜拜的回憶仍會在我腦中縈繞不去，我依然認定杜拜是世界上最有影響力、蓬勃繁盛、最風格獨具的城市之一。

如果你還沒去過杜拜，我希望我的親身體驗，能帶給你去那裡闖蕩冒險的勇氣。如果你已經去過了，我希望那裡對你也有畢生難忘的「影響」（當然希望是好的影響），最好不是因爲你還被關在那裡的監獄。

貝琪

＊布卡Burqa：回教女性的全身罩袍，包括面罩，讓女性在公共場合中穿著。

前言

踏入瘋狂世界

命運之神敲門的那一天，我走在六線道的高速公路路肩，頂著四十五度C的艷陽，汗水沿著耳朵、眉毛、肚臍奔流而下，我心想：「再撐幾個月，再撐幾個月就好。」沿途盡是拒絕載客的計程車，悶熱難耐的空氣浸濕了我的內搭褲，害我整個人看起來像個喝酒喝到茫、隨時都有可能尿褲子的青少年，而不是來自倫敦的時尚女人。下班後從辦公室走回家。我抬頭望著公路旁巨大的看板，上面畫著無所不在，騎在一頭高大的白馬上的大族長，神聖無邊的光芒籠罩著整條公路。

我用袖子擦了擦臉上的汗水，旁邊一台超速的藍寶堅尼奔馳而過，我繼續告訴自己：「再撐幾個月就可以回家了，就當自己犯了一個大錯，回去後再懇求前老闆將工作（和尊嚴）還給我。」

經過兩年半、濕透無數件內搭褲後，我發現杜拜跟英國一樣，成了我的一部分。我之於杜拜，就跟獵鷹站在埃米爾酋長肩上一般天經地義，當然，這不是因為我欠了銀行一大筆債，但如果不是我那阿拉伯富翁男友幫我還債，我恐怕是免不了吃頓牢飯的。

想當年我風塵僕僕地抵達，手提著一只行李，滿腦子想著免稅美夢，而今人事已非。我所目睹的杜拜興衰之劇，恐怕比流行男孩團體從爆紅到沒落有過之而無不及，那些大勢已去的主唱們，一心以為他們能永遠對這世界予取予求。我想，住在杜拜有點像是活在一齣卡通劇裡，每件事都極盡誇張之能事，真實與虛幻間的界線也模糊了。在進入正文前，簡單的總結我在杜拜的一切，就是我已徹頭徹尾換了個人，這個改變有好有壞。原先認識我的人現在看到我言行舉止都會有點被嚇到：我對要清洗自己房間廁所這件事感到驚訝；或是發表：「一間房子如果沒有室外游泳池，或是門口上方沒有擺設鑲金的大理石假鳥，根本稱不上是一個家。」這類的言論。（其實我只講過一次，別怪我嘛！）

我也不是眞的變了很多……好啦，其實還蠻多的，但是這些改變是如此的緩慢、不自覺地根深蒂固，我直到現在美夢幻滅後，才驚覺之前的自己和現在的自己彷彿有天壤之別。

接下來的故事題材，源自我於二〇〇七到二〇〇九年間，所寫的超過六百則的日記和文章，原本這些都只是要給自己的朋友看的。這片土地是如此地激勵人心、既怪誕又新穎、如此地令人不可置信，促使我即便身處在這團渾沌之中，仍無法克制地寫下一頁又一頁的篇章。我和我的筆電，在游泳池畔、豪華公寓、和辦公室的旋轉椅相依爲命。當我厭倦了寫著一篇又一篇沒營養的公關廢言，只爲了討好杜拜的公關辦公室的時候。我發誓在時機成熟的時候，我會將杜拜的一切全盤托出。我想離開已經好一陣子了，無奈那一大筆銀行貸款，讓我身陷泥沼，哪裡都去不成。

這一切我在之前都無法做到……連一絲絲的機會都不可能！這本書是我的祕密計畫，儘管我做的是媒體傳播業，多的是機會對外張揚，能夠接觸到的大衆絕對比我網路上的小衆讀者還多。報紙上報得沸沸揚揚，我想你應該也讀過不少報導，讀過「在沙灘做愛做的事」醜聞案和那些原本功成名就的西方人，在杜拜身敗名裂、魂斷夢碎。就如同杜拜許多看似蓬勃發達的建設計畫，最後都不免落得一場空。

然而杜拜不僅於此，我看過做過更多的事情，都必須公開讓大家知道，有些事一旦被公開，那些被杜拜保護地涓滴不漏的公關鐵網，很可能會堅持要讓我鋃鐺入獄，讓我跟其他「罪大惡極」的罪犯關在一起，當然，「罪大惡極」的定義包含未婚懷孕、在酒吧外（而非裡面）喝酒或是不小心跳票。

這個豎立在沙漠中的城市，裡頭有著我高攀不起的升遷階梯，但我也在這城市中，學會在沙漠裡滑雪、在人造棕梠樹下跨年，以及在五星級的奢華香檳派對中醉眼矇朧的度過我的生日。我曾住過伊朗投資狂人的豪華別墅、在這片「腥羶色穩賠」之地，當過名人八卦報的編輯、被拋進瘋狂的廣告世界、站在黎巴嫩黑手黨的旁邊。我曾被富可敵國的阿拉伯男人半脅持著環遊世界，他愛我愛得無法自拔，說只要我每次離開他身邊，他的世界便分崩離析。我日換星移的生活方式，使我幾乎交不到什麼朋友，更別說要去臉書上加入好友了。

現在想起來，這地方直到最近才有比較像樣的大眾交通工具（因為正式啓用了捷運）。我學到了集三千寵愛於一身的眞諦，也自此改變了我的人生。

說到此，讓我們回到這一切的開始。

請開始想像，二〇〇七年的夏天……

慾望
杜拜

前往杜拜的行李箱

眼看就要早上六點了，我已經醒了好幾個小時，嘴裡還殘留晚餐時吃的凱薩沙拉的怪味道，我想今天一整天都得嚼口香糖了。現在我腦海中塞滿了日常生活的瑣碎小事，像是要確定住屋稅已經退掉、該怎麼把[1]馬麥醬打包運走。我聽說杜拜的海關管得很嚴，很多大家覺得無所謂的東西都不能帶入境，而且真的入關後，還有一堆規定得遵守。我在媽來之前，先把所有的衣服都仔細地抖了抖，確定沒有一絲大麻煙草的蹤跡，希望自己不會有麻煩才好。

爸媽幫我多帶了好幾個行李箱來公寓，這樣我比較好決定要帶哪一個去杜拜。我發現我的衣服多到不像話，雖然發誓新工作才剛開始，決不血拼，但昨天馬上在[2]TopShop敗了一件洋裝，理由是，「因爲立刻就要飛往紙醉金迷的奢華杜拜，所以非常非常需要一件好洋裝」，而且還是紅色的。

我打包完後要在希斯羅機場和史黛西碰面，史黛西和我都被同一家出版社錄用，職銜是「旅遊副編輯」。我前幾天才跟她第一次見面，我們約在柯芬園的一家酒吧，另一個在杜拜工作的英籍員工透過臉書介紹我們認識。我們對於即將於杜拜展開的新職務都感到雀躍不已，因爲如果我們決定待在倫敦，可能連個「副」什麼的職銜邊都沾不上。史黛西大學剛畢業，是曼徹斯特人，雖然我只比她大幾歲，也比她在職場裡待得久、職位也比較高，但是因爲杜拜目前英文作家缺得兇，所以她毫不費力地就攀到跟我一樣高的位階。不過也有可能是因為我都這個歲數了還很混，在業界定位不清等等，反正，都到這個節骨眼了，我什麼都不在乎。

一切都發生地很快，一個月前才在倫敦書展遇到出版社的大老闆，現在卻準備將倫敦的細軟都塞進行李箱裡。史黛西那天聊天時還承認，剛開始她壓根不曉得申請到的工作是在杜拜，只是很開心有個「副」什麼頭銜的面試，所以根本也沒留意其他的職務細節。她說她就坐在未來老闆的對面，心想為什麼這位金髮陌生女子盡講些有關中東的事情！

露西等會就醒了，我得跟這位同居兩年的室友說再見，甚至還有點希望她不要醒來，因為我怕我會潰堤。我真的是個很不善告別的人，同事們應該對我昨晚得連乾五杯威士忌才情緒潰堤的表現，感到有些不滿。但整體來說，我還是滿高興這次的決定，我喜歡讓自己堅強一點，因為如果不這樣的話，我就會開始認真思考為什麼自己要失心瘋地搬到中東去。

露西前幾天才提醒我，她在一年前左右，也申請了一份在杜拜的工作，還被我大肆嘲弄一番，說什麼她會變成一個「信箱」，從頭到尾都被黑布包起來。很明顯地，這是因為我這個自私鬼不願意讓她離開我，而她也因此決定不去。現在輪到我要去了，而即使我不能把人生中珍愛的事物通通裝箱帶走，我還是決定要出發。

---

1 Marmite 英國人愛吃的醬料，為酵母發酵醬，味道特殊素有「love it or hate it」之稱。
2 Topshop，英國知名平民時裝連鎖店。

用杜拜的速度旅行

首先我要發難的是：杜拜的網路也太慢了吧！傳輸速度跟駱駝走路的速度一樣慢，即使在辦公室也一樣。有些網站根本看不到，有些影片還有「封鎖」兩個大字顯示在螢幕上，這兩個字的字體之大、顯示速度之快，讓我有如看到有關當局猛地現身、帶著鄙夷的眼神往我頭上就是一棒。我又不是要看什麼見不得人的網站，只是想要登入我勤奮經營兩年的網誌。我不知道是公司還是這個國家刻意阻撓，但是要我就此停止在網誌發文是不可能的，因爲我多采多姿的生活才正要開始呢。

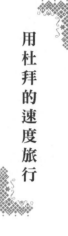

除此之外，我在杜拜工作的第一個禮拜，目前爲止都還算順利——每天花上一個小時車程去上班，百分之九十坐在被車陣堵住的計程車上無助地繞著手指，剩下的百分之十花在跟司機解釋該怎麼去公司（即便自己也不大曉得）。史黛西和我很快便發現，杜拜的馬路可說是日換星移，變化之快連司機都沒輒，不曉得昨天開得那條今天是否還存在。每一趟車程都是一次冒險，在這裡，如果沒有全球定位系統，用Google衛星從空中俯瞰地面，看起來就像小孩捏的沙堡，被某個無賴用鐵棒砸個稀巴爛一樣。

外面也很熱，悶熱的程度就像你將家用烤箱安裝在衣櫥裡一樣，將溫度調到三百度，然後你坐在衣櫥裡，戴著包住頭、耳和脖子的巴拉克拉法帽，一邊喝著熱湯一樣熱。不僅熱而且很潮濕，我跟史黛西從車上下來，腳才剛落地，墨鏡立刻霧茫茫一片。我們笨拙而慌亂地行進，希望不會被車子撞到，同時希望可以吹來一陣微風，但當眞的有風吹來時，又好像有人拿著吹風機朝著你臉狂吹一樣。

別人告訴我們，這一切只會更糟，但現在我們眞的不願意再想下去了。平日溫度通常高達四十幾度，若在七月、八月和九月，還可以飆升至五十度。老實說，現在眞的覺得自己是個傻子。在倫敦的時候，忙著買紅色洋裝和酵母發酵醬，卻壓根沒有想到要先確認杜拜的天氣。我們現在來的還眞不是時候，我還穿著一副倫敦客的樣子，內搭褲配上長筒雪靴，從倫敦的時尚東區踏著輕盈腳步步入辦公室的樣子，只是這裡不是東區而是中東，我們辦公室座落的村莊叫做卡拉瑪。我畢生從來沒流過這麼多汗。

不過，這邊的人似乎也不敢外出，來的第一天早上，我們本來還打算從住所走路去上班，依地圖研判，大概只要走個二十分鐘就會到。但知道我們要走路去的當地人，全都擺出困惑的表情，特別是飯店樓下那名女士，搖頭幅度和頻率之大，害我差點以爲她癲癇發作。

她警告我們：「在杜拜不能在室外走路。」看來她是對的。你應該坐進有冷氣空調的車裡，被堵在車陣中大概有一輩子那麼久，即便車子轉了個彎便抵達目的地。海蒂說有時候，坐在你隔壁的人會狠狠地瞪著你，瞪到你快瘋掉、快哭出來，這時候你才發現，這一切只是因爲你的膝蓋露了出來。

這間飯店裡的公寓房間很好，我跟史黛西一人一間，但是因爲我在這裡的房間，是我和露西在倫敦那間舊公寓的三倍大，我們決定住在一起，比較不會寂寞。我通常不是想家的那種人，但是在這種非常狀況，有個知己比什麼都還重要。與露西告別，一如我想像中的困難，我不知道自己是否能再見她一面，雖然與她相隔只有幾個小時的時區，也可以用現代的科技即時通話（如果這些科技眞的能派上用場的話），這裡其實跟家鄉也沒什麼不同。然而，這裡也沒有我想像中的現代化，沒有什麼特別繁華或特別之處，我之前從別人口中聽到的，都是在誇耀杜拜有多麼奢華享受，但是想想，我們來了以後也沒去過什麼地方，搞不好在卡拉瑪看到的不算「眞的」杜拜。

這裡的每個人都曬得很黑，海蒂第一天在飯店與我們會面時，我們仍受時差之苦，狀況不大好，兩眼無神地看著計程車在外頭街道一吋一吋緩慢移動，想盡辦法穿越車陣。白天看到海蒂時，發現她的膚色是赤褐色還帶點橘，整個人看起來氣色很健康，每次你要讚美那種小麥膚色時，頭裡就會有個聲音大喊：快速老化！皺紋！

在臉書上通信往返那麼多次後，終於看到了海蒂。她住在沙特瓦的一個大農莊裡，那裡算是老城區，有些路還鋪上人行道，還有小於六線道的道路。我們抵達她家的時候，女傭剛好要離開。海蒂驕傲地展示那些洗過、燙過、並且整齊掛好的衣服，並且宣告她打從搬進來後，就再也沒有做過以上的家事了。史黛西和我吃驚到下巴幾乎同時掉下來，之前我和露西住的公寓，到處都是髒衣服，堆疊得到處都是，部分家具一直都在掩蓋狀態，直到我內褲不夠穿終於決定要洗衣服時，才重見光明。

到公司提供給我們的飯店租約到期之後，史黛西和我決定要一起去找公寓。這裡的房租高得驚人，比在倫敦市中心分租房子所付的還貴，我們打算一起同住分擔費用，這樣會比較便宜。

我正在打網誌的同時，有個人過來跟我說，我「再也」無法再刊登網誌了。這個念頭讓我怪不舒服，後來發現，在這裡知名度高的網誌，就和其他如色情或網路交友／約會網站一樣，屬於抒發個人意見性質網站，都被杜拜列爲禁止項目之一，臉書則不在列禁範圍內，所以我只好回歸到我的藍白日記本。我現在就能告訴你，要習慣杜拜的速度，還眞不是件容易的事。

消失的巴卡第蘭姆酒

我和史黛西空降在杜拜的黑洞區——安靜的老城區，彷彿還停留在十九世紀。我們來之前讀到的那些紙醉金迷、繁華如織的夜生活，盡在遙不可及的高速公路另一端。來了之後，我們的例行路線，就是「飯店公寓——辦公室——熱得不像話的回家路程」所以什麼東西也沒看到。

今晚，我多麼想在飯店裡好好地喝上一杯透心涼的啤酒，但是這裡連間酒吧也沒有。在杜拜，沒有販酒執照的地方是不賣酒的，我們飯店週遭也沒其他飯店。從前那些跑到地下私營酒廠買瓶便宜的葡萄酒，或買罐清涼的啤酒的日子已不復見，我和史黛西現在才在懊悔過去不知惜福，可惜爲時已晚。

我們成天坐在辦公室的電腦桌前，寄送電郵給對方，抱怨在這裡的工作（單調、無趣、連個像樣的「副編輯」該做的任務都沒有），史黛西和我開始動我挾帶在化妝包裡迷你版巴卡第蘭姆酒的歪腦筋，這瓶酒從二〇〇四年起就放在我公寓的窗邊。當初要打包時，就是因爲捨不得離開它，就順便帶來了。

期待已久的時間終於來臨，我們迫不及待地要大開酒戒，將蘭姆酒倒出來，混在柳橙汁裡一起飲用。但是！你絕對不會相信，當我們回家後找了又找，那瓶迷你巴卡第蘭姆酒竟然不見了。它莫名奇妙地失蹤了，我發誓今天早上才看到它的，我把它放在床對面的電視旁邊，緊鄰著露西從德國帶回來給我的噁心洋茴香酒精飲料，但是當我伸手要去拿它時，發現它不見了。

一定是女傭偷走的，這是我能想到的唯一解釋。她沒拿走那瓶洋茴香酒精飲料，一定是因爲她以爲那是什麼邪惡的藥水，但是我美麗的巴卡第，她竟然暗槓我的寶貝，一定是準備要在四下無人的時候在後門暗巷偷喝，不然就是拿去換了一大筆[1]迪拉姆幣，我的巴卡第蘭姆酒在黑市裡被當成珍寶，我太傷心了！

至少它去了一個幸福的地方，我只能如此心想。至少它現在被當成寶物在珍藏，而不是被我們一口飲盡，只爲了貪享那瞬間的酊酪歡愉。史黛西和我又過了一個清醒的夜晚，但是，我也不用太難過，畢竟那女傭沒有拿走我的筆電。

1 阿拉伯聯合大公國貨幣單位。

大家都知道你是誰

昨晚我和史黛西坐計程車到環境比較清幽的地方——靠近杜拜的碼頭旁。那地方是個停放著起重機的工地，剛好可以俯瞰水域，這片水域是有錢人停放私有遊艇的地方，附近是這些人的住宅區。我們的旅遊手冊指出，在米納薩亞海濱海飯店的後方，有一處雞尾酒愛好者的天堂。我們下了車，站在那裡對著一片燈火閃爍的夜景讚嘆，其中有一條閃耀著光芒的道路，指引著我們這兩位急著喝一杯的英國佬，前往沉淪的伊甸園。

巴拉斯提酒吧位於海灘與飯店之間，裡面有兩座游泳池、棕櫚樹、沙灘、還有一列架在整齊草皮躺椅，讓你能躺下放鬆。即使在冬季這種比較冷的月份，這裡依舊十分悶熱，昨晚我們站在外頭，即便是擦了多芬止汗劑，都還免不了汗水淋漓。

在前往廁所的途中，我們經過了兩位傻傻地坐在酒吧外頭的商務人士，這兩個人汗如雨下，全身衣服都濕透了。接近半夜的時刻，這兩人不僅醉得癱在酒吧上，其中一個人還濕得像是穿著身上這套服裝，直接衝進游泳池一樣濕。而且就像辛普森影集裡荷馬的朋友一樣，口齒不清、步履蹣跚，當然，魅力指數也急速下滑，吸引力值趨近於零。

我們在酒吧裡認識了[1]M&M，他是個掛著開朗笑容的大好人。我在倫敦的同事的朋友介紹了我們認識，M&M也介紹了他可愛的同事們給我們認識。我們就這樣坐在風扇底下，喝著一輪又一輪的可樂娜啤酒聊天。我儘量不去想背後冒起的汗珠不斷地滑下，浸溼在我新買的紅洋裝上，專心注意在此地竟然不需要女生暗示就有人會不斷地買酒請客的事實，這在倫敦絕不可能發生，至少在我的社交圈裡絕不可能！要一個陌生男子請你喝酒，要不就是他已經醉了，要不就是現在是買一送一時間，你手上那瓶啤酒根本花不到他一鎊的錢。

昨晚在巴拉斯提酒吧可沒有買一送一，我立刻對這位有威望又慷慨的男人產生好感，雖然這一切對我而言十分陌生，但這男人顯然在這個我一無所知的世界裡有著一席之地。他談笑風生，告訴我們關於他工作上的趣聞軼事，逗得我們哈哈大笑（他非常幽默！）我和史黛西也告訴他們，我們至今在杜拜的生活點滴。

還有另一件事值得一提，昨晚我們第一次在杜拜遇到一批[2]外放豬頭——這群男人在聊天之中三不五時提到他們賺得錢有多少。還提出了自以爲吸引人的邀約，說他們買了兩瓶非常昂貴的酒，要我們去他們屋頂上的浴缸一同飲用，我和史黛西回絕他們時，他們還惱羞成怒，最後氣呼呼地離開酒吧。

M&M心情很好，他送我們上計程車時，我心裡還想他眞是個有氣度的紳士，他還保證一定會很快再約出來見面，我希望他不是說說而已。感謝老天，這地方還是有好男人的。如果沒有在

1 現在回想起來，這是我第一次遇見M&M，你們之後會知道更多有關他的事。你們很快就會知道為什麼我把他叫做M&M（唉！）

2 自各國派遣來到杜拜的人。

巴拉斯提遇見他，我一定會對當地男人很失望。

眞是個很棒的夜晚，看著杜拜帆船酒店在夜色裡閃爍的瑰麗的色彩，我突然對杜拜感到一絲的期待和興奮。雖然花了好些時間才習慣，不過我想我應該會愛上這個地方。

艱辛的長途跋涉和折磨

晚上下班後要招到計程車的機率幾乎微乎其微，而且每一天都愈來愈難。我聽說來自世界各國的移民一批批地湧進此地，造成街道馬路壅塞，房租不斷上漲，還有傳言說稅率可能調漲。我不認識這群人，但他們應該爲自己的行爲感到羞恥，正是因爲他們，史黛西和我連台計程車都叫不到，愛情和麵包也都落空。

也許因爲計程車司機跟我們熟了，所以每天都故意要開經這裡，停在對街看著我們汗水淋漓、揮手揮到灰心喪志的慘樣。我覺得我們就好像那種路旁的巨大人型廣告看板，只不過我們會動而已。

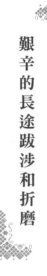

小孩子一定很愛我們，小穆罕默德大叫：「爸，你看！又是那兩個濕淋淋的女生。」他爸爸皺起眉頭，認爲孩子還那麼小就在講這種事很不妥當。然後透過他頂級保時捷Carrera GT限量車款的後照鏡看到我們無助地揮動手臂，輕聲地嘆了一口氣。

也許其他坐在計程車裡的乘客看到我們，也可能一時慈悲心，想叫司機掉頭回來讓我們搭便車，但轉念一想，覺得我們兩個身上狂噴的汗水，可能會沾染到他們，毀了他們美好的一天，就打消了念頭。我必須說，自從搬到這裡後，我從沒有一天覺得自己身體很乾淨。史黛西和我晚上回去前都會到一家有冷氣的折扣服飾店，我們一邊看著各種系列的時下流行阿拉伯服飾，一邊發出嗯～啊～之類的讚嘆聲，然後什麼也沒買便走出店外。

我想店員小姐現在應該覺得我們很可疑，而且開始認得我們，我想沒多久我們勢必得買點什麼東西才行。但是這倒無所謂，因爲每樣東西都只有二十五元迪拉姆幣，折合英鎊約四鎊，就算是繳交吹冷氣費吧。如果眞的要買條回教寬鬆長褲，上面還有可分離式肚環，也沒關係。反正我們也別無選擇，每次走到這家有空調的店時，早就熱到快暴斃了。

這時候就不得不提另一件事：這裡的工人。這座城市想要每個人都認爲杜拜擁有直聳天際的高樓和向沙漠擴展爭地的偉大建設，都是由酋長穆罕默德所蓋的，這個男人的臉在路旁大型看板隨處可見，可說是無人不知無人不曉。在美國，這些肖像式廣告通常放的是那些瘋狂靈媒或有複姓的律師。然而在杜拜，他有個家喻戶曉的頭銜叫「王子殿下，杜拜統治者暨阿拉伯聯合大公國之總理兼副主席——穆罕默德．阿勒．瑪克圖姆」。

雖然說得他好像有什麼豐功偉業，但其實他什麼也沒蓋。建造這些建築的人，是那些一天到晚站在路旁的工人。每次看到他們我都於心不忍，他們的工作時數長得不像話，每天下班後穿著工作服排成一列像是委靡不振的「藍綠色小矮人」，等著上那些搖晃顛簸的公車。他們一整天都頂著烈日作工，抬重物、焊接、敲敲打打，還要在連機長看到都會暈到吐出來的高度工作。我聽說他們有些人住在工作營裡睡通鋪，因爲他們是輪班制，所以對雇主來說這樣比較符合經濟效益。

我的同事跟我說，他們有些人一抵達這裡護照就被拿走，很多人是被騙來這裡的，人蛇集團跟他們保證，來這裡，可以賺到在家鄉一輩子都不可能賺到的夢幻高薪（大多來自孟加拉或印度）。但他們來到此地後卻被告知，等等，你們的薪水其實比想像中的低很多，而且你們去工作的時候，床要給別人睡，抱歉囉！

他們像奴隸一樣工作，也回不了家，因爲很多人都賣掉自己的土地，來貸款支付工作簽證費用。這紙杜拜的工作簽證被視爲前往天堂樂土的通行證。如果他們打算離開，就會被關進監獄裡，除非能先把債務償清，但是他們做不到，因爲這裡的工資實在低得可憐，我聽說這類沒良心的建築公司都是國營的。如果這些工人想要說出自己不平的遭遇，就會被人勒令閉嘴。這裡也沒有人權法令保護他們的權益，因爲有這些法令，就根本賺不到錢。杜拜變相鼓勵奴隸制度，你光是看著他們你就會知道……我知道這一切錯得離譜，但我卻沒有勇氣再看下去。

晚上六點，外頭溫度高達三十八度，我們下班正準備前往回家的路，外頭黑漆漆的，讓人煩躁不安，但這一切只是這些工人必須忍受的一小部分，爲的是賺取那糊口的微薄薪資，也是因爲他們，這個夢幻城市被一點一滴建造而成。眞的糟透了，但我卻避開了眼光，因爲我知道如果我再繼續看下去或想下去，我會有罪惡感。

雖然回家路途讓人難以忍受，但走到烏渣比路的半路我們的注意力總會被轉移到一位騎著馬的巨大阿拉伯人——印在巨型看板上。我想，他應該是那位頭銜很長的穆罕默德的其中一位兄弟，而且所占篇幅廣大，通常都是Nike或可口可樂才有財力買得下那麼値錢的廣告版面，我從沒見過這種行頭，而且晚上還會亮燈。這一定要花上不少錢吧，頭巾下的他露齒而笑，雙腿緊緊地夾住他的野馬坐騎。當然，我的意思不是說這位令人好奇的公路騎士，本身有什麼隱喻還是暗示

1 在電影巧克力冒險工廠（Charlie and the Chocolate Factory）裡工作的藍綠色小矮人。

什麼，但是他眞的讓交通停下來，至少讓我們這種搭11號公車的人停住。

換個角度想好了，我上一份工作下班後回家路上，能遇到最有趣的事就是貝斯納爾綠線地鐵站外面的板凳上，有個流浪漢在打手槍。

英國午休時間v.s.杜拜午休時間

可以確定的是，我的生活和日常習慣，和幾個月前甚至幾個星期前相比，改變了很多。露西寄email給我，問我變成「信箱」了沒。老實說，我對自己的衣著沒什麼好說的，我穿過的每件衣服都被汗浸濕到擰出水來。我現在覺得食物的話題還比較有趣，因此我製作了以下的步驟指南，以表示原本一成不變的舊習慣，會因爲你的居住地點而劇烈改變。

倫敦的午餐時間

步驟一：搭電梯離開辦公室，走出辦公大樓。

步驟二：馬上起雞皮疙瘩，雙手交叉在胸前，發出高分貝的顫抖音，以表達天氣有多麼糟。

步驟三：走／跑到附近最近的商家餐廳，找尋各種已料理好、即食的東西吃。

步驟四：瞪著週遭那些比我有錢的穿西裝男人。

步驟五：瀏覽菜單上各種選擇：三明治、沙拉、壽司、漢堡、薯條、乳蛋餅、中式料理、印度料理、泰式料理等，然後進行選購。

步驟六：前往TopShop／Zara／桑斯博里超級市場／New Look／Accessorize配件等店去血拼。

步驟七：瞪著週遭那些比我有錢的穿西裝男人
步驟八：信用卡又不小心刷太多，因爲太好用了。
步驟九：瞪著週遭那些比我有錢的穿西裝男人。
步驟十：返回辦公室食用盛裝精緻的美味午餐。

杜拜的午餐時間

步驟一：搭電梯離開辦公室，走到辦公室外的停車場，開始躲避以高速行駛、蓋滿沙塵的車輛。
步驟二：立刻滿頭大汗，手臂開始揮舞搧風，腋下不爭氣地濕了一大塊。
步驟三：朝著四線道機車道走去，立刻曬黑。
步驟四：瞪著週遭那些比我有錢的阿拉伯人。
步驟五：站在十字路口二十五分鐘，不知道這一整排家具店之中會不會有一兩家賣吃的，這些家具店的前身是一片荒蕪的沙丘。
步驟六：橫越機車道，發現沒有任何賣吃的地方，除了極少數幾間像是荒廢的31冰淇淋店和已經關門大吉的印度餐廳。
步驟七：瞪著週遭那些比我有錢的阿拉伯人。
步驟八：什麼錢也沒花到，因爲沒有銀行帳戶，也不需要家具店裡深紅色印著駱駝圖案的躺椅。

步驟九：瞪著週遭那些比我有錢的阿拉伯人。

步驟十：返回辦公室的陸上，差點被四輪傳動沙漠吉普車撞上，在辦公室吃著昨天剩下的起士條。

我想以上就是兩處差異的總結。

停車場奇遇

坐在我對面的美國人聽到我們午休時陷入由家具店和地毯店所組成的迷宮，找不到吃的東西，他於是好心地告訴我，樓下有賣「世界上最好吃的印度三角餅」，一個只要一迪拉姆元，這在倫敦幾乎是免費的同義詞，總之就是很便宜。

史黛西和我懷著希望地搭了「狹縫」電梯下樓。狹縫電梯，是全中東最慢的電梯，這種電梯即使沒人進出也還是每樓都停，如果真的有人要進來，也總是在最後一刻。所以每次電梯門關到一半，剩下一條狹縫時，就會有人伸手進來，電梯門就又會打開，伸進來的那隻手總是在空氣中瘋狂地亂抓亂揮，而在電梯裡的你只能無奈地翻白眼，咂嘴發出嘖嘖的不耐聲，真討厭。

總之，我們終於來到樓下，儘管我們依照他的指示找路，但結果卻是找到更多的家具店。一樓停車場旁，至少有六家家具店，店裡總是空無一人，門口通常有一群阿拉伯男人坐在矮凳上，等著你上門購買跟你客廳一樣大的巨大床墊。這裡沒有半間店有賣吃的東西。我們問了其中一位坐在板凳上的人，他帶我們走進熱到冒煙的停車場，來到一處位於綠蔭，看起來像是隱密咖啡店的地方，然後這個人就消失無蹤了，我們兩個推開店門，躊躇地走了進去。

裡頭的景象讓我們倒抽一口氣，正好吸進迎面而來的嗆鼻阿拉伯水煙。我們的週遭坐滿了穿著傳統白衣的阿拉伯人，一邊吞雲吐霧，一邊將熱騰騰的食物往嘴送，眼睛還盯著板球轉播賽看。儘管我們站在那裡像兩隻被眼前奇境嚇得一愣一愣的白兔，而他們對我們還是視而不見。

可惜的是，這間「酒吧」除了賣飯類套餐外，就只剩果汁和紅牛能量飲料，這應該不是我們要找的三角餅店。

我們又偷偷溜出店外，來到了停車場，覺得自己有點像是誤闖仙境的愛麗絲，剛從夢中醒來。這眞是間奇妙又奇怪的當地小吃店，而我們再也沒有勇氣踏入一步。這個經驗，跟我之前在倫敦的午休：隨手抓了一瓶果汁和鮪魚三明治的平淡，猶如天壤之別。

我覺得以前的午休很可笑，出去買午餐好像是一件單調乏味的例行公事，到這段時間發生什麼事你完全不在意、也不記得，就好像你的思緒故意飄到別的地方，像不爲人知的納尼亞王國沉睡的衣櫥深處，而樓下停車場那間阿拉伯水煙店和板球酒吧，彷彿不存在於這世界，至少不存在於我的正常世界裡。

對面的美國人因爲我們沒找到三角餅店感到失望，但是除非我願意再次冒險、除非我想買一張巨大的床或能量飲料當午餐，否則我還是自己帶便當好了。

搖滾的阿拉伯酋長

這個城市的某些區域美得令人屏息——那些遠離辦公室停車場和地毯店的迷人地方，像拉斯維加斯華麗而令人神往；像曼哈頓般充滿無限可能；像倫敦一樣，充滿衝突的魅力。某些部份可能有點虛假不實，但是這個週末我所到之處，都帶給我一種，不管我負不負擔得起，都想要一頭栽入這個「只要想要就能得到」的幸福感中。我降臨在一個萬物都爲我而生的地方，而只要是我能提供的，都會被當成寶一樣供著。

在五十年代末期時，杜拜還是一個只有養殖珍珠商和走私者的小漁港，當地人得從水井裡打水，住的屋子還是由棕櫚葉搭建而成的。現在，他們其中某些人應該也跟我和史黛西一樣，被這大城市弄得丈二金剛摸不著頭緒，我們搭了一台又一台的計程車，因爲這裡沒有人行道。他們一定在想，這到底是怎麼回事？原本簡陋的港口現在以光速發展，目光所及全是起重機、工地和用板子圍起來的混亂。但就像新生的浴火鳳凰，每隔幾公尺就會看到一棟讓你打從心裡折服的雄偉建築，莊嚴到連你都無法確定，自己是否可以進去。這種混雜著焦慮和興奮的奇妙感受，連你都不得不受到影響。有時候，我發現自己像隻離水的金魚，迫切急促的張著口，有時候又感到肚子一陣翻攪，因爲想到自己也有可能在這塊由成功堆砌的土地上，割食一塊屬於自己的成就。

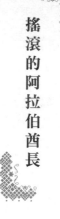

我和史黛西星期五和「交易員」約在瓦克西歐康納酒吧，共進我們來杜拜以後第一頓早午餐。餐廳裡面就是典型的愛爾蘭酒吧，只不過有點像是醜妹妹和美麗大姐，站在一起便相形失色，因爲這間酒吧銜接著一間高級時尚的五星級大飯店。瓦克西以提供「全市酒精濃度最高的早午餐」出名。順道一提，倫敦的萊斯頓廣場也有一家同名的餐廳，不過這兩家一點關係也沒有，但是我在倫敦那家也有一次不幸的遭遇，牽涉一盒[1]魔幻磨菇和一個[2]嗑冰毒的女街友，那件事說來話長。

「交易員」是我朋友的朋友，我從來沒見過他。在杜拜，好像每個人都是誰的朋友的朋友，或是一個你還未見過面，但不久會成爲朋友的人，因爲這裡的圈子實在太小。「交易員」雖然只來了幾個禮拜，但是已經開始逐漸發跡，他的公司讓他住在艾美酒店（非常昂貴），很快地，他就有能力買棟從窗外看出去，有遊艇和摩天大樓的房子。他才剛敗了一台保時捷九一一，內建赤陶色座椅，「赤陶指的是顏色不是眞的赤陶土」，他附註。（我因爲對車子一竅不通，只有點頭的份。）

他人還蠻友善的，有兩支手機，女朋友在國外。史黛西和我覺得他應該是個大忙人，但是我們坐在酒吧裡大半天，在陰暗處喝酒談笑，假裝我們和其他陰影處喝酒談笑的外國人不一樣，其實，其他在陰影處喝酒談笑的人亦是如此。事實上，我想我們都在逃避眞實的世界，盡其所能地

1 迷幻性菇菌類毒品，造成幻覺和錯覺。
2 Speed，甲基安非他命，為毒品的一種。

不要碰觸到那個眞實、令人喘不過氣、令人卻步的杜拜。在愛爾蘭，大家都像回到家一樣（或只是眞的喝得很醉）。

無限供應的早午餐只花了我們大約八英鎊，我們吃了道地的英式早餐，過了下午一點，又吃了帶有配菜的烤牛肉，外加任選五杯飲料。有人說，跟其他飯店相比，這還不算甚麼，那些頂級奢華酒店，有著水晶般閃亮的的垂墜布簾，一旁還有豎立的冰雕，引誘你踏入集異國美食於一堂的驕奢宴會廳。我相信不久的將來，我就會造訪其中一間，至於這家酒吧，只能說是杜拜的一道入門儀式，你得先體驗過，才能爲之後的一切做好準備。

空氣變得濃濁，令人無法呼吸。酒醉的外國工程師開始鬧了起來，我們坐上計程車前往「交易昌」下榻的艾美酒店。房外的景色眞的美不勝收，但得先忽略那幾百座起重機、推土機和滿佈塵土的辦公大樓地基，才能看到遠方的海景。

他住的地方和所有我在倫敦看過的公寓截然不同，這是一間有著挑高空間的雙人房公寓，他搬進去時，房間不但都全數裝潢完畢（這裡的出租屋極少有這種傢俱裝潢全備的地方），整個房間佈置得像展覽廳一樣。餐桌擺設的樣子，好像隨時都能招待六位賓客，桌布上擺著樣式高貴的餐巾和刀叉。看得出來，他連動都沒動過，感覺就像走進宜家（IKEA）一樣，還有一種隨時都會有人遞給我黃色購物籃和宜家手冊的錯覺。講歸講，我還是很希望能有像這樣的地方，你可以看著世界在你身邊進展成長，知道當它完工後，一切都會非常美麗、甚至啓發人心。

在這之後發生的事就只能用一片模糊來形容，但是我們坐了計程車去[3]滾石餐廳小酌幾杯，這件事我之前連想都不敢想。有人告訴我，十五年前滾石餐廳是在杜拜坐計程車能抵達的最遠之處，計程車那時候根本不願意載人到那麼遠的地方。之前餐廳隔壁還開了一家廉價旅館藉以取得賣酒執照。現在這區域已經關閉，現在酒吧餐廳坐落在繁複的公路線中間，一端是杜拜中心位置，另一端通往阿布達比。現在滾石餐廳上的巨大搖滾吉他標誌，顯得形單影隻，看起來像是過氣遊樂場的殘留光輝。

我們在滾石餐廳遇到了兩位海軍健兒，這兩位好人還跟我們一起去一家叫「哈瑞哥多斯」的卡拉OK吧。這家位於阿聯酋雙塔上的小型豪華酒吧，名字和我最愛的甜點一樣，晚上十點開始接受卡拉OK點唱，飲料貴到不像樣。唱到半夜，我覺得跟大家都變成好朋友，也跟那裡大部分的人唱過二重唱。幾個阿聯本地人穿著傳統服飾，喝著啤酒翻閱歌單，誰說酋長不high？

我還交了一個銀行家朋友，他忝不知恥地從我手上偷走麥克風，用那顆金褐色的頭朝我點了點，便扯開喉嚨用殺豬般的聲音唱著「My Way」。他非常有錢，史黛西和我整晚的酒都是他請的，那時候「交易員」都還沒回家呢。我想我會開始習慣在此地喝酒都不用付錢，這裡似乎有取之不盡用之不竭的有錢人，開心地往我手上斟滿一杯又一杯的酒。

說到有錢人，我遇到一位在阿布達比工作的專案開發商，他每個週末都開一個半小時的車到杜拜，因為這裡的夜生活比較刺激精采。我依稀記得，他跟我提過不少不爲人知的暗箱作業和故事。他老闆是位富可敵國的阿拉伯人，上星期帶他去[4]哈薩克出公差，他說在行程中他們去了一

3 Hard Rock Café 世界知名連鎖連鎖餐飲。
4 位於中亞，獨立前為蘇聯加盟共和國之一。

家賭場。那阿拉伯人不知從哪生出厚厚一大包、裝滿百元美金大鈔的信封，然後就開始一桌一桌地賭起來。回到阿布達比後，這位阿拉伯人又帶他去一棟別墅參加派對，派對裡盡是有錢人和婀娜多姿的俄國應召女，據說是有錢人付錢請她們來的，如果她們願意陪睡，還能額外賺取一筆費用。

儘管這些眞眞假假的傳言時有所聞，但是在杜拜，日常生活中似乎沒有惡行。我在哈瑞酒吧時，可以整晚將包包放在靠吧檯的地上，然後走來走去跟人寒暄談天，也不用擔心包包會不見。如果你像在倫敦一樣將你的皮包緊緊地拿著，大家會帶著揶揄的神情看著你，彷彿你才是那個心裡有鬼的人。

「杜拜無惡行」確實非空穴來風，嚴刑峻法使得大家深怕一不小心就得吃牢飯。某天在某購物中心裡的星巴克裡，坐在我們旁邊的先生，就把他的筆電大剌剌地擺在桌上，起身去上廁所！我不敢相信他這麼猛，我自己是絕對不可能將裝滿鈔票的皮夾放在桌上，然後轉身走開（當然，我的皮夾也不太可能有塞滿鈔票的一天），但這對我而言，眞是個新奇的經驗。

我們終於離開阿爾卜薩運河飯店，這間飯店是那種一進去就讓人驚呼連連的建築，雄偉壯觀的內部，看起來就像個座落在兩座華麗飯店之間的大型傳統市集。裡頭有商店、酒吧、餐廳，還可以看到杜拜七星級帆船酒店美不勝收的景色。值得一提的是，帆船酒店看起來就像一隻棲息在高處，閃耀著七彩光芒的巨大蟑螂。我們在時尚酒吧吃著午餐，看著人造潟湖的景色；然後再到超奢華阿拉克薩皇宮飯店的傍海陽台酒吧，一邊啜飲昂貴無比的酒，一邊看著海景日落。這裡看起來，跟旅遊導覽手冊上印的一模一樣，正對海景的沙發上，坐著相互依偎的情侶。

現在回想起來，你知道最好笑的是什麼嗎？那些看起來像是來渡蜜月的人，其實只是杜拜當地居民悠哉地享受他們日常生活，我想我應該也會習慣這種生活步調，這些小小的冒險旅程，讓我覺得自己好像是在度假一樣！

好女孩變得濕野狂熱

「我們得去女士之夜瞧瞧」，海蒂興奮地在辦公室宣布，大家也都點頭一致同意。在水上遊樂園的女士之夜，是一定得去的！老實說，我覺得眞正會去的應該只有我、海蒂和史黛西。誰想要坐在泳圈裡漂浮著，周遭沒半個男人可以釣或調情？如果沒半個男人可以三不五時的親親抱抱，誰想要去瀑布那裡？嗯……杜拜的女性嗎？

杜拜水上樂園「[1]野瓦帝」離[2]朱美拉海灘飯店（看起來像海浪那家）很近，從這裡看到像蟲殼一樣杜拜帆船飯店的景色，比起杜拜阿爾卡薩運河飯店有過之而無不及，你甚至還能看到飯店裡的人。

從這世界上數一數二高的自由落體式滑水道滑下時，我不得不承認，我什麼鳥都看不到，我決定聽從史黛西的建議，不要試圖張開眼睛，水中的氯弄到我隱形眼鏡裡可有得受了。但是一片朦朧中，我還是看得到不遠處閃著各色光芒的模糊建築物。這座高度驚人的開放式自由落體滑水道，距離地面三十三公尺。我以親身體驗發誓，此趟滑水驚死人不償命。有關它的傳說是眞的，

1 Wild Wadi 杜拜水上樂園。
2 Jumeirah Beach Hotel位於杜拜的奢華飯店。

在杜拜選泳衣不用先減肥

你下滑時，水的衝擊之大，你的胯下瞬間變成強力吸塵器，之後你得花上十分鐘，把塞在屁股縫的泳衣給拉出來。

然而，最令人印象深刻的是水上女士之夜，以及這些女士們穿著的泳衣。簡直可用罩衫天堂來形容，即使男人被安全地排除在外頭，水上樂園仍然不夠「安全」，因此女士們一定要儘可能地覆蓋全身的面積，只・怕・萬・一。

但就我個人而言，能夠親眼目睹那件巨大的「罩衫式比基尼」，就夠我興奮了，這件美麗的泳衣由抗紫外線和防水聚酯材質的製成。與傳統比基尼不同之處在於，罩衫基尼除了手、腳和臉以外，會將全身包覆住，穿上之後，回教女性就可以在公眾場合游泳。但我們看到的內幕卻更多，因爲男人不在場，這些女人變得有些瘋狂。很多人根本不在乎自己是在水上遊樂區，因爲這是個絕佳的藉口，可以穿上平常不敢或不能穿的東西。

有人穿高跟鞋、韻律褲、芭蕾舞裙，甚至還看到一個女的穿著牛仔褲，在波浪區跟她的小孩打水仗。當然，我們也看到了多起[3]沙麗驚悚事件，那數目眾多巨大飄逸的布料，猶如巨型海草在水裡侷促不安地翻騰，像是要纏住週遭游泳的人，將他們生吞下去似的。

驚喜同場加映：兩位女生戴著浴帽游泳—那種飯店附贈、質地輕薄的塑膠浴帽。她們倆開心地以狗爬式從我們身旁游過，完全沒注意（或是不在乎）包在塑膠浴帽裡的頭髮早就濕透。在親眼目睹了一位穿著紅花洋裝加上黑色內搭褲的女人，豪氣地站在衝浪模擬器上之後，我突然覺得自己的比基尼實在過於暴露。早知道野瓦帝水上樂園的女士之夜是這種盛裝打扮的場合，我一定會好好準備的。畢竟我私藏的主題裝也不少，隨便一種都可以讓她們驚豔不已，例如女牛仔裝或是之前萬聖節穿過的小紅帽裝。

總之，除去滿坑滿谷的小孩，以及身爲全主題樂園裡最顯而易見的西方人之外，我們玩得非常開心。和幾個星期前陰雨綿綿的倫敦生活相比，眞是有如天壤之別。一個小時前才剛下班的我，本來汗流浹背得只想大叫，現在我正舒適地坐在游泳圈，漂浮在人造河上，和別人在河上相撞時，還像個過度興奮的小孩一樣大聲笑鬧。現在彷彿就像在度假一樣，無憂無慮，工作上的事早就拋到九霄雲外，不被任何世事所擾。

有一天晚上，我突然覺得自己好像再也不會搬回倫敦住了，一時之間有些感傷，但是一想到現在這種天天享樂、陽光充沛的生活方式，便完全不會想回去那個狂風細雨不斷的倫敦。

不過，我是絕對不會穿小洋裝去游泳的，俗斃了。

3 Sari 傳統回教女性服飾，有各種顏色，用以環繞全身。

當女人的樂趣

今天工作到一半的時候，我的大姨媽突然來了，我步履闌珊地走出大樓，外頭像是炙熱的大窯爐，我得越過停車場到另一頭的商店去買衛生棉條。不是我愛抱怨，但是停車場附近的小商店，應該會有賣女性用品吧？店裡的後牆那裡堆了整面的衛生棉，隱密的樣子讓人誤以爲是色情雜誌，但是翻遍了全店，就是沒有賣衛生棉條。

我不知道該怎麼辦才好，史黛西和海蒂也是。身爲公司的新人，我總不好到處打聽衛生棉條的下落，而且也絕對不可能去買這裡的衛生棉，當地的衛生棉面積大得像尿布一樣！雖然有的人覺得在四十度C的大太陽底下，在裙子裡穿條尿布沒有關係，但本人是無法容忍這件事的。

我站在那裡一愁莫展，其實墊衛生紙這招也行，但是如果實在是悶熱到不像話，該怎麼辦才好？

我記得我朋友莎拉曾跟我說過，她去土耳其和埃及時，也有類似的經歷，這跟回教女人看起來特別順從端莊有關，因爲有些阿拉伯男人認爲使用衛生棉而非衛生棉條，能夠讓女性保持順從端莊的美德。在杜拜，你可以在家樂福這類的大型超商買到o.b.等衛生棉條廠牌，但是現在想起莎拉說的話，我突然懷疑眼前這位看起來慈祥無害的店員，是否背地裡也想阻止女人使用棉條，而不屑地將棉條從每星期的補貨清單上劃掉。想到這，我突然希望老天也能賜給他月經，這樣他就能體會，在高溫曝曬、汗流浹背的狀況下，穿著尿布，讓溫熱的血從胯下泊泊流出是甚麼感覺……

還好，其他地方都買得到棉條，我想我應該要去採買，好好地囤積起來，要不然總不能請我媽每個月都從英國寄來。我也聽說盡量不要從外地寄運生活必需品過來，因爲包裹來的時候，裡面可能少東少西，少了棉條、像樣的胸罩或性感內衣等，沒錯，對某些人來說，這些是生活必需品。那些在郵局分包裹區工作的女人，一定個個目光如鷹，看到好貨就先自己A起來，不過也有可能是因爲這是她們唯一能取得這些物資的方式。

某個晚上，我在在一間酒吧認識了一個女生，她朋友的朋友的同事（我覺得根本就是她本人）曾經在杜拜海關被攔下來——她行李中的大假屌被沒收。還好她是一個人旅行，所以也不用替自己這點小（或大）樂趣感到難爲情。可惜的是，當時沒有人能夠目睹，當她東西被沒收時，海關眼中閃爍的興奮光芒。

身爲一個活在杜拜的非回教女人，大致上來說，日子還不算太難過。但如果你是個行李箱裝滿各種情趣用品的SM女王，或是辦公室週遭的商家老闆都拒絕販賣棉條，我想你一個月裡，會有幾天過得蠻痛苦的。

狡猾交易、沙漠兜風和中東行銷機器

自從四星期前抵達這裡，有個男的就一直忙進忙出，因爲他臥房的某個角落住著一群蜥蜴家族。決定搬家對他而言，也不是個容易的決定，因爲他有個寬敞明亮的超大陽台，內含衛浴設備，隔壁還住了一對超辣俄國姐妹，在全盤考量後，他還是決定捨棄他的鱗狀室友。可憐的傢伙。

大部分杜拜的出租屋狀況和條件都非常好，只是屋主通常要求天價押金，他們通常會要求你先預付半年至一年租金。可是，誰有那麼多錢啊？像我這種二十七歲畢業後就開始逛街買東西、環遊世界、最後在倫敦勉強混口飯吃的人，是絕對負擔不起的。

我寄了封電郵給人事部，詢問公司是否有相關政策，可以讓員工以每個月薪資扣減方式來預借這筆押金費用（我聽說有的公司可以這樣），我得到的答案是「大部分的人都是用自己的存款或是向父母借錢。」欸唉！

我以有限的數學能力算了一下，發現我沒有租下房間的能力，一間房間月租平均要價四千五百迪拉姆幣，約「七百五十英鎊，加上押金眞的是一筆不小的數目。我如果跟來自小鎭的父母開口借這筆，加起來是他們半年薪資，這是很荒謬的，畢竟我剛搬來杜拜的那個月，他們不過給了我五十英鎊過活而已。

我回信寫道：「好，謝謝，我會自行斟酌。」

我真是遜斃了。

近幾年來，杜拜的房租翻漲速度驚人，每年房東調漲金額沒有依據、也沒有限制，因此他們就越來越貪心，能榨取多少錢就榨。當然，這也就意味著，杜拜沒有其他廉價的住宿選擇，要不就住在像被勒索的天價住屋，要不就住在地上只有放一塊床墊的破爛茅屋。

我這輩子到現在為止，住過不少破爛的房子，其中印象最深刻的莫過於，我在布魯克林和一位有躁鬱症的女生合住的賓館，那女生有半夜裸體溜冰的嗜好。但是幾個星期前，我才剛從一個位於倫敦東區、價格合理的兩房公寓搬走。現在在選房間時，便不自覺地忽略那些蟑螂橫行的簡陋床墊。

昨晚我們看了來到杜拜的第一場電影，是由那位人超好的銀行家推薦的，就是那位之前在哈瑞卡拉OK酒吧唱歌認識的，自從我們那晚莫名奇妙的因為「[2]無盡的愛」（瑪麗亞凱莉版本）那首歌而結緣，就開始互傳一些有的沒的電郵。之後他還打電話跟我說，他同事分租的那間別墅有間大房間要出租。

我們在阿爾薩法附近的麥當勞和房東碰面，此區在地圖上的地理位置極佳，是道路交會的地方，有兩家巨型超級市場和博姿（Boots）藥妝店，然而開往別墅的路似乎無窮無盡。最後，我們

1 約為二萬五千元新台幣。
2 Endless Love。

終於來到了寬敞無比的私人車道，一旁有著修剪整齊的花園和閃爍著陽光映射的泳池。這裡是杜拜最偏僻的一區，叫做阿爾巴沙，這個地方非常地大，我和史黛西要搬進去的「房間」，跟我之前在倫敦住的那一整棟公寓一樣大。

唯一的缺點就是，除了樓下住了一家南非人，這裡就只剩我們，而且離其他地方都太遠，我們兩個又都不會開車。

加上這一區是新開發區，新到週遭連半個地標都沒有，如果要叫計程車的話，還眞不知道該怎麼指路，更何況計程車得開的老遠來接我們。這裡半間商店都沒有，捷運還有兩年才完工，所謂的道路，是黃沙滾滾的泥沙道，綠地指的是一旁灰撲撲土堆上的幾叢小樹。當初種下這些樹的人，一定是因爲信仰原因才種它們的，這些長得頂天立地的大樹，就像從大地鑽土而出的乾枯雙手，希望能抓住奢華的一角，我想我們來得太早，早了差不多二十年吧。

杜拜的線上租房網站dubizzle.com上列滿各式租房清單，我和史黛西選了一間樓下住著怪咖伊朗發明家的房子，不確定這是個最佳選擇，但是我們一個月只需分擔[3]二千五百迪拉姆幣的房租，比我在倫敦租的那間鞋盒般大的房間還便宜。每個月的薪水也因而省下更多預算，可以在卡拉OK吧或餐廳進行社交活動，看看能不能釣到一個有錢男友。

我承認分租房間不是頂理想，雖然史黛西和我處得不錯，也不會偷彼此的東西，但感覺有點像從獨立自主新女性變回學生背包客一樣。房間夠寬敞，放得下當初房東答應給我們的兩張單人床，再加上一台電視和衣櫃。浴室得和另外三、四個之後會搬進來的陌生人共用，廚房沒有烹調器材還直接蓋在樓梯口旁邊。好吧，老實說這是個爛地方，但這只是短時間的權宜之計，而且更神奇的是，我們不用預付天價押金。

話題再繞回伊朗發明家，他似乎是個很貼心的人。他將這棟偌大房子的樓上，出租給想要來租的客戶，多麼體貼啊。不過他所指的客戶，是那些可能會投資他發明計畫的金主，而他的發明是一輛由一匹馬在輸送帶上奔跑發電的車子，不騙你，這是眞的。

我們坐在他一樓的客廳，他面向我們，一邊玩弄他的大拇指，一邊詢問我們的身家背景（在這裡很常見，不會被認爲是刻板印象或有偏見）。很快地看過一遍房子後，我們發現房子的一角擺著專業的展示架，上面是一台標有「超級馬力」的機器。牆上還貼了一張世界地圖，上面標示出所有他想去展示這個新發明的地區。「我本來要從阿拉伯聯合大公國開始，但現在決定要從美國開始。」

因爲美國人比較不會恥笑他嗎？

我們走到外面，車道上擺的就是那台「超級馬力」，實在是太神奇了。看起來像是拖拉機上頭蓋了一座溫室，中間還有皮帶可以固定馬的位置。旁邊的聚乙烯布還可以用來打廣告，他認爲其他公司會付錢買下版面，將他們的商標和標語貼在馬力車的兩側。我相信這樣一定很引人注目，至少我一定會停下來盯著看一匹馬在停在車道上的溫室裡的跑步機上奔馳……我應該會打電話給防止虐待動物協會吧。

3約一萬九千新台幣。

從窗外向下看「超級馬力」的樣子（我們不敢站在旁邊拍，怕他會生氣），如果你對這項投資有興趣，請聯絡他

我覺得他應該沒有好好地想清楚這東西是如何運作的，當我跟他說，這個密不通風的聚乙烯護套再加上炙熱的高溫，很可能會使他的發明融化在車道上。我問他：「馬被關在裡面難道不會太熱嗎？外頭溫度高達四十五度C耶？」

他看著我愣了一下，然後目光落在地上，彷彿他微薄的夢想就此幻滅。他的眼神彷彿在說「可惡，又要重頭開始了」，他嘴上卻說：「這個嘛，你說的沒錯，我應該就放個什麼涼的東西在裡面。」

是的，我相信跟他住在一起日子一定會非常有趣。也許他還會邀請我跟他一起去世界各地推銷他的新發明，也許我會因此發現，我的潛能其實就是到處趴趴走的業務員。又或許，他會因爲中暑而不幸撒手人寰，我就可以繼承他的房子。

智慧型手機的寓言故事

很久很久以前，一位名叫史黛西的年輕女孩，在黃金高塔上的卡拉ＯＫ酒吧喝掛了，她在坐計程車回家的路上遺失了她的手機。

如果這支閃耀著璀璨光芒的三星手機，是遺失在史黛西的故鄉——倫敦，那個充滿小偷和搶匪的危險之地，那麼這支手機鐵定毫無尋回的可能。她心想，也許，計程車司機會想要將其據爲己有，或是某個杜拜人看到了這支手機，像發現現代寶藏一樣，猛地衝過去捧在手心，眼神中閃耀著挖到寶的光芒，內心雀躍不已。她試著撥打自己的號碼，但是都沒用，手機呈現關機狀態。唉呀，我們可憐的史黛西和她的至寶相聚的時間如此少，就要被迫分離，要怪就要怪那淘氣的席拉紅酒。

然而，史黛西仍不死心地繼續播打電話，即便宿醉也滿懷希望，然而在電話的另一頭，依然得不到回應。「也許保險會理賠吧？」她對著電腦螢幕喃喃自語道，一邊瀏覽「沃達豐官網上的條款及條件。她未說出口的心聲，像失戀情歌般繚繞整間辦公室，「大家都知道，至少要等上好幾個月他們才會送來。」

史黛西始料未及的是，她的命運即將改變。當晚，她坐在偌大的美食廣場，拿著塑膠叉子沮喪地將鐵板牛肉從保麗龍盤上插起，一口口往嘴裡送，目光無神地看著週遭往來的行人，想像著以後將要過著沒有手機的生活。桌子的對面坐著好友貝琪——一位來自外國、美若天仙的公主：性感紅唇、奶大腰瘦、配上一頭豐厚的夢幻金髮，貝琪再次播了史黛西的電話，結果竟然接通了。

兩位女士驚訝到差點將嘴裡的食物吐出來，「我一直在等你打來，」電話另一端的人說：「你的電池沒電了，我將你的ＳＩＭ卡放到我的電話裡。我現在就拿電話給你，請問你在哪裡？」

剛開始，史黛西驚訝到說不出話來，貝琪則不小心咬斷了塑膠叉子還差點吞下去。莫非是天使降臨杜拜，化身成爲仁心宅厚的計程車司機？

兩小時後，史黛西和她光芒四射的三星手機再度重逢，天使一路開車到她家門口，將手機放在她的手心上。司機將手機交給她的同時，她也注意到他自己的手機，那支手機的螢幕是黑白的，而且是支巨無霸，如果放在褲子口袋裡太久，口袋可能會因爲太重而爆線破掉。看樣子，那支手機應該不會有她的三星有的mp3、無限上網功能，外加內建的古墓奇兵遊戲。

她給了三星手機一個晚安吻，然後放在它原本的位置——她的枕頭邊。史黛西發誓，她從此要善待杜拜的計程車司機。而這個故事帶給我們什麼啓示？不管這個人會不會開車、說不說英文、或是因爲不知道路而繞了城市一大圈，並不代表你不小心將手機丟在他後座，他就會偷你的手機。

---

1 Vodafone，為世界上最大的流動通訊網路公司之一。

在伊朗屋的第一天

週末的搬家進行得蠻順利的，伊朗發明家靠在屋子的樓梯口，一手扶著樓梯，開心地向我們打招呼，好像他剛剛才花了一整個早上整理我們的臥室。我內心悄悄希望他可以為了我們發明出什麼東西，儘管事實並非如此，他還是替我們安置了兩張單人床，床頭還加裝床頭板可以兼作放東西的地方，十分便利，我可以在上面放三本書，當我躺下來的時候，板子剛好遮住我半顆頭，加一點想像力，就好像是在洞穴裡一樣。

我們窗外有非常棒的景致——正對著那台放在車道上的「超級馬力」，還有即將成為世界上最高建築物的杜拜塔（雖然沒有超級馬力那麼酷），在離我們約半英哩處。認眞講起來，要不是因為我的頭嵌入床頭板裡，我其實躺在床上就可以看到工人們建造杜拜塔。

値得一提的是，我們電視眞的收得到頻道的訊號。這個伊朗人有幫我們裝第四台和網路，但是網路的速度慢得像是某隻動物在某個地方跑步發動一樣，而且唯一沒有雜訊的頻道只有幾台法國新聞台和一堆色情頻道。我不是在影射伊朗人簽的第四台是色情超值組合約，只是如果打開電視，你只能看到某個穿著八〇年代樣式的襯衫、蓄著長髮的猴急男人，將一個亞裔秘書壓在辦公桌上狂推猛送，卻不能收看BBC新聞台，這其中一定有鬼。

喔，還有一件事，我們還發現伊朗人其實跟清潔婦有一腿，這位清潔婦也是個亞裔女生，而且小得可以當他女兒了，眞不賴。

杜拜奢華早午餐

找房子和超級馬力的事告一段落後，我發現自己還沒紀錄，星期五那天我的第一次：豪華早午餐體驗。可能因爲我現在還在復原中，還沒完全消化，我聽說很多第一次都得花些時間沉澱的。瓦克西那個低廉愛爾蘭酒吧的早午餐，跟這家位於海邊的五星級飯店吃得爽豪華早午餐相比，簡直是小巫見大巫。當然，要去吃奢華早午餐必須穿著連身裙、高跟鞋還帶一個無底胃。

雖然我不是正港杜拜人，但至少樣子都有做到，我穿著我的火紅色TopShop洋裝和銀色綁帶高跟鞋，踏入那金碧輝煌的大廳。老實說，裡面雖然貴氣，但想到大白天吃這一餐還得盛裝打扮，眞有點說不過去。穿得像要去吃喜酒一樣，但是抵達婚宴會場，卻發現沒有新人，只有滿坑滿谷的食物和喝不完的酒。

杜拜阿爾卡薩運河飯店提供的一切，讓我人生就此改變，直到現在我還分不清現實與夢幻的界線。經歷了這一切後，我該如何回到平凡老百姓的生活？這頓早午餐從中午開始，一直供餐到下午四點，費用折合英鎊約爲[1]六十鎊，餐廳佈置得像童話故事一樣，有精緻典雅的餐盤、閃閃發光的水晶碗、巨型冰雕和分布在各角落的雞尾酒。飯店內有三家風格獨具的餐廳，讓客人可以

1約二千八百元新台幣

在這三家間自由走動，就像是查理和拿到巧克力工廠門票券的孩子一樣，一路上驚呼讚嘆所見美食，盤中夾滿珍饈後，走回餐桌，看到其他人也跟你一樣幸福地享受著這饗宴。來這裡一定得先預約，在我的眼裡，天堂的飯堂也不過如此吧，有著我愛的天使細麵和更多叫不出名字的美食。

想吃用香料醃過的花枝、白酒炒淡菜、一整隻肥美熟透的龍蝦嗎？想吃香烤牛肉佐以蘿蔔、鮭魚沙拉、義大利麵、還有在砧板架上瞠目結舌的烤乳豬嗎？（你沒看錯，只要來對地方，在杜拜還是可以有吃不盡的豬肉。）想吃各種起士拼盤、香烤芝麻麵包、坎柏蘭香腸、快炒牛柳拌XO醬嗎？新鮮西瓜切盤、蘋果佐以冰淇淋、成堆的棉花糖疊在巧克力噴泉池旁邊，需要先詢問才能吃嗎？傻瓜，吃就對了！用杯子裝盛的奶油凍糕和入口即化的迷你蛋糕、在馬鈴薯泥上灑上香甜豆豆糖？隨便你搭配、隨便你吃，錢已經付了，你工作得很辛苦，你值得這一切的。

這還只是講到食物部份而已。

享用不盡的香檳任你喝！巴卡地蘭姆雞尾酒？莫吉托薄荷調酒、紅酒、白酒、伏特加小紅莓調酒？喝杯琴通寧調酒，來杯威士忌，再來杯對面已喝掛了男士的蘋果酒。也許再來杯奶昔、貝利斯奶酒、蘭姆加味調酒或是新鮮柳橙汁？當然可以！還可以再來點咖啡。這四個小時裡，你可以盡情地沉溺於暴飲暴食的原罪裡，直到你喝得爛醉、衣服再也蓋不住脹起的肚子，你可以回家好好補個眠，或者和幾個好男兒坐上計程車，一同前往一家叫「棚屋」的夜店，享受七〇年代迪斯可之夜，跳舞跳到虛脫、聽歌聽到耳朵出血，我自己選了後者。

對了，我聽說派對絕不止於「早午餐」——對杜拜的新住客而言更是如此。這裡有太多地方可以去，太多人搶著請你酒、太多權貴人士爭相向你遞出名片，從現在起，我下半輩子每個星期五都打算這麼過。

阿爾卡薩運河飯店的早午餐——我有千百張像這樣的照片，
我需要它們提醒我自己總是忘記的事。

力爭上游

今晚我和史黛西要見我們的新室友——一對印度兄弟，其中一個在金融業工作，另一個開活動策劃公司。後者的工作內容，常會接觸到雷射光束，他讓我們看了三百多張在杜拜舉辦的豪華派對／活動照片，裡面全都有雷射光束和光影展示。他還說我可以去他那邊工作，幫忙籌備板球活動。

如果我可以找到一些願意出資贊助的公司，我就可以從中抽佣，這佣金還是我目前月薪的三倍（我之前就說過我的月薪眞的僅夠糊口）。我每個月月薪是一萬迪拉姆幣，在我去杜拜前這筆數字聽起來很大，但是去了之後發現我們每個月分租的租金就要花我二千五百迪拉姆幣，而且還有漲到一個月一個人四千五百迪拉姆幣的可能，一萬元眞的很少。我們其實可以再多花點心思找房子，但是和尋找好酒吧和餐廳，並確保我們有洋裝華服可穿相比之下，後者眞的重要多了。

私下兼差也許是另一條出路，我們週遭有很多隨時準備出版的雜誌。我幫一個專門報導有關購買禮物和休閒娛樂的網站寫文章，這是慷慨闊氣的M&M先生幫我牽的線，網站經理人還蠻好的。

M&M先生（就是之前提到，某悶熱夜晚在巴拉斯提酒吧，不停買可樂娜啤酒給我們的性感男士）最近對我非常好，不但幫我和史黛西安頓下來，還帶我們四處遊覽。他住在自己名下的獨棟房子，我想他應該很高興能交些可以一起玩樂的新朋友。

總之，我現在終於可以揭曉我的夢幻新工作了，我現在是阿國最暢銷時尚雜誌的網路版編輯。要離開之前那家旅行出版社時，我還覺得有點罪惡感，但是現在我眞的覺得那個工作已經不符合我目前的條件和要求。說我自恃甚高或頤指氣使都好，但是在網路時尚八卦雜誌工作，代表我可以成天閒聊影星名媛、參加各式各樣的免費雞尾酒會、還有看不盡的帥哥和精品包包，這一切都是我擅長的啊！當然，職務內容不會寫出這些，但是我自己心知肚明，因爲我以前就做過類似的工作，現在來到了杜拜，一切只會更棒，光是想到每天可以去發掘的新地方就興奮不已！

我跟那個印度雷射愛好者兼室友說，他提出來的工作我會考慮。但是沒有車子，實在很難去見客戶，而且我只能在週末下班後才能去，實在很麻煩。在這裡，大家開口閉口講的談的都是生意。我坐在伊朗人的屋裡，按著遙控器上的選台鍵，看著電視上無數台色情頻道，還要避免被床頭板打到，結果我一起身走進廚房，馬上就有人給我兼差工作。

酒吧生活

來到此地已超過一個月，但是我到現在仍無法習慣一個事實——杜拜的墮落世界入口，通常都藏身於某間光鮮亮麗的購物中心內，或是某家豪華星級飯店。每次我走進金碧輝煌的阿聯酋雙塔，乘著完美無瑕的電扶梯上樓，經過昂貴的精品名錶店，來到哈瑞哥多斯卡拉OK吧（這裡已成爲我們全世界最愛的地方）的時候，我在裡頭都覺得自己污穢低俗。因爲每當我要離開的時候，通常都是醉到東倒西歪的來到一樓。經過精品錶店面時，還自以爲好笑的假裝自己是個偷偷摸摸的竊盜，然後直接吐在隔壁星巴克咖啡店一塵不染的台階上。

當然，發酒瘋在這裡並不是得體的行爲，在世界各地也不是，除非你去著名的狂歡派對島——伊比薩度假時，穿著足球隊隊衣發酒瘋，看起來似乎正常些。然而在其他地方，你喝得爛醉踏出夜店或酒吧時，通常不一會就沒入夜色的街道；在杜拜，當你喝得爛醉踏出夜店或酒吧時，你會不小心一腳踏進閃著水晶垂燈、氣氛典雅的奢華飯店，一旁優雅地啜飲著現榨柳橙汁的阿拉伯一家人，會用厭惡的眼神盯著你看。

在這種眾目睽睽的場合下，還要試圖假裝清醒，對二十幾歲英國青年來說，實爲一大考驗。當然，大家都知道，在壓力下還要假裝自己沒事，只會讓自己看起來更滑稽可笑。

雖然看起來像個內建衣櫃，但這裡儼然是我第二個家：一間在購物中心裡的卡拉OK酒吧，我真懷念這裡。

例如：

媽：你喝醉了嗎？

少女：你威……什麼問那……麼多漚題？你不心……任我嗎？……我刊……起來像醉了嗎？

（倒地）

沒人想跟坐過牢的人當朋友，所以我只要想像手腕上銬著手銬，通常能讓我保持清醒和直立狀態，即使我從卡拉OK吧出來後，連站都站不穩，還常常呈現不醒人事狀態。而且想到萬一被捕入獄，就要跟那些汗流浹背的水果賊關在一起，我就會立即阻止自己跳上男性友人的背上大喊：「駕！駕！小馬快跑！奔馳吧！」，這件事想當年可是很常在英國的「圖騰漢廳路上演。

在凌晨三點的倫敦，我跟大夥告別後，搖搖晃晃地走在蘇活區曲折如迷宮的暗巷，吃了一堆加了咖哩醬的炸薯條，站在路旁等八號公車，上車往上層走去，頭一歪倒在窗戶邊，三個小時後醒來，發現身上全是香料味。當時的我是無名、不起眼的。

在杜拜，即使你安然無恙地走出豪華飯店或購物中心（沒有跌進噴水池裡或撞到冰雕），你仍需依賴某人帶你平安回家，這裡沒有捷運或地下鐵，也沒有夜間公車。

搭乘計程車回家的路上，不免俗地要一路唱著歌、猜出那不會講英文的司機眞正的意思（即使他已經連續開車十八小時，載了一個又一個白痴），並且不斷堅持不是每個英國人都是喝到爛醉的白痴，來到這裡敗壞本地良善文化。裡面包含了各個層面的風險：如何保持我們的風土習慣、向我們的優良傳統致意、即使周遭世界不斷在變，還是不能忘本。為了我們的源流，我們得繼續努力下去。

失眠夜有思

我如果醉了，哪裡都能睡，我曾睡過許多不堪的地方，我不只一次直接睡在酒吧的高腳凳上。還有一次我穿著禮服參加船上的舞會派對，醒來時發現自己躺在一堆大衣上，我記得我坐下來時，那堆衣服不在那裡。幾年前我在亞利桑那州時，我在國家公園的岩石上睡著，而且底下完全沒鋪任何東西，醒來時發現某種不明動物在我臉旁邊大了一坨便。

除了上述經驗之外，我從來沒有，我重申：從來沒有睡過像伊朗人屋裡如此難睡的床。我指的不是從床上坐起來，我的頭骨會直接撞上《歡迎來到杜拜》那本厚得跟百科全書一樣的書，我指的是那片稱爲床墊的水泥板。想像你睡在地板上，上面什麼都沒鋪，就是這種感覺。我還寧可回到亞利桑那州，冒著臉旁有排泄物的風險在那塊石頭上睡。

過去幾個晚上加總起來，我大概只睡了四小時，剩下的時間，我都在水泥板上翻來覆去，好像經典恐怖片[1]《活死人之夜》裡，主角輾轉難眠的樣子。我後來想出一個暫行方案，將我的棉被（一塊七十年代土黃色的，被我朋友瑞克稱之爲維也納巧克力餅乾的東西）對半折起來，躺在上

1 Totten ham Court Road英國市中心的主要幹道。
1 The Night of the Living Dead

面。這麼做之後，狀況稍有改善，現在沒了棉被，我只好拿我的海灘大毛巾蓋在身上，上面印有扭扭樂遊戲的圖案。

我無法想像死去親友的在天之靈，往下看到我的狀況時會怎麼想。另外，我還會戴上飛機上發的那種眼罩，因爲我們的白窗簾非常薄透，每天一大早陽光就透進來……還要再加上耳塞，因爲房間的冷氣機運轉時，像整個部落的小矮人人手一支割草機，還肖想用割草機穿牆而過。

更精采的是，正當指針指著早上四點三十分，當我好不容易要以脆弱胚胎姿勢入睡時，誦經聲開始響起。聲音響徹雲霄，從屋頂上方籠罩、直接穿透房門和我的耳塞，這些回教徒吶喊的無限迴旋誦經聲之大，將我嚇個半死。如果像我那愛爾蘭朋友形容的「我坐在海邊看著日落，沉浸在具靈性的傳統誦經聲裡。」那種情形，可能會有另類的美感吧。但是現在是清晨四點半，我睡在硬梆梆的水泥床板上，縮在扭扭樂大毛巾下瑟縮地抖著，眼睛蒙著機上用眼罩，我的全副心神只能關注在窗外那聽起來像垂死駱駝悲鳴的聲音。

我想週末到宜家（IKEA）買一套新床墊，但是沒有車的我，要想辦法把它弄回家可是一大難題。此時，仁心宅厚的M&M先生說要幫我，但是就如同其他杜拜百分之五十的男人一樣，M&M先生有部「自私的車」。這是一台保時捷，也就是說除了前面兩個座位外，後面沒有其他空間可以放床墊，頂多只能將它綁在車頂上。大家可能會問，杜拜另外百分之五十的男人開什麼樣的車？他們開的車子大到可以將展示場的一整間臥室放在後座，可惜的是，我並不認識這百分之五十裡的任何人。

我要去水泥板上睡了，睡前喝一杯酒有助睡眠，希望我在身體變永久畸形以前能夠趕快習慣這一切。

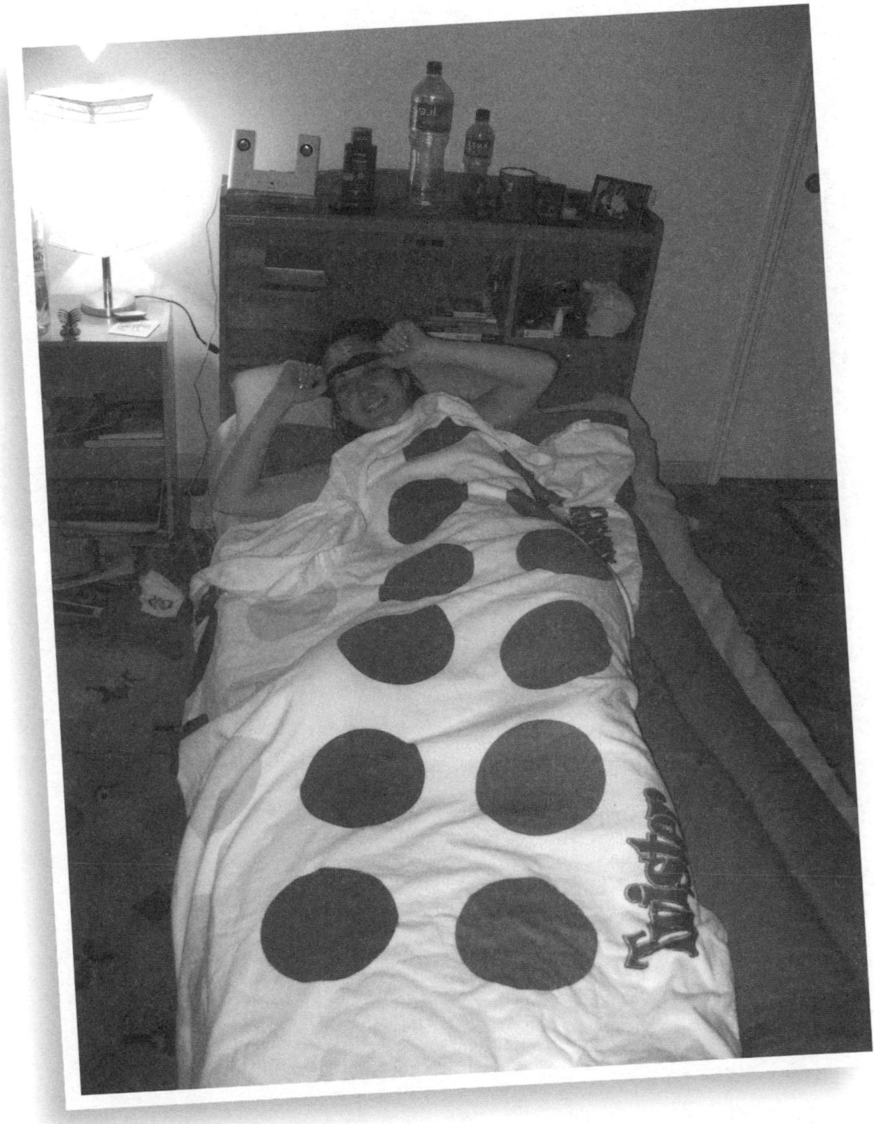

這是我在水泥床上蓋著扭扭樂毛巾試圖睡覺的樣子，我叫史黛西幫我照起來，以後如果我在其他不堪的地方睡著時，拿這個做比較，就會心存感激。

成為時尚雜誌編輯

當出版社的一位叫史丹利的人打來，叫我去面試我應徵的時尚名流線上雜誌編輯職位時，我正在前往一家煙霧瀰漫的酒吧，叫「收穫者」的路上。聽到面試消息後，因爲實在太開心了，我、史黛西和因爲卡拉OK吧結緣的「銀行家」歌友三個人喝得爛醉。

我對史丹利有點意見，你第一眼看到他就知道他是那種英國公立學校畢業，一上任就登上比他才能還要優越職位的人。也可能是我太快就下評論，但杜拜眞的有蠻多這種人的。面試時他看起來蠻緊張的，不斷地用手在他抹了膠的頭髮上抓弄造型。他還承認自己對名人一無所知，而且也不在乎。這點其實還蠻好笑的，畢竟他現在正在面試一個可能會進入公司的新員工，而且另一方面又要盡量地膨脹這個因爲拓展業務而增生的新職位。因爲以後我將負責雜誌的線上版本，所以他乾脆請雜誌的編輯來跟我談。

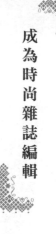

姑且先稱她爲海柔爾，她是位有趣的人，身材豐腴，講話很直爽——可能因爲認識杜拜八卦時尚雜誌圈和公關圈裡的每一個人，講起話來氣勢不輸人。她來這裡已經好幾年了，剛從英國購物中心雜誌轉來，是個不得不認識的有力人士。她用眼睛從頭到尾打量了我一番，我想她應該跟史丹利說我是個可用之材，因爲他隔天就雇用了我。

我目前的薪水每個月漲了三千元，所以一共有一萬三千迪拉姆。這樣表示有錢可買更多東西了，耶！嶄新的世界正等著我呢。但是這也意味著，我每天都要到城市的另一頭去上班，而從伊朗屋到工作地點之間的交通十分令人頭痛，但我還是得自己想辦法。其實我還蠻慶幸脫離了那個處處是地毯店和停車場的辦公區域，內心對這個充滿可愛小店和餐廳的地方充滿期待，也許這邊的人會賣衛生棉條……

但是告訴旅行出版社的老闆，我已經接了另一個工作卻沒那麼好過。當下她對我說：「做沒多久就辭職，正好反映出你眞正的本質。」然後她馬上追問，我是不是要去那家（正是我剛被錄用的那家）公司工作，我跟她說，是。結果她臉上馬上顯露出怨恨的表情，叫我馬上滾，然後就氣呼呼地走了。我後來發現，原來我的例子不是第一次，這家出版社之前也找過其他人來這裡，然後也是做沒幾個禮拜，就被那家更大的出版公司挖角挖走了。也難怪他們會覺得那家公司在偷他們家的人，但是史丹利可不是趁著夜黑風高的時候，跑到我房間來把我整個人偷走從窗戶離開，這是我自己應徵的工作，因爲我覺得這工作很酷。

我的確覺得有點罪惡感，他們人很好，公司也不錯，只是這份工作眞的不適合我。我還得支付所有他們花在我身上的錢：機票錢和住在飯店的錢，加一加差不多就是我一個月的薪水。因此，我在那間辦公室做的工和所花的時間，全都白費了。當然，除了找到一份更好的工作，交到好朋友海蒂，以及在下個工作開始前還有幾個禮拜的假可以沉浸在陽光中，耶！

超級馬力

我又吃了一頓豪華的早午餐，心中才在想像M&M先生穿著花泳褲的樣子，結果就不小心成了眞：因爲M&M先生後來請我去他家。正當我們兩人都喝醉，在他的泳池裡戲水談笑，看著池中一些不知打哪來的螢光鴨子時，一輛車直接衝進M&M的豪宅裡。我們立刻衝到路上去看，然後發現有位年輕的女士站在事故現場猛哭，她解釋說她老闆本來要載她去機場，結果還開不到幾公尺就筆直衝進M&M的家——因爲她老闆喝得爛醉如泥。

雖然沒有人受傷，但是場面仍十分驚人。我和M&M站在路旁，身上的游泳池氯水沿著身體流到路面上，形成一小灘水。M&M跟一些人交談，表現得一副一切都在他掌控中的樣子，之後我們便離開，留下那個仍然連站都站不穩的傢伙，試圖跟警衛解釋爲什麼他無法站直，以及爲什麼在一個回教國家的住宅區裡，他的車子會跟路牌緊緊相依。

這還是不是本週末發生最精采的事！這個週末發生最令人興奮的事，莫過於那個伊朗發明家給了我一個合夥的機會。

他滿面春風地踏進我們的房間，好像他剛剛才想出本世紀最偉大的點子。他的頭髮看起來頗凌亂，好像臉對著工業用電風扇，被吹了好幾個小時，然後一邊思考著那些橫亙在他和幾百萬種潛在發明間的障礙。他的T恤很皺，皺得像連續熬夜三天三夜，發明出一項能發明東西的發明

（外加和清潔婦上床）。

他坐在我們前面的咖啡桌，史黛西和我坐在水泥床板上，不知道星期五晚上房東走進房客房間是否合乎常理，特別是當房客已經喝到快掛，睡覺用眼罩都準備好了，還準備繼續狂灌伏特加，直接喝個不醒人事。眼前的他搓著雙手，再度發出聲明：「我是個發明家。」

我們點了點頭，不得不同意（對，你是發明家）。

「我到這裡來賺錢，你們也到這裡來賺錢。」我們又點了點頭，對，但又不對，我來這裡是想脫離倫敦，嘗試新事物，也許找個男朋友，畢竟我也單身很久了，也許過個幾年，我還會有能力買下自己的土地或房子……

「說慢一點，我的英文不好。」

（隨便。）

「我來提供給你們一個大好機會。我要將「超級馬力」帶到美國去，你們當我的助手，幫我一起帶過去。我一定能在美國賺很多錢。」

（好）

「我是伊朗人，美國人不是很喜歡伊朗人。」

（難道這邊的人就喜歡你嗎？大概除了清潔婦以外……你是個怪咖）

「我需要你們、需要你們行銷我的東西、幫我說話。我需要你們兩位，我提供你們這個機會，希望可以幫助彼此。」

（不如我們直接給你護照比較快？）

「我需要你們想一個辦法，將超級馬力帶到美國，我會抽成給你們，當然，這終究還是我的發明。」

（沒關係，我們也不想跟這東西有任何關聯）

「我讓你們兩個好好想想，一個禮拜後再來談。好好想要怎麼將超級馬力運到美國去，抱歉打擾你們，我現在就離開。」

話講完他便起身離開，但最後又不忘重申他在伊朗多有錢，他只是來這裡推廣他的「超級馬力」。

當然，史黛西和我愣在那裡無法言語，多好的機會啊，多棒的冒險啊，他還答應如果我們決定加入這個宏遠計畫，要幫我們處理簽證的問題。

這一點也不難，即使美國是個有環保意識的國家，即使這台機器上是靠一隻在跑步機上跑到汗流浹背的馬發電的，即使這個主意是個伊朗人想出來的。我們這禮拜真的得好好腦力激盪一下，希望在他給的截止日期前想出個主意。他最近看起來壓力很大，壓力大到他在幫我們「修網路」的時候，把我們冰箱的插頭拔掉，任憑我們的食物整晚沒冷藏，隔天直接臭酸壞掉，感恩啊。

游泳池和違規

現在就說我陷入情網可能還言之過早，我覺得比較像是陷入慾海。應該說，自從我遇到M＆M之後，我就一直處在震驚又敬畏的狀態，但是之前發生了一件完全出乎我意料外但是跟M＆M有關的事，我一直都沒說什麼，希望這件事能夠煙消雲散，但是事實似乎並非如此。我的理智告訴我，我應該要停止，但是我卻沒有。

我叫他M＆M的原因，是因爲他已婚（Married），又是個回教徒（Muslim），而這就是我的問題根源。

我知道我是個很糟糕的人，我們在泳池（他的泳池！）醉到接起吻來，之前一整天他都以傑出的烤肉技巧和氾濫成河的酒精飲料款待我們，嗯，現在想想，也許我將事情全都怪罪在酒精上，只是因爲不想承認自己是個天字號大白痴。

但是，M＆M的確是這麼久以來，我所遇過最棒的男人之一。除了之前遇到的那個愛爾蘭人之外，他是第一個擄獲我目光，並且讓我心花朵朵開的男人。畢竟，人總是想要得不到手的東西，不是嗎？本來那點「得不到」的小火苗，慢慢在心裡滋長，最終變成可以燎原的醉心癡迷。你開始分析他的每一句話、信裡字裡行間的其他含意，本來對他只是有點意思，演變到後來你非他不可。

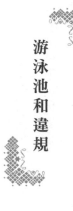

自從和M&M相遇後，我就常花上好幾個小時，在MSN或即時通上互傳愚蠢或搞笑的訊息，而且還是用工作時間傳。他傳來的訊息每每逗得我哈哈大笑，我自己也不確定最喜歡他什麼地方：是他平易近人的特質、超燦爛的笑容、慷慨大方又宅心仁厚，還是自從我們認識以來，他便一直帶我去探索我沒有嘗試過的事物。他旅行的足跡遍及全世界，也是個博學多聞的人，但他似乎總有用不完的時間，可以陪史黛西和我這種流浪兒。

某天晚上，他帶我去一家叫做巴阿爾先姆的地方，這裡是我畢生見過最奢華高級的度假村，而且就座落在沙漠正中央。這片像綠洲一樣的地方，有著噴泉、和一座星球一樣大的泳池、華美的花瓶和幾間貴得不像話的餐廳，這裡實在是美到極點。如果你白天來的話，還可以參觀馴鷹術、馬術和在沙漠騎駱駝的行程。

我們到了那裡只有聊天，什麼虧心事都沒做。但是因爲我們置身於成千上百支蠟燭間，在俯瞰泳池的露台上共抽一支水煙，我心裡大概有了譜，他應該是想讓我們更進一步。

唉，爲什麼他已婚呢？爲什麼在我們親吻後，他要開著他的「自私車」載我去離杜拜一小時車程的飯店，在離世事十萬八千里遠的地方勾引我？爲什麼我會認爲這麼做不會有後果？我感到罪孽深重，卻完全無法停下來。史黛西知道這件事，因爲她親眼目睹了這一切（除了我們第一次在他家的泳池旁接吻時，她在客房呼呼大睡）。我眞的不記得這一切是怎麼發生的，他說是我先開始的，我說是他先開始的，我想大概只有紅酒知道事實吧。

他說雖然他是個成功的生意人，旗下也經營一些公司，在當初杜拜還是港口才剛發跡時，也把握時機買下了不少房地產，但是他已經有好一陣子都過得很不開心。撇開宗教信仰不談，我想如果一個人長期居住在一個看著朋友來來去去的地方，的確是不好受。史黛西和我已經深刻地體會過了，儘管無時無刻都會有成千上萬個人登上這片土地，但是我們認識的人，總是沒多久就離開杜拜。

一連好幾個晚上，我躺在水泥床板上，蓋著我的「扭扭樂」大毛巾，腦中想著發生過的事情，我發現我的生活改變了眞多！我無法告訴別人，如果連我自己都無法了解我自己，更不用想別人能理解了，這不是我，眞的不是我！如果這件事是發生在倫敦的話，露西早就把我宰了。她一定是第一個揪著我耳朵，把我拉到一邊，逼我註冊某個線上約會網站好令我分心，也間接阻止我毀了其他人和我自己的生活。我們會分抽一包香菸，依在客廳的落地窗那裡，一邊抽一邊把事情全盤托出。但是最了解我的人都不在這裡，萬一做這些事情的人，是全新的我而不是以前的我？萬一我是全新的M&M生活的一部分？如果事情眞的是如此，我又有什麼理由阻止他改變，畢竟是他自己想改變的啊？

沒有臉書的生活

我的生活好像被突然間打入冷宮一樣，落入沒有臉書（facebook）的大牢。我的新公司封鎖了臉書的網站，我藍白相間的好伙伴，再會了，保重。

雖然我還是可以用別的管道（手機之類的小玩意）連上臉書，但是如果我是全辦公室唯一一個在瀏覽大家臉書狀態的人，一邊看著朋友喝得爛醉時的出糗照片放聲大笑，而其他人都認眞地用充滿生產力的速率敲打著鍵盤，我想史丹利應該會覺得我很可疑，所以我乾脆戒掉不用。新工作開始的第一個星期，我眞的有在工作（倒抽一口氣）。

但是每看到雅虎首頁更新一次，就會讓我忍不住想到臉書上會有多少的更新狀態和活動可看，話雖如此，想到自己竟然如此建設性地善用工作時間，我的滿足感不禁油然而生——雖然我的工作內容，是撰寫那些關於汲汲營營追求名氣、沒受到大衆注意就會活不下去的名媛權貴。

我想目前爲止，史丹利對我的表現感到滿意，我也十分樂在工作中。但是我得承認，我從沒想到自己的工作環境是如此的「高科技」，我的座位是在數位部門，所以與寫八卦雜誌部門的其他員工在完全不同的樓層，週遭的牆上沒有明星、名人的海報，也沒有掛溫馨桃木相框全家福照，沒有可以一同嬉笑的八卦戰友，桌上也不見任何戰利品的袋子，甚至連裝著艷麗過頭的假花的花瓶都沒有，也沒有帶有同事名字的剪報，可以貼在電腦前當做茶餘飯後的笑話，特別是當他們的文章和「××謀殺」或「被駱駝咬」被並排在一起時。在我想像中，八卦雜誌辦公室裡可能發生的一切，在這裡都沒有發生。

在我這一區，大家都是一副全力以赴的樣子，帶著耳機和其他高科技產品，一副宅男／宅女大作戰的感覺。與M&M在即時通上調情，是我唯一正常像樣的對話。

除了將名人的背景資料建檔紀錄，以及將我的email帳號寄給所有我認識的公關公司（目前爲止沒有幾家，但史丹利要求我要有自己的公關公司清單）以外，我沒有什麼其他事情好做。所以剩下的時間，我就繼續在網路上搜尋看有沒有其他案子可接。站在被封鎖的那頭遙望臉書，我突然覺得有點迷失，自己孤零零的，被摒棄在外頭。

我也可以寄email給別人，但是這年頭還有誰會寫email給朋友？他們只會覺得我很怪而已。我也可以拿起電話找人聊天，但是拜託，現在誰還有時間只跟你一個人聊，大家都是同時傳訊息給十個人聊，外加上傳相片到相簿，和用即時視訊將臥房環繞一圈給大家看。我得學會放下，接受改變。或是我應該每天晚上都在家裡接案，直接做晚班好了。

一個愛咬指甲人的告解

在昨天之前，我一生裡只做過一次指甲美容，而且還是免費的，當時我被一位公關小姐逼著做，因爲她希望我能爲這家在倫敦新開的指甲沙龍店寫一篇心得評論。現在想起來，以前的男同事應該對被我咬得慘不忍睹的指甲肉，和用「年久失修」的指甲敲打鍵盤的樣子感到噁心不已，老實說，我其實只是懶得處理它們而已。

然而，杜拜就是讓我覺得應該要好好打理自己。我不知道是因爲M&M、陽光、還是這裡的每樣東西都被燈光照得美輪美奐。踏入這裡的新社交圈後，每當我啜飲著香檳跟對方閒聊時，對方只會注意到我拿著香檳的手指，全數都被啃過。也許我眞的老了，也許我對事物價值的輕重改變了，但咬手指這件事，眞不是淑女該做的事，你說是吧？

昨天下班後，在人潮洶湧的阿聯酋購物中心迷路近一小時後，我終於找到一間美甲店，推門而入後……發現眼前彷彿是一個新世界。

掛著職業笑容的菲律賓裔店員，招呼我到椅子上坐下，我看著旁邊成排的清潔液和美甲用品，和躺在椅子上享受全套服務的人——上至頭皮按摩，下至腳上晶瑩剔透的指甲油。我頓時心生懼意，我的害怕不久就被證實了，那位服務我的菲律賓人，只消看我手指一眼，就驚訝地倒抽一口氣。

她的眼神大喊：「你到底對你的手做了什麼可怕的事？你這個噁心、不負責任、無知的西方人！」但她嘴裡說：「您今天想要做什麼服務呢？」

我駝著背看著價目單上一系列的服務，臉上露出無知的蠢表情，我怎麼知道要做什麼啊？最後我決定作壓克力指尖美甲，因爲海蒂說這種的最好，不會在指甲底下加入增白劑，因爲，增白劑裡會添加某種化學物質，會妨礙指甲的生長。這樣我還能咬指甲嗎？我很想問她。她現在正在將我牙齒辛勤啃食工作的結果塡滿，我還能將指甲旁邊的肉咬掉嗎……指甲邊緣都會有小小白白的角質翹起來，那個最好咬了！可以咬嗎？可以嗎？

她塡完縫隙之後，拿出了膠水，我內心暗自害怕。我看著她將十片假指甲黏在我精咬細啃的眞指甲上面，細心地塗上了金色的指甲油——不只一次、兩次、三次、四次……好啦，其實一共四次。但是四層，上了四層指甲油。塗在指甲上的覆蓋物數目，比我全身加起來衣服的數目還多！

她帶著驕傲的神情看著我的指甲——也就是她的成品，像一位母親看著新生兒那般的自豪。「全新的指甲造型！」臉上洋溢神采光芒的她宣布道，然後就將我的雙手放到烘甲機裡，等了非常無趣的二十分鐘。而你在享受這些服務的同時，還可以一邊看著影集「六人行」。你只需戴上舒適的耳機，就可以聽到喬伊、莫妮卡、錢德在爭吵的內容，一邊伸出手享受整套美甲服務。

我得承認這一切讓我覺得開心不已，好像自己變成一個眞正的女人一樣。雖然，我在等指甲乾的時候，因爲坐立不安不小心弄糊了兩支指甲，但總比以前在倫敦那種免費的好，我還沒走到地鐵就已經毀了七支指甲。

這些指甲也不好伺候，我打電腦時會一直按錯鍵，另一方面，也覺得有點良心不安，好像我欺騙了全世界，我住在一個謊言裡一樣，不知道男人們是否能夠感覺出來，好啦，某位男人是否能感覺的出來。如果我用做好的指甲輕輕刮過他的背，他是否會覺得太噁心做作而避開？他會不會注意到？男人們到底會不會注意到，昨日幾乎沒有指甲可言的女生，今天卻突然出現驕傲的鷹爪？

我想，現在我還是先平息我內心的咬指甲精好了，也不是爲了男人，而是爲了在社交場合中有雙不會羞於見人的手。順便提供資訊給其他愛咬指甲的人，壓克力指甲還是可以咬喔！只不過咬起來根本感覺不到，所以沒有那種快感。

錢、錢、錢

現在新的公司準備要幫我處理居留問題。這就意味了，我不用爲了簽證問題，每三個月就得飛到鄰近的巴林——很多在沒什麼保障公司工作的人，似乎都是這麼做。解決居留問題也表示，我以後就會有自己專屬的銀行帳戶，不用每次都去銀行兌現支票。

我今天在辦公室的大廳和匯豐銀行的人見面，他們有個特別代表，專門來我們公司跟每個新員工簽約，我非常慶幸新公司能幫我解決處理「錢」的問題，因爲我處理金錢方面的能力近乎零，任何跟數學、數字或財務有關的事，都會讓我冷汗直流。然而在杜拜開銀行帳戶，是一個奇特的經驗。我坐下來才開始填表格沒多久，那位銀行小姐就開始問我想要借多少錢。

如果同一情況發生在匯豐的英國分行，我的耳朵一定會自動忽略這個問題，或是誤以爲是自己過於疲累的大腦想像出來的情節：他們絕對不會借錢給你，你已經欠這家銀行八千英鎊了，別回答她，你已經瘋了。

但是匯豐的杜拜分行好像跟英國分行是兩家毫不相干的銀行。雖然匯豐有世界上辨識度最高的銀行商標，但是這「世界的在地銀行」，並非如此。

上述的情形，就好比英國曼徹斯特市的肯德基員工，打電話給肯德基在摩洛哥馬拉喀市的員工，向他們詢問日常作業程序，卻發現兩邊人馬做的事情南轅北轍。在英國的匯豐銀行沒有告知杜拜分行，其實我已經債務纏身，在杜拜賺著不用繳稅的薪水，並且逃避債務。但是現在，杜拜分行卻要讓我借更多錢。

這其實是件好事，而且不可或缺。因爲就像我之前提過，在杜拜你的房租不是一個月一個月的繳，而是拿支票，一次繳清六個月或是一年的房租。當然，每到一個新地方，一定得找個地方住。可是當你是個年輕有抱負，打算自己到杜拜闖天下的人，通常都不會有超過五萬迪拉姆幣現金在身上，隨時可以繳錢給房東。幸好，我之前存的錢還夠支付住在伊朗屋的費用，因爲伊朗發明家不想房客預付那麼多錢，但我相信下一個房東可能不會這麼想。

那位好心的銀行小姐跟我說，如果我打算搬出伊朗人的家，又需要錢來付下一個住所的房租，我隨時可以跟她連絡，討論借款事宜。或是如果我想要辦車貸或房貸，也可以隨時打電話給他們。只要手指輕輕一彈，他們就會二話不說將大筆資金存到我戶頭（當然利息也高得嚇人），不過因爲我有工作，所以可以用每個月的薪水攤還。這筆錢當然會加到我的秘密債務上，我連在英國都還不出來了……但是現在，我別無選擇，除非我想要住在大街上。

而且，如果我眞的搬家了，我相信這筆債一定可以很快還清，我可以跟杜拜的匯豐分行借錢，拿去還英國分行欠的債，英國分行的人一定覺得我是天使降臨，這計劃太完美了，這地方眞的太棒了！

沒有好處的媒體業

目前為止工作還算順利，網站已正式推出。老實說，我忙到即使現在網站封鎖解除，我也沒時間上臉書。

之前想像中易如反掌的工作，現在變成浩大工程，而且也沒有人能支援我。我原本還以為公司會再僱人，但看來是我多想了……我就這樣一個人寫了網站裡的全部內容，這讓我有點擔心。更糟的是，樓上雜誌部沒有任何一個人願意或想來幫我，海柔爾自從我開工到現在，還沒跟我講到話。我本來寫想一篇關於在杜拜工作的專題，但是海柔爾眞的跟我很不熟，如果我寄信給她，她可能還會以為是垃圾信件直接刪掉。

在世界其他地方，可能沒有人會眞的請一個人負責整個網站，特別是這個網站還至少包含八種目錄項目。我也不知道，對我而言這眞的是個巨大繁重的任務，我甚至還聽人說，公司有可能會派我去電台接受訪問，談論有關名人八卦話題，順便替網站打廣告！M＆M說這是個很棒的機會，我只能說他不論在任何狀況下都能保持樂觀正面的態度，即使像這種我自認為做不到的任務，他還是有辦法讓我覺得，只要我有心就一定做得到。

我最近常出去應酬，見了不少公關行銷部門的人，我跟他們提到網站的事以後，他們都表示對網站非常期待。我必須承認，這一切有點怪，但是至少我不用面對試算表或表格程式之類的東西。如果辦公室裡有人能來跟我聊聊我所寫的東西，或至少跟我講講話，我可能還會對自己的工作有所期待。說眞的，跟這些電腦算數怪咖一起工作，就好像在殯儀館工作一樣，我沒有刻意抹黑他們，我知道他們一定忙到分身乏術：如忙著輸入數字、撰寫密碼系統、駭入杜拜國家銀行的網站等事，但是一般人通常會希望工作到一半，能夠有個人可以聊聊天、說說笑，或是用辦公室旋轉椅在走廊上比賽看誰比較快。但這裡並非如此。

我想樓上的人一定都是這樣，世界上其他雜誌網站的人也都是這樣，只有我們這棟大樓不是。我想他們一定背著我做著各種有趣的事，像是幫彼此的頭髮作造型，將星期一計畫成雞尾酒之日等等。我之前辭掉的工作，會不會是世界上僅存的好工作？更令人害怕的是，我寫部落格的日子已不復在，我出一張嘴哄騙取巧的日子是否也會告一段落？

有些人可能會說，我被寵壞了，以為自己可以什麼事都不用做，全世界最棒的東西都會自動落在我面前。但是任何在媒體界工作的人都知道，以前曾經嚐過那種甜頭而現在被剝奪，在心態上必須花上好一陣時間才能平復。剛開始心還蠻痛的，我知道你們一定會覺得，我怎麼好意思說這種話，覺得我過於恃寵而驕，但這的確是事實。我們為了點小錢而接下這種工作，主要就是為了它的額外好處，如果沒了好處，你只不過是個坐辦公桌的猴子，還要花更多錢去滿足物質享受，以補償自己沒有的遺憾。

我在杜拜媒體界已經工作了兩個多月，我今天早上才第一次被邀請參加，免費品酒宴會。很誇張對吧？不得不承認，在收信匣裡看到這封邀請函時，以前的生活點滴突然湧上心頭，帶有那麼一點複雜隱微的喜悅。但是這裡玩得是另一種遊戲，算了，當我沒說，這根本不是遊戲。雖然現在我只有幾個公關聯絡窗口，但是每天還是有成堆的新聞稿要我發，這些稿子大部分都是阿拉伯文，文筆素質欠佳的信件內容通常會附上這句，「請將這份稿子刊載在您的出版物，多謝。」

多謝？喔，不用謝，親愛的，咱們先等等，你應該給我的免費度假／晚餐／CD／戲票／香水／酒在哪裡？我沒有「幫」你，何謝之有？而且更重要的是你沒有先「幫」我。你到底是哪一點不懂？我到底是爲了什麼離開英國，來到一個大家幫來幫去的好好世界？

至於網站上線這件事，M&M說這家公司是趕鴨子上架了出名，眞是氣死人！

但是，我想我還是要有耐心點，要不然又要開始找第三號工作了（唉！）。

伊朗房東的藝術砲轟

希望天天都是聖誕節嗎？如果你有個伊朗房東這個願望就可成眞。老實說，我不知道伊朗房東兼發明家白天都在做什麼，而且「超級馬力」也已完成。從上星期日開始，史黛西和我突然發現一個驚人的事實：我們的房東不但會發明以動物發電的馬達，他也會創作藝術。

我還沒有機會提到，我們臥房牆上那幅寧靜安詳的天使像，就在我們兩張床的中間，天使一手拿著野生水果，腰帶上插著一把劍，大腿上有一束向日葵。她的耳環彷彿是跟BBC電視劇「倫敦東區」的女主角「派特．普契借的，琥珀色的耳環和畫框橘色的邊相互輝映、熠熠生輝。畫底的那個硬紙板則應該是從工藝店買來的。

散發著慈暉光芒的天使背後，是閃著光芒的大都市，被一股神祕的粉紅色薄霧籠罩住，聽說這是在伊朗設拉子市郊，波斯帝國的古都波斯波利斯。M＆M說房東特別在我們搬進來前把它掛在牆上，應該是希望阿拉可以保佑我們，我覺得這還蠻貼心的（雖然有點怪怪的）。

某天晚上我看電影回來，發現臥房門上貼了另一幅藝術作品時，想像我當時的喜悅之情不言而喻，因為是在門上，所以我還得摸著它才能推門而入。這次的作品主題是兩位小女孩在冷風呼嘯的荒野上迷路了。小女孩們看起來像是一對姐妹，兩人憂鬱地凝視著一塊岩石，心想到底是哪個死孤兒把她們的鞋子拿走了。我不知道這是否就是我和史黛西的現實寫照，比喻我和她站在人生的十字路口，住在某個伊朗人的屋裡。

這兩幅畫都是以「有趣」的角度黏在硬紙板上，我比較喜歡橘色的那幅，比較不喜歡黑色籠罩小孩的那幅，但是我們的房東表示，這兩幅畫都非常、非常地特別。史黛西認爲這兩幅畫應該是爲了啓發我們的靈感，畢竟我們到現在都還沒想出，將超級馬力引進美國的方法。我回說我誠心地希望這不是他的初衷，但心底暗暗害怕被史黛西說中，而且，昨天我們又收到兩幅新的畫作！

這兩幅畫作描繪的是他的祖國——傑出發明人的誕生地。他似乎是想教導我們，如果我們認眞地籌劃推廣超級馬力的偉大計劃，這一切就會是我們的。彷彿透過這兩幅精彩的藝術品，他在對我們大聲喊著：「伊朗——夢想之地，你們聽到了嗎？我聽到了。」

又一次的，他像夜之騎士一樣，趁著我們不在家的時候，迅雷不及掩耳的掛上了這兩幅畫：一幅在房間門旁邊的牆，另外一幅在樓梯間，以便我們爬樓梯的時候可以景仰讚嘆。當然，他這次又帶著實驗精神，嘗試了其他擺畫角度，每一幅都會偏離中心。而且他的畫都會帶有夢幻雲彩般的背景，他每一次創作都是一次成長，我感到很榮幸能夠看著他在創作這條路上大放異彩。

奇怪的是，過去幾個晚上我都一直做惡夢。昨晚我夢到那位銀行家開著一艘有大爪子的船朝我猛追，還有一個邪惡娃娃一直不停地轉著我的床。其實那娃娃也蠻厲害的，因爲水泥床眞的不好轉，我希望伊朗人不會偷偷發明可以轉換夢境的晶片，然後將它藏在這些美麗畫作裡。我仔細

1 Pat Butcher，英國長壽電視劇倫敦東區（Eastenders）的女主角，其耳環造型華麗繁複。

地檢查過房間，確定沒有隱藏式攝影機、任何可以改變心智的儀器，或是趁我們睡覺時可以接到我們身體的電線，所有一切都很正常，除了這些畫作外。

如果他還要不斷地掛上新畫作，我想我得跟他好好談談。如果我們到他的房間，把我們的全家福照釘在他的牆上，他應該也不會開心到哪去吧。我不想擅自將畫作拿下來以免冒犯到他，畢竟他想必覺得自己是個親切和藹的房東，願意將他的才藝與我們分享。我其實也蠻享受這三不五時的小驚喜，也會屏息以待他的新大作。我只是不想要再繼續被畫中人物所擾，過著惡夢連綿的無眠夜晚。

我想會做惡夢就表示，我至少已經逐漸習慣水泥板和扭扭樂被單，算是好事一樁吧。

玩火上身

大好人「交易員」因為不忍心見到他可憐的朋友睡在鄉下小屋的水泥床板，慈悲心大發，邀請我和史黛西去他下榻的豪華艾美酒店小住。他現在人在某個充滿異國風情的地方，準備給他女朋友一個驚喜，因為她女朋友準備花六個月環遊世界，之後會搬到杜拜跟他一起住。當然，她來杜拜後，一定會住在這間豪華精緻套房，享受真正的晚宴派對，隨時都可以邀請賓客（上天真是太不公平了！）

打包好週末行的行李後，我們揮別這個像馬戲團的地方：伊朗人正在清洗車道上的超級馬力，還有將我們一大半衣服洗到縮水的清潔婦。一抵達艾美酒店後，我們馬上就開了一瓶酒，縱情享受如同展示廳的客廳區域和覆蓋沙塵的陽台外美不勝收的景色。

我們玩了一會「家家酒」，假裝我們真的住在這裡，爾後M&M也來了。

交易員跟我說了一些關於M&M的過往傳言，雖然他不認識M&M，但是身為朋友，他不想看到我受傷。他說暗通曲款害人又害己，他說的沒錯。他也要我們兩個要特別小心，回教男人如果被發現有通姦行為，會有很嚴重的後果。但是我沒有提及的是，M&M在臥房裡天賦異稟——這項才能將會在艾美酒店的臥房裡被好好檢驗。

我知道在別人的房子裡做這種事有點缺德，但同時也非常刺激。我們的對話亦發熱切，兩人間的會晤也是。這次完事後，我親熱地抱著他依偎，希望他可以留下來，當然他不能。M&M帶著歉意起身、走向浴室，我輕嘆了一口氣，轉過身去，然後，我聽到他打開了水龍頭。

星期五半夜，跟我做完後，他在浴室沖著澡，唉。

我感到一陣噁心，我厭惡自己，也厭惡他。他洗去了任何一絲我在他身上殘留的痕跡，彷彿我們之間從來沒發生過，然後躡手躡腳地爬回另一個女人的床上。他完全沒有意識到這對我而言是多麼糟糕的事情，我覺得自己像個隨便、廉價的妓女。

我承認在他走之後，我狠狠地大哭一場，還發誓一定要抽身不再淌這淌渾水。交易員說的沒錯，陷入的人的確會受傷。但令人不解的是，幾天過後我發現，不管他是有意還是無意的，M&M那一絲拒絕之意，卻讓我更渴望他。我想再見到他，讓他一個彌補我的機會。天殺的，我什麼時候變得那麼依賴人？

玩辦家家酒是一回事，但是離鄉背景玩火……看來，我只能逼自己適應了。

倫敦地鐵罷工

怎麼可能，以前從來沒發生過倫敦地鐵罷工的事件。在離家鄉那麼遠的地方聽到這個消息，好像心被捅了一刀一樣：我眞想念倫敦。坐在猶如殯儀館的辦公室裡，看到有關家鄉的消息，總是讓我心情沮喪，如果再加上當天心情不好，狀況就更糟糕。但是我們這些離開倫敦的遊子，不會忘記當初離開首都的原因。

我可能提過在搬來杜拜之後，對倫敦的大衆捷運系統也就釋懷了，但是老實說，這種狀況通常都是一時的：例如我朋友的保時捷跑車送廠修理（所以我沒得搭）、飯店外的排隊等計程車的人超過五人、或是加長型禮車裡的冷氣不涼。

因爲三不五時就聽到倫敦的大衆交通系統哪裡又罷工，或是哪條線又在維修（可能修到海枯石爛都不會修好），在細雨綿綿的倫敦遇到這種狀況，還眞是會氣死人。大家應該來這裡看看這裡的交通工具狀況，在杜拜搭車保證有下列配備：

・私人司機
・冷氣
・座位

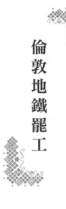

・沒有人在上頭撒過尿的座位

然而另一方面，在杜拜搭計程車也有另一些挑戰，兩相比較之下，倫敦似乎就沒那麼糟了。其狀況如下：

・司機不會說英文

・司機根本不說話

・司機不會開車

・司機開了十八小時的班後，抓著方向盤睡著

・奇濃無比的體味，即使打開窗戶還是散不掉，冷氣終究敵不過天氣的濕熱

嚴格說起來，我之前才寫電郵跟海蒂討論過，雖然這裡的司機對於目的地位置一問三不知，雖然我們得從底下穿越六線道車道到另一端的酒吧，雖然號稱便宜的計程車資其實加一加也沒有便宜到哪去，至少我們知道這些計程車司機絕對不會罷工，而且如果他們眞的罷工，我們只要再僱用私人司機就好了。

我知道有個男的雇用了一個矮個兒，每天早上載他去上班，晚上再去接他下班，而且價格十分平實。他甚至還在凌晨三點鐘喝得爛醉的時候打電話給他，叫他來肯德基接他，有時候他會分他的肯德基給矮個兒吃，有時候不會。

你可能覺得這些話聽起來過於頤指氣使，但是憑良心講，如果你在倫敦能夠享有這種服務，你也會這麼做的，不是嗎？就好比如果你可以付錢給某個小婦人，叫她住在你的櫥櫃裡，並幫你洗所有的衣服（海蒂家的就住在她的車庫），你也會這麼做。又好比你排除任何搭乘大衆交通工

具的可能，去買了一台油錢要價五鎊的車。[1]碳足跡是什麼？杜拜沒這種東西。

「人生中唯一能確定的事情就是死亡與納稅。」雖然你在杜拜可以不用繳任何稅，但是你在這裡被五十台疊起來的車子壓死的機率，卻是全地球最高的。因此要論定哪裡的交通制度比較好，就跟丟硬幣決勝負一樣難，但如果仔細思量過後，我認爲大家應該要對地鐵心存感激。

1 Carbon Footprint，用來衡量人類在日常生活消耗的二氧化碳，概念源自英國，英國也是世界上最早執行碳足跡制度的國家。

憤怒

今天一早就被怒氣籠罩，其實昨天就有點感覺了，但是我喝了幾杯可樂娜啤酒，嘴巴隨著購物中心裡菲律賓酒吧歌手，發出無聲的合唱，硬是把那情緒給壓下去。今天我再也不能坐視不管，我一睜開眼就感覺到那股怒氣。一醒來就對著鬧鐘爆出猶如電影大法師中被附身女孩粗口連篇的詛咒，兩隻拳頭重重地敲打在床上，史黛西對我的行為也不以為意，因為她自己也是。

有人說當女人們住在一起，她們的「發怒期」會變得一樣，我得承認這是真的。昨天交易員和銀行家跟我們說，他們不需要知道這種事，但史黛西馬上就反駁他們說這是一定要知道的。如果一位男性想要跟兩位同居的女性保持朋友往來關係，就必須知道發怒期所附帶的危險。

今早我去上班時，怒氣亦發熾烈。滙豐銀行將我的薪轉交易搞砸了，害得我只能乞求朋友借我錢應急。

新辦公室的男女共用廁所真的很不方便，特別是當我跟史丹利激烈地爭辯「未來發展的業務架構和計畫仍在停滯中」之後，結果就在廁所狹路相逢，我對著鏡子整理頭髮的時候，還得聽著他在小便斗窸窸窣窣的撒尿聲，煩死了。

廁所裡的運作模式也很怪異，過去幾個禮拜以來，每次我要去上廁所時，就會發現裡面總有一個清潔工，在那邊刷地、拖地、擦拭東西、無意義地放置一堆藍色小石頭在廁所的角落——只爲了視覺美觀。反正他總是做著一些有關化學藥劑類的活動。

今天他問我喜不喜歡唱歌，這話問得眞不是時候，其他時候問我，我都不會有什麼問題。但今天這問題讓我感到異常憤怒，我在腦中大叫：你這話什麼意思？你爲什麼要來煩我？關你什麼事？你爲什麼需要知道，爲什麼？爲什麼？

後來他跟我說，因爲他常聽到我在辦公桌那裡唱歌（他說的沒錯），認識我的人都知道，我只要聽著iPod就會跟著哼歌。但是憤怒卻提醒了我，這清潔工在我附近打掃的次數也太頻繁了吧？我又不是什麼垃圾製造精，我附近的地板也不用每個小時都打掃一次吧？

現在的我只能從他的話裡解讀出惡意和不懷好意的涵義，憤怒讓我覺得他在我附近打掃只是個藉口，其實他偷偷蒐集我頭上掉下來的頭髮，好拿回去做成巫毒娃娃。滾開，你這個噁心的怪咖，你好怪、你好怪、怪斃了～～～～！

腦中的喊叫聲尙未停歇，他又說他想唱歌給我聽。若是平日，我可能只會禮貌性地笑一笑，開他一個小玩笑然後走開。但是今天，憤怒猶如脫韁野馬在我血管裡奔騰，我氣得想把牆上的洗手乳機器拔下來往他頭上砸。當我將廁所的大門關上時，他仍在那裡唱著：「你眞的好美……」而且還蠻大聲的。

爲什麼？爲什麼他要這麼做？爲什麼他一定要在廁所唱歌？爲什麼要對我唱？爲什麼是今天？爲什麼要唱歌？爲什麼？

我發出一聲僞笑，硬把怒氣呑下去，決定不要讓他難堪。是我自己要發怒的，不是他的錯，我要淡然接受內心的惡魔。我腦子裡的聲音一直告訴我，抵抗、抵抗、再抵抗，竭盡所能不讓自己踢那道門。

有時候，杜拜不是個能讓人平息怒氣的地方，你可能可以推測怒氣何時會來，但卻無法得知它會持續多久，抵抗、抵抗、再抵抗……

直落黃泉路

我今天差點沒命，我眞的受夠了。每天早上招計程車去上班，一坐進去就將包包緊抱在胸前，手指緊抓著手機，深怕一個不小心就會需要打九九九緊急求救電話。某天早上，史黛西下車去她的辦公大樓後，車子繼續開往我上班的地方，結果一台不知道從哪冒出來的運動型休旅車，在這僅有兩線道的車道上奔馳，而且就在我們車子旁邊。他在超車時還差點刮到我們的車，囂張的樣子彷彿我們根本沒在路上，我尖叫出聲，可能還順口罵了聲髒話。我緊抓的著車門的手把，硬是不讓眼淚飆出來，一邊祈禱我能平安抵達公司。

今天早上，同樣的問題又出現了。這一次的主角是公車，這輛公車差點將我們逼到橋的邊緣。我今天眞的忍不住放聲大叫，我的叫聲嚇到後座兩位同事，這兩位仁兄昨晚喝得爛醉，今早還在宿醉，壓根沒發現車外的情形。我大叫：「不！老天，不！」但是司機把我的驚恐和外頭生死一線牽的狀況當成笑話，繼續面帶微笑地開著車。

他甚至還把頭靠在旁邊車窗上，帶著一種近乎在做白日夢的神情開車，然後他笑出聲，沒錯，眞的笑出聲！這種危險駕駛對他而言有如家常便飯，瀕死經驗已成了常規。若車子沒有失控甩出車道，飛越六線道近五十英呎，直接撞上工地的鷹架，像變形金剛一樣揮手掃下一整排工人，他是連眼睛都不會眨一下的。

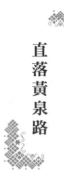

現在的路況是全年最糟的，暑假已經過了，學校也開課了，外頭依舊熱得發燙，整座城市一掃兩個月前我們抵達時那種沉悶遲滯的氣氛。有時候我也不確定自己是否喜歡這樣的杜拜。至少，可以確定的是，當我們月底搬出伊朗屋以後，未來一定會好上一百倍（後面會再提到）。等天氣轉涼後，酒吧也會擺出戶外座位，到時我們就可以坐在外頭欣賞日落，卻不用擔心全身血液直接被太陽煮沸，或是一半以上的重量全都流汗流掉了。

但是杜拜的交通真的嚇死我，我本來就是一個神經比較敏感的乘客。以前朋友就說過我是個愛抓車門把的人，我連要去街角買瓶牛奶都是用跑的。我想這一切應該跟我十八歲時，跟某任前男友出過的車禍有關，但也有可能是因為我是個控制狂。我坐在五十個安全氣囊和降落傘系統、寬敞安全的福斯汽車裡，都會嚇到眼睛緊閉，嘴裡狂念禱文，更別提如果我是被擠在你家保時捷跑車後座時會怎麼樣了。

不過就像我一再提到的：在此地沒有車子是萬萬不行的，去每個地方都需要車子。舉個例子好了，之前某個晚上，史黛西和我決定要去吃壽司，老天，我現在光想起來都氣得直冒煙。

想當然耳，之前覺得走一走就會找到壽司店的天眞想像，後來演變成兩個半小時的遠征，走到後來才發現因爲星期日當地壽司店都沒有開。就這樣，我們兩個走了一英哩的路，全身滴著汗。跟我們約好要吃晚餐的「交易員」，餓著肚子開著車繞遍所有的單行道，試圖找到我們，直到後來才發現，我們兩個的身影被一座圓環遮蓋，圓環被一棟危樓、沙漠邊境和傳出嚎啕朗誦聲的清眞寺所圍繞，因此不管車子繞到哪個角度都會看不到我們。

最後交易員終於找到坐在路邊的我們，我們全身都蒙上一層沙塵，活像火山爆發後的生還者。當我們坐上他赤陶色的座椅前往壽司餐廳後，我們的耳朵被嬰兒的哭叫聲蹂躪，餐廳空氣稀薄，大概只比月球上多一點。

因爲太生氣了，所以我們又找了藉口上了保時捷的後座（對我極爲不利），飆去最近的五星級飯店——杜錫特旅館，裡面有一間很棒的餐廳叫做派克斯，在這裡悅耳的爵士樂聲、紅酒和龍蝦比薩平息了我們的怒氣。

但是這不是重點，重點是當這美味比薩進入我嘴裡之前，我們白白花費了三個小時，這算是哪門子的「上館子」，根本就是歷經千辛萬苦及飢餓折磨的覓食遠征隊，這種辛苦大概只有在雨季時跋涉行軍的古西藏戰士才懂。

我不想在這裡買車，雖然搭計程車代步眞的是件麻煩事，如果可以的話，我根本就不想上路。但是直到杜拜了解到徒步走路的行人和視死如歸的摩托車騎士擁有一樣的路權，我只能繼續緊抓著車門內的手把保命（可能也會順便買一頂防撞頭盔）。

誰會住在這樣的房子裡？

這間屋子雖然只有伊朗屋的八分之一大，但仍是一座令人印象深刻的建築，以泥褐色材質搭建成的房子，就這麼突然出現在伊朗屋的隔壁。我完全不知道它是從哪冒出來的，上一秒這地方還是佈滿沙泥的空地，下一秒就像貝都因人的神奇游牧帳篷一樣猛地出現。而且還有粉紅色磚頭搭建成的門階，和加了框的雙方形窗戶，門邊還有垂下來的窗簾，稍微傾斜的屋簷是為了突如其來的傾盆大雨所設計的，最後還有具有衝突美的藍色橫條紋，一槓一槓地錯落在房子外牆上，老實說我還挺喜歡這屋子的。

我原本還在想，搞不好這鄰居會忌妒伊朗人的超級馬力，畢竟那令人驚畏的偉大發明還停在車道上，大剌剌地招攬左鄰右舍的目光和注意力。我想造出這棟屋子的人，應該想要對伊朗人還以顏色吧，這種展示屋臨建隨拆式的建材可能會在杜拜一炮而紅，在大家認真的蓋好大樓以前，這種臨時屋都還有發展的空間。

M&M隨即告訴我，這棟建築是一座回教齋戒月小屋，供祈禱信徒和夜間娛樂活動用。可想而知，沒多久這棟小屋就會瀰漫香甜的蘋果水煙味，如果我和史黛西夠幸運的話，說不定會受到鄰居的邀請，進去喝杯薄荷茶，因爲齋戒月也是個與他人分享東西的月份。

我非常想要進去參觀，甚至還一度想問屋主可不可以住在裡面，本人自願在白天當守衛看管

隔壁沒由來冒出來的回教齋戒月小屋，堪稱是本人見過最棒的屋子。

這棟小屋，防止貓入侵。那間屋子看起來比我現在住的房間和水泥板床舒適多了，反正我們也習慣了有廚房但什麼都不能用的窘境。

我認眞地考慮要敲門或掀開門邊窗簾看一下租屋的價錢，雖然冷氣系統也可能不怎麼管用，但是……睡覺時就不用擔心有伊朗人的藝術創作俯瞰我們，搞不好我跟史黛西能從此不用再分租簡陋的房間，而是一間屋子。這間有著棉質牆壁、門口有拼湊物的屋子，眞是棒透了！

先吃早午餐，再吃開齋晚餐

有些人爲了減肥，盤子裡只有生菜，這種瘦到呼吸時，肋骨會貼到脊椎的人，在杜拜會被人排擠、忽略、嘲笑。「纖細」這個概念也許在世界上某些地方很夯，但是在杜拜，人們對吃這件事情大力推崇。對大部分的當地人（還有包括我），這是一種生活方式，好萊塢那些頭彷彿插竹竿般的明星們，應該花幾個禮拜來這裡跟他們學學。

在這裡有樣大家都心知肚明的東西，叫做「杜拜石」，這跟腎結石扯不上邊，這是指外國人來到這裡約一個月後體重增加的重量。當天氣熱到不行，海邊和任何戶外活動都變成人間煉獄時，你最好的選擇就是去購物中心，或是超大型自助餐廳，裡頭的早午餐可以讓你愉快地度過無聊的時光。或者你也可以去健身房，但是那是遜咖去的地方。我現在，哼，可增了不少重量，但我對自己增加的這幾磅，一點悔意也沒有，我在英國的時候，吃東西從來沒有像在這裡一樣，充滿樂趣。

話雖如此，儘管我非常享受食物，眼看齋戒月即將在本週展開，也就是說接下來的一個月，依照農曆習俗慣例會是禁食的時間。

在齋戒期間，從日出到日落這段時間，在公共場合吃喝東西是違法的，酒精飲料更是違禁品。如果你膽敢在街上開一瓶礦泉水來喝，馬上就會被開罰單或甚至被抓去關。在午休時間，一邊瀏覽網路，如果你想一邊拿起在家做好的自製三明治起來吃……更是想都別想，你以為你是哪位大人物啊？

但是到了晚上，就有所謂的開齋晚餐——表示禁食中止。四處可看到自助餐和搭建起來的水煙小屋，就像我們在伊朗屋隔壁那間一樣。大部分飯店的前面也會搭建一個大帳篷。有些地方，你還可以隨性的坐在沙地上，喝著茶吃著各式各樣美味佳餚。開齋派對會持續整晚。此時，人們忘了白天的擔憂，和種種為了禱告所做的犧牲；此時，是大家好好反省，感謝目前所擁有的東西以及做出貢獻和善行的時間。因為這聽起來像是個很有趣的經驗，我和史黛西決定要嚴格遵守白天的禁食傳統，以平衡週末的暴飲暴食。

我想本人畢生從來沒有在一天內吃掉這麼多食物，上星期五真的是破了我的紀錄——不怎麼光榮的貪食鬼紀錄。我每次吃完早午餐，都會覺得很愧疚，老實說，我一直都活在貪食的罪惡感中。如果我打電話跟我媽報告我吃下的東西：一整盤海鮮、壽司、馬鈴薯泥、外加巧克力格子餅，她一定會帶著腸胃藥搭飛機趕過來。

但是在杜拜JW萬豪酒店的十二小時馬拉松早午餐，這裡的飲食毫無規矩可循。是的，整整十二小時。本人一直是這種吃到飽的飲食哲學擁護者。在阿爾卡薩運河飯店裡的四小時奢華早午餐，已經夠讓人手舞足蹈，但在五星級飯店享用十二小時的豪華饗宴，讓我興奮到前一晚都睡不著覺。最後睡著時，豪華自助餐長桌出現在我夢裡，拉著我偏偏起舞，就好像迪士尼卡通「美女與野獸」裡的那一幕。「親愛的客人，請盡情地吃！」會說話的餐具們熱情地邀約著，我挖起一整桶的起士放到盤子上，上面還有半隻北京烤鴨和可樂造型軟糖。「好，我會的，謝謝！」我回道。

事實上，我們坐在同一個桌子整整十二個小時，這桌坐了超過十五個人，其中我和史黛西認識的人有：銀行家、交易員和海蒂。我們大吃、大喝然後重複上述步驟。我們吃了新鮮生蠔和草莓起士蛋糕，接著又吃了炒蝦和巧克力棉花糖串。我們在章魚沙拉上淋上蒜泥海鮮醬、牛排上灑上斯提耳頓乾酪。我個人還將小熊軟糖浸在伏特加裡，打算晚點享用，我的個人手提包裡塞滿了零食甜點。下次我一定要記得帶保鮮盒來裝。

到了下午四點至六點間，他們停止供應酒類飲料，以便準備下一輪供餐。但是我們不知羞恥地，在桌上擺滿足以喝上兩個小時的雞尾酒，服務生似乎也沒什麼意見。如果他們有意見的話，我們可能會把那些之前放在我們這桌的酒瓶，拿到廁所去狂灌豪飲，喝光了再把軟木塞塞回去，藏在袋子裡再放回桌上。

這場杯盤狼藉的歡樂鬧劇，從大中午一直持續到大半夜。原本餐廳裡頭坐著的應該是尋常老百姓，自尊自愛的好市民，但現在看起來就像失控的動物園，裡面充滿各式各樣醉醺醺的野生動物。有人大聲喝采，有人大聲唱歌，有人跳舞跳得不亦樂乎。有人在玩眞心話大冒險、有人玩乾杯比賽、有人吵架吵得不可開交，還有女生將整盤蛋糕往男生的臉上砸去。然而那天的高潮，莫過於接近晚上十一點半時，隔壁那桌人在幫某個男的慶生，逼他喝下一種俗稱「牛蛙」的致命調酒，他一飲而盡後，無法克制地攤坐在椅子上，衣服被拉高掛在頭附近，整個人不醒人事，口水流得滿地都是。

你看到這裡可能會想，拜託，都幾歲了，怎麼還會覺得這種玩笑好笑？是沒錯，本來是沒那麼好笑，但是後來經理出現了，還推著一台殘障專用輪椅，經理將這位完全喪失意識的仁兄放上車，從餐廳後門推出去，他的朋友們在他被推出去的同時，大聲地唱著「生日快樂」，那情景眞的令人忍俊不住。（我聽說那個人現在還活著。）

所以，感謝老天我們度過了一個禁吃午餐的月份。每個晚上的開齋晚餐，再加上每週一次的全天候早午餐，應該不算太過份吧？嗯，還是別回答的好。

麗池酒店的浪漫二三事

M＆M昨晚像一陣風似地將我劫持（也有可能是我劫持他）。多虧了我這個好處多多的新工作，我被邀請去畢生去過最奢華的飯店，寫一篇評論報導。這家位於卡達多哈的沙迦度假村及水療中心隸屬麗池集團旗下，但是我想，去到那邊，能做的應該不只是喝喝茶而已。

從杜拜飛到卡達僅需四十分鐘時間，我和M＆M下班後去搭飛機，晚上九點就已抵達這座奢華的度假村。我們進去房間後發現，浴室裡的浴缸已放好熱水，上面浮著濃郁綿密的泡泡，泡泡的中央還有一顆以玫瑰花瓣點綴成的愛心，當然，用不著我多說，我們進房後的第一個動作就是……痛快地洗個鴛鴦浴。

搭飛機直奔另一個國家，只爲了在豪華飯店住一晚，聽起來好像過於奢侈浪費，換作是幾個月前的我，一定連想都不敢想。但是那時候的我，可能作夢也沒想到，我會遇到M＆M，然後跟他一起飛到這麼夢幻的地方過上一晚，機票錢還是由大方的M＆M出的。然而，每次他帶我到某處幽會，我還是會感到那股罪惡感，我想他應該也一樣，但是我們從不討論這個話題。我有時候會對那個女人感到好奇，想知道她是怎麼樣的人，以及爲什麼他會這麼不開心，以致於我們演變成現在這種情形，有時候我也會想，他會不會突然就抽身再也不回來，還是最後轉身離開的人是我。

我從來沒有想過，自己有當「情婦」的一天。我這一生認眞交往的次數也不過三次，所以依我難搞挑剔的程度看來，我千挑萬選也不可能挑個情婦的角色來玩。我想像中的情婦，是那種城府很深、胸前波濤洶湧的女人，她們無論天氣狀況如何，總是可以穿著火紅色的馬甲，自信滿滿地蹬著六吋高的高跟鞋，在放文具的儲藏室或是空無一人的停車場，拿著皮鞭等著愛人現身。我承認我對情婦的想像，可能還混雜一點SM女王的成分，但是我一直覺得這兩者好像沒什麼分別……

我不是在替我自己的行爲辯解，但是我敢肯定全杜拜一定有成千上萬件的偷情戲正在上演中（但其中可能只有一小部分會上演火紅馬甲＋文具儲藏室的情節）。其中很多都是有秘密金錢掛鉤，你常會在看到外表完全不搭嘎的情侶在某個低調時尚飯店的餐廳裡用餐，心想應該沒人會認出他們。不知道是否有人看過我和M&M在一起，但是還沒向別人爆料。

坦白說我眞的一天到晚都在想這些東西，我在想到底哪天我的理智會戰勝肉慾，讓我停止這一切，我也常常自問爲什麼到現在還沒結束這段關係。當然，我會這樣想並不代表我眞的會這麼做，因爲他還是一直吸引我，讓我一步步陷入情網，我想我對他也是。又或者這一切只是虛榮心作祟，因爲我認識他的那晚，他瀟灑地走進酒吧，不只買了一杯，而是兩杯的可樂娜啤酒請我喝，我常會不自覺地一直回想到這段經過。

偷情這檔事眞的很好玩，很刺激，我從來沒有如此被人渴求、追求、愛慕過。他三不五時就送我禮物，甚至還請花店送一大束花到我辦公室桌上，老闆史丹利假使要把我訓一頓時，只能很不自在地透過巨型百合花朵的縫隙才能看到我。這簡直讓我的白尊心和自信膨脹到天上去，誰會知道平凡如我，這個來自林肯郡的小村姑，也能如此深深地撼動一個阿拉伯男子的世界。

但是同時，我又不想傷害任何人。你說，這是不是很矛盾、很可悲？我擔心的是自己不夠堅強……

他已經跟我說過幾次他愛我，我也覺得他是認眞的，只是我不確定自己是否也愛他。聽到他說的時候我心裡其實有點怕，因爲我知道他會希望聽到我的回應，說我也愛他，但是我知道我不該這麼做。關於我和M&M之間的事，我只能跟史黛西講，因爲在外人的眼裡，我和M&M應該是兩個沒有交集的個體，只不過偶爾幾個晚上一起把酒言歡罷了，我自己其實也非常在意這一點，但是卻不願承認。

我不擅長保守秘密，我喜歡和別人分享我的生活，看到現在你應該也能體會到這一點。然而，我卻不能在他Facebook的塗鴉牆上留甜蜜訊息給他、我也不能在深夜打電話給他跟他聊天、或是隨時邀請他來我家共進晚餐。如果我的房間裡有東西壞掉了，我也不能期待他能來幫我修理、又或是萬一我三更半夜出了什麼事被送到醫院去，他也不能趕來看我。萬一我不小心殺死一隻駱駝，他也不能來保我出獄。我不能和他母親見面，更別說要去他家裡坐坐了，因爲他太太平常都在家。

但是當然，他還是可以做任何自己想做的事、去任何想去的地方。他可以把全世界給我，然後再回到他老婆的床上。或是像上次去交易員的豪華飯店公寓那個周末一樣，他留我一個人在床上，而我帶著罪惡感，厭惡自己和他。

即便現在我莫名地敬畏著M&M，我還是不確定自己該怎麼處理我倆中間的那座牆。M&M

和我來自兩個截然不同的世界，如果眞的要誠實地剖析一切，我們兩個除了都追求生命中更美好的享受之外，沒有什麼共通點。他非常的博學多聞，而我……完全不是。他將我當成個大人一樣談論政治、商業和金錢問題，但是這些都不是我的強項，我常覺得自己像個愚蠢的小孩。

吃完晚餐後，我和M&M到臥室裡的大床，雪白的床單上同樣地也灑上玫瑰花瓣。我從來沒想過，自己會在結婚度蜜月之前，看到眼前這副景象，內心還貪婪地想著，不知道能不能在新婚時再度看到，如果眞的有那麼一天的話……

其實想想這樣也還蠻討厭，在這種數一數二的浪漫時刻，當大多數的女孩都在籌劃著如何和另一半共度幸福下半輩子，我對M&M卻不能有這樣的想像或期盼。

齋戒月快樂（Ramadan Kareem）

大家一整天都不斷地對著我說「齋月快樂」，因爲依據農曆今天是聖月的第一天，Ramadan Kareem就跟我們所說的耶誕快樂有點類似，只不過你不會花五小時烤火雞，或是拿著威士忌猛灌。接下來的四個星期，所有的食物和飲料是非法的、禁止的、邪惡的、侮辱的、冒犯的，同樣被禁止的，還有在白天進行性行爲和抽菸（唉～我多麼想念這兩樣）。

下班後我們可以去開齋晚餐，我之前就提過了，天黑之後禁食令便解除，我們可以吃到下巴脫臼都行，但是有一項規定就是——不能有音樂，哈瑞哥多斯卡拉ＯＫ吧也因此休息了一個月沒開。這對我眞是一大打擊，但是就像海蒂一針見血地分析：「音樂讓人想跳舞，跳舞讓人想『炒飯』。」所以，爲了全人類的福祉著想，這間店關門一陣子也不見得是件壞事。

拜海蒂所賜，我們工作的時候，不可以在辦公桌上吃喝東西，因此本來就瀰漫著殯儀館般氣氛的辦公室，現在又比平時更安靜了。我想飢餓已經慢慢地滲入大家的骨子裡，大家整天都沒吃飯。我跟當地人一樣參與了禁食活動，因爲想要多了解這裡的文化習俗，也許這麼做了以後，我就知道這裡的人都是怎麼思考的，或許還可以從此蛻變成一個更好的人。最後禁食解除後，我們可以殺一頭羊來慶祝。

我覺得這個習俗十分耐人尋味，M&M跟我說，聖月的最後一天，回教徒會開車到沙漠的某個地方，參加綿羊買賣會，人們會花四個小時排隊，只爲了買到一隻最好的羊，然後將羊綁起來放在後車廂，開車去屠宰場，再排隊個幾小時，將買來的羊讓人給宰了。羊頭就留給那位砍下牠的幸運兒，剩下的軀體就帶回家烹煮，或者是捐給窮人。

當然很多現代家庭，都直接請屠夫幫他們處理，這樣比較方便。但是我覺得來趟浪漫的沙漠之旅何樂而不爲？如此優良的傳統應該繼續施行。但是話又說回來，如果我開著保時捷，後面卻不斷傳來羊排洩物的味道，我可能也會崩潰，所以有人願意做這樣的犧牲，幫忙人們處理這個問題，我們還眞得要好好感謝他們啊。

今天我進去辦公室後，發現之前在多哈的度假村飯店裡拿走的蘋果，仍放在桌上。我將這顆蘋果視爲M＆M對我的寵愛，還有我們在那裡度過浪漫夜晚的象徵，所以一直不讓自己吃掉它。而現在，這顆蘋果成了我的道德考驗。

我不知道這顆遲遲未被吃掉的蘋果，是否可能冒犯到任何人。我寄了封電郵，給送這顆蘋果的始作俑者，因爲我心中充滿了困惑。

這顆蘋果就這樣，光采奪目、新鮮誘人的坐在我桌上，讓人一不小心便會違反信仰、而犯罪。但是如果我將它移走，別人可能會覺得我想太多了，又或者懷疑是我吃掉了蘋果，可是如果眞的吃了，就等於犯了戒條。如果我把蘋果放到抽屜去，我可能會從此就忘了它的存在，之後蘋果腐爛的味道就會傳出來，同樣也冒犯到別人。這眞是個怎麼做怎麼錯的狀況，我昨天早該把它吃掉的，我想得不夠周全。

我們家睿智的M＆M先生說，最好的解決方法就是把蘋果放進我皮包裡，然後在回家的路上把它拿給路旁的窮人，或工地上的建築工人。這樣我既可以解決整天受到蘋果的誘惑，又可以幫助到需要幫助的人。這麼做的話，老天爺一定會讚許地幫我加個幾分。

要不然，他又建議我在辦公室裡直接站起來大吼：「這只是個蘋果而已，我再也受不了了！」然後拿起蘋果用力地扔出去。

回歸正常生活、回到現實

這個週末是史黛西和我搬出伊朗屋的日子，我們在高浩區找到一間兩房公寓，地點很靠近之前辦啤酒節的愛爾蘭村。更重要的是，這個地方離我工作的地方非常近，走走跳跳個三五步就到了。這棟公寓是我那位好心的銀行家朋友幫我搭上線的，房東是個圓臉、笑容滿面的加拿大人，一看就不是發明家。房租也蠻合理的，一次繳清六個月，我和史黛西各付四千迪拉姆幣，而且和其他地方不同的是，裡面的房間都已經裝潢好，附上家具了。

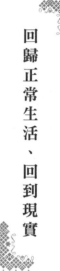

因爲史黛西還要另外花錢搭計程車去工作，再加上我的房間裡是含衛浴的，所以我決定多分擔一點房租。更何況，房間裡還有堪稱我看過最大、最舒服的豪華雙人床（絕對不是水泥做成的）。我一搬進去馬上就買了一張新的被單，將之前那條有扭扭樂圖案的大毛巾丟進垃圾桶裡，在我眼裡它不再是條毛巾。

我覺得我和史黛西來這裡那麼久，終於有熬出頭的感覺。我們的新住所沒有雙胞胎站在荒地的怪異畫作，也沒有在跑步機上跑得上氣不接下氣的馬，隔壁也沒有樣子怪異、像帳篷一樣隨風搖曳的房子。相反地，在這裡可以在寂靜的夜裡坐在陽台邊喝著紅酒，俯瞰樓下愛爾蘭村那邊的醉漢，坐在屋頂的按摩浴池裡啜飲香檳，房裡裝有內建衣櫥，我們專屬的清潔婦不會和某人在洗衣室裡瞎搞，打開液晶螢幕電視，也不會只有A片可以看，這裡的一切，都幸福地讓人彷彿置身於天堂。

我們的屋頂真的美不勝收，史黛西覺得它看起來像高級飯店的露天平台，不但採光良好，而且附近擺設的休息桌椅還架有遮陽的洋傘，這裡的游泳池大得像奧運指定用池，我已盤算好要開一場讓其他派對相形失色的奢華派對。泳池旁有ＤＪ放著一首又一首讓人開心地手舞足蹈的歌曲，大家慵懶地坐在按摩浴池裡喝著香檳，還一邊對我從宜家買來的香檳杯讚譽有加，你看看，這派對是不是夠奢華、夠氣派？

當我們說要搬出去的時候，看得出來伊朗發明家還蠻難過的，幸好，他沒有要送我們他的畫作當離別禮物，但是卻強調，我們沒有幫助他推廣超級馬力到美國，以後一定會後悔。

我想，這點小失望我們還挺得住。

1 約三萬一千元台幣。

充滿罪惡感的晚餐

我眞的盡我所能地遵守齋戒月的規定，但是我必須承認，很不幸地我在星期五犯了戒，我腦中閃過三次性的念頭，然後又吃了一個鮭魚三明治，雖然有吃東西，但是我心裡還是很介意，因爲史黛西仍堅守神聖戒律。她就坐在我的正對面，看著我吃掉整個三明治，自己完全沒吃任何東西。當天晚上，我在巴拉斯提酒吧喝了四瓶啤酒，一邊喝還一邊想著窮人家沒錢喝酒，這樣自己就覺得幸福多了。爲了贖罪，我星期六完全沒吃任何東西，但是去買了一雙很美的新鞋，結果被卡在購物中心的旋轉門間，後來又在電影院的台階上跌倒，餓太久眞的會讓人變得笨拙。

我完全了解自己應該入境隨俗，好好學習人家的文化，過著無罪、無欲、無壓力、與世無爭的一個月。我知道自己做得到，但……目前爲止都失敗了。相信我，我眞的能改！這世上有這麼多美好的事物，這麼多美妙的感覺和體驗，我彷彿騰雲駕霧，一邊唱著歌一邊馳騁雲海，和愛心熊一起滑下彩虹橋，你看，這世界多美好，好感覺擋都擋不住，直到匯豐銀行打來，那間清一色操著半調子英文、彬彬有禮的阿拉伯女員工的銀行。

我：「你們銀行搞砸我的支票簿申請，現在又說一定要本人親自辦理，不能透過電話辦。」

銀行小姐：「你可以透過電話辦理。」

我：「我已經透過電話申請過了，你們銀行卻搞砸了。他們說我得親自到這裡重新申請一本，這樣我才可以親自簽名。」

銀行小姐：「你可以透過電話辦理。」

我：「不行，他們叫我來這裡親自申請，這樣我才可以親自簽名。」

銀行小姐：「沒問題，你只要塡完這個表格就行了。」

我：「好，但是我需要付錢給我的房東，我可以現在就領取現鈔嗎？」

銀行小姐：「不行，我們不是出納員，你必須去另一家分行領款。」

我：「那家分行在哪裡？」

銀行小姐：「在杜拜的布林區，約二十分鐘計程車車程。」

我：「好，他們什麼時候關門？」

銀行小姐：「再過十分鐘。」

我：「所以即使我帳戶裡有錢，我也無法領出現金，我現在人在銀行裡，是你們搞砸我的申請的，我也無法在時間內趕去另一家？」

銀行小姐：「沒辦法。」

我：「很好。」

銀行小姐：「你不能先跟朋友借點錢嗎？」

我：「我自己有錢，全都在帳戶裡，我人都在銀行了還領不到，而且是你們搞砸了我的申請的。」

銀行小姐：「很抱歉。」

我：「你還要我朋友借我錢？」

銀行小姐：「就現階段而言，這是唯一的解決方法，是的。您再過四到五個工作天就可以拿到支票簿了。」

我：「但是你們是我的銀行耶！」

銀行小姐：「您再過四到五個工作天就可以拿到支票簿了。」

我：「可是我身上沒錢！」

銀行小姐：「您再過四到五個工作天就可以拿到支票簿了。」

我：「你能不能通融一下，幫我特別處理，打幾通電話聯絡看看有沒有辦法解決？」

銀行小姐：「您再過四到五個工作天就可以拿到支票簿了。」

當你的肚子大鬧空城計的狀況下，要在杜拜保持冷靜，是一項很困難的技巧，任何人都可能輕易地被逼瘋，衝到最近的得來速去狂點餐。

杜拜文字獄

過去幾個禮拜以來，我被M&M吃得死死的。除了新交的朋友伊文以外，我沒有所謂的社交生活可言，還好伊文剛好跟我們住在同一棟公寓。我整天被關在殯儀館辦公室裡，朋友也沒辦法來探望我。老闆史丹利似乎不了解，如果要我寫有關名人明星的八卦報導，我一定得有能蒐集資訊來源的社交圈。

前幾天，他又穿著不合身而且袖子過長的西裝晃過來我辦公桌，他告誡我不應該在外面趴趴走到處認識新朋友。我則引用他之前跟我說過的話回應他：「走出辦公室，認識越多人越好！」他後來便改變了想法，但是仍告誡我必須要坐在辦公桌不可擅自離開，他說如果我要寫有關杜拜的最新名人八卦和消息，我必須等到新聞稿發出來，再改寫新聞稿發佈到網路上。我認爲他是因爲忌妒我收到麗池集團的度假村邀請函，而他沒有。

總之，這些新聞稿，想當然耳，一定是那種寫得很爛的公式稿，同一篇稿發給所有的出版媒體，根本沒資格放在標榜「有著最新、最即時消息」的網站。這也意味著，現在如果我想做什麼事，就只能打電話來請病假，這眞的很討厭。

另外一件事最近也一直纏繞在心頭揮之不去，如果我寫東西的時候，可以暢所欲言，文章不用經過自我「消毒」，可能會更有樂趣。在這裡，有很多事不能寫，某些東西寫了可能就當場被解僱、或是遣返回國。雖然我能理解其背後的理由，但是如果本人是在《園藝週刊》之類的雜誌社工作，這些規定可能就會很容易遵守。但是，如果你要寫有關好萊塢的拜金女和上流應召女，但是卻不能用到以下這些字詞：

*妓女
*毒品——不能寫出特定名稱，如古柯鹼、大麻、迷幻藥等等
*裸體
*性
*酒
*髒話
*通姦
*婚前性行為或任何一種性行為
*宗教
*性

就是個大麻煩。基本上，任何能吸引人閱讀名人明星八卦報導的字彙都是大忌，所以我也只能盡可能地忽略腦中不斷湧出的邪惡中傷字眼，那些像毒液一樣四處蔓延滲透的字眼，從我的舌尖、指尖流淌出來的痛快毀謗……全都要按下刪除鍵。

讓我以出包天后小甜甜布蘭妮的例子，來說明講解一下。

英國版

布蘭妮的淚水

過氣歌星小甜甜布蘭妮今早痛哭失聲，因爲她蠢到深處無怨尤的前夫廢德林，贏得了孩子的監護權。過沒多久他就會後悔贏得這項「勝利」。因爲觀眾對他的注意力，只夠持續到他說完：「我下一張專輯即將於……」然後就會因爲兒子小西恩拿著水槍朝他臉直射，要求他帶他去迪士尼樂園玩而被打斷。眞是個愛搶鋒頭的王八，剛好拿去跟布蘭妮那顆綠豆配。他們兩人的離異是繼貝克漢劈腿竹竿維（維多利亞），而竹竿維爲了面子硬挺丈夫的唬爛秀之後，另一齣歹戲拖棚的好萊塢人生劇場。有些人爲了出名眞是不擇手段啊。

阿聯酋聯合大公國版本

布蘭妮的淚水

可憐的流行女歌手小甜甜布蘭妮，今早因打輸了與前夫凱文費德林的小孩監護權官司而痛哭不已，這場官司震驚全國。杜拜給你抱抱，布蘭妮，謝謝你歷年來的專輯，我們希望當全世界最大的體育場在杜拜開幕時，你可以到這裡開巡迴演唱會（由「俺什麼都有」酋長贊助）。

我想相較於眞實世界裡的炸彈／疾病／憤怒／暴怒／狂怒／憎恨／宗教紛爭／苦難，寫這種不費腦力又帶有娛樂的東西，可以讓人轉移注意力。

然而，也許我已出賣了靈魂，也許眞實世界裡的炸彈／疾病／憤怒／暴怒／狂怒／憎恨／宗教紛爭／苦難才是我該寫的東西，而且知道自己精心撰寫的東西，能一針見血、直入人心，也許世界會因爲我寫的東西而變得更美好也不一定。

但是話又說回來，如果我眞的這麼做了，就不會有免費的水療招待券，那也蠻糟的。

爸媽來訪

我爸媽上星期來看我，我眞的很高興他們能夠來，因爲杜拜比較偏好有「家庭」的人，而不喜歡單身的人。而且單身的人還不准有男友，只能有老公，所以到底要怎麼組成一個家庭眞是個令人困擾的問題。但是我想如果時間到了，你應該就會想組一個家庭，然後搬來杜拜……

離題了，言歸正傳，杜拜是個非常適合「家庭」的地方，什麼都是家庭號、家庭式、適合全家大小——至少所有戶外的大型看板上都是這麼廣告的。這些廣告上主打的計畫，有一半以上都還沒開始建造，但是當我告訴我媽，如果她七年後再來杜拜看我，我們就可以一起去侏儸紀公園遊樂園，她還是興奮不已。

看著那些未來可能成眞，我們可以去的地方眞是令人嘆爲觀止。他們現在正在建造一棟曲折的高塔，每一層樓都以螺旋式地方式向上延伸，而且這棟樓還是住宅大樓。我想到了二〇三〇年左右當它完工之後，一定會成爲另一個熱門旅遊景點，這棟大樓的對面也一定會有更多跟我媽一樣，驚訝到眼睛發直，嘴巴合不攏的遊客，帶著午餐盒和望遠鏡在這裡欣賞個幾個小時。

杜拜樂園（Dubailand）聽起來也非常地酷，這座豪華主題樂園，是美國佛羅里達州迪士尼樂園的兩倍大！除此之外，杜拜還要建造世界上最大的「杜拜巨型摩天輪」，遊客坐到摩天輪的最上端時，俯瞰的視野長達方圓五十公里，因此大家就可以看到更多的……沙丘吧。讓本人最感興趣的莫過於「冷氣海灘」，光用想的就覺得很不可思議！我不知道最後會決定建在哪裡，但是聽說沙灘的底下會有空調管線，讓大家頭頂著大太陽之餘，腳底還是可以涼颼颼。

媽說她不會想要去冷氣海灘，因爲感覺很詭異。她說去海灘的用意，就是要體驗大地之母賜給我們的設計，沙灘本來就該是熱呼呼的，但是當徐徐的海風吹來時，就能馬上降溫讓人感覺涼爽舒適。我想我媽會這麼想，可能是因爲典型的英國人都比較保守傳統吧。

爸媽來之前，我替他們的杜拜假期安排了一系列有看頭的「成人」行程，當然，他們住在我可愛的套房，我自己則是睡在沙發上，反正我在伊朗屋的時候，連水泥床都睡過了，沙發跟本不算什麼。總之，我想要確保他們來杜拜玩得開心，同時也能體驗眞正的杜拜風情，以下是我在寄給他們的信裡提到的行程：

星期四晚上：	下了飛機後，直接回我的公寓，我會帶你們去頂樓的蒸汽浴池。你們必須在裡面待二十分鐘，全身衣服不能脫掉、也不能沖澡，也不能將手上的行李放下，這是爲了讓你們體驗，你們摯愛的女兒六月初到此地時，所必須忍受的酷熱煎熬，初到異地，文化體驗是旅行中很重要的一環。
星期五早上：	睡到中午太陽曬屁股，一起到全市最豪華的飯店，和我的朋友們一同享用，連續十二小時供餐不斷的早午餐。在此之前不能吃早餐，一定要確保在空腹的狀況下就開始喝酒。這樣才能確保去飯店用餐時能夠酩酊大醉。每個人都必須將各種食物無所不用其極地結合，並且吃掉。目前爲止，尚未有人能打敗你愛女的無敵組合紀錄：棉花糖烤肉串沾上醬油和豆豆軟糖，旁邊加點馬鈴薯泥。媽這時可以藉機重溫嬰兒時期餵食我的回憶——我會因爲吃得太飽、喝得太醉而從椅子上跌落，在地上打了響嗝之後，還把不明食物混合體吐在她美麗的洋裝上。

星期五晚上：	去巴拉斯提酒吧，一邊聽ＤＪ放音樂，一邊聽其他喝醉的英國人滔滔不絕地談論英式橄欖球。
星期六早上：	在海灘上修復身心狀態。
星期六晚上：	重複星期五的行程。

當然，這封電郵只是個玩笑，要嚇嚇他們而已，但是我在寫這封信的時候又有點擔心，他們來的時候如果看到杜拜眞實的一面，那也可能因此看到我不爲人知的一面。

幾年前我還住在紐約的時候，他們也來看我，那時候我不需花什麼功夫，就說服他們我在紐約的生活，不過就是去百老匯看秀，以及偶爾去東村那裡某家鋪著格子紋桌布的餐廳吃飯。他們絲毫沒有察覺，他們女兒在日落之後酒池肉林、縱情聲色的一面。在看到這些文章以前，他們可能完全不知道女兒的豐功偉業，其中包括在公車上抽大麻，還有某個晚上我在酒吧喝了一整晚，隔天早上直接走去上班，身上盡是揮之不去的廉價琴酒味。

然而，在考量杜拜「家庭第一」的核心概念，除了帶我爸媽去購物中心或去博物館、露天市場（在行程清單上每樣至少都要花上三小時才能勾消），我發現其實杜拜眞的沒什麼地方好去、也沒什麼事情好做的。我們悠哉的閒晃、喝酒、增肥、血拼、再續攤去吃、然後再重複整個循環，我無法隱瞞，這就是杜拜的生活方式。

我覺得整趟行程到從頭到尾都還算不錯，爸說他還蠻喜歡杜拜的，他說杜拜有點像是沒有癡肥美國仔的迪士尼樂園，他還說他眞的很喜歡我的朋友（但是這可能是因爲我最後還是沒有帶他們去十二小時瘋狂早午餐，所以他們沒看到我朋友在餐桌上做的荒唐行徑。）我爸是在一間戶外酒吧見到他們的，那時他們都處於清醒的狀態，坐在泳池旁吞雲吐霧，粉紅色的水煙籠罩著美麗的香格里拉飯店。這也是爸媽第一次嘗試蘋果口味的水煙，媽還咯咯笑個不停。

媽媽則是很喜歡我的頂樓泳池、耀眼的陽光和當地食物，還在露天市集買了一條質感很佳的喀什米爾羊毛圍巾。但是她不喜歡要等很久才能招到計程車，而且幾乎每個計程車司機都有嚴重的體臭問題。

我想他們兩位對這裡都有頗完整的見解。

排毒計劃艱辛路

僅管外在環境不利：啤酒、早午餐的誘惑、二十四小時商店裡賣的肉派、週遭朋友的冷嘲熱諷，本人自這個星期以來，終於決定要把身體當成聖殿，而非垃圾掩埋場。過去幾個月以來，酒不離手、肉不離口的惡性循環，讓我身體不該抖動的部位，開始有了抖動的跡象。剛開始我還以爲，那只不過是那塊史黛西在健身房裡，拼死拼活想弄掉的「杜拜石」（肚子那圈肥肉）而已，我自己測量體重時，發現我只不過重了幾磅而已，但是，那幾磅全都積在我的大腿。大腿增厚可不是件好事，我坐在辦公室裡，逐漸發覺自己兩邊的屁股肉漸行漸遠，有向外擴散的跡象，這可不能坐視不管！

M&M剛開始極力反對我的排毒計畫，聲稱他「就是愛我這副模樣」，但是我寧願相信這是他從電影「BJ單身日記」裡偷學來的台詞，而且這句話放諸四海皆通用。我之前在某網站上看到一個排毒計畫，個人認爲現在正是實行的大好時機，撰寫這個計畫的，是一位住在阿爾巴沙某別墅裡、秀髮飄逸的女子。這個計畫寫到整整七天，要完全禁止食用酒類飲料、咖啡因、麵包、肉類、巧克力餅乾、黎巴嫩起士烤餅、雞肉烏龍麵等等，基本上就是所有好吃的東西都不能吃，飲食要全部換成水果、蔬菜、水和花草茶。

拿著計劃裡的「神力清單」，我踏上前往家樂福的路途。伊文會跟我說買哪種藍莓比較好，他很會挑水果，他每次不畏上級說嘴教訓，硬要經過我座位時，嘴裡總會吃著杏仁乾之類的怪零食。他有時候還會帶豆腐來，上面還有扁豆之類的蔬菜，其實我也不懂他在想什麼，因爲他明明就吃葷，後來發現他吃葷是有條件的，植物性蛋白質一定要多於肉類。他看起來結實又健康，所以我想這一定和他的飲食有關。只可惜，他吃的那些東西味道就像發霉的濕壁紙。

家樂福是杜拜最大的超級市場，雖然在杜拜各處都有分店，不過我都只去購物中心裡的那家。話雖如此，我認爲家樂福全都一個樣，聞起來都有貓食的味道，不管你是白天還是晚上去，那裡總是充滿了手牽著手的印度男人，在裡面閒晃用眼睛打量女人。杜拜還有其他的連鎖超市，例如史賓尼超市，史賓尼規格上稍微高級一點，但是價格貴上許多，因爲他們會從英國的連鎖超市進口整間店的東西到杜拜。你還可以在裡面看到英國超市自家品牌的東西，例如玉米片或是咖啡。史賓尼超市聞起來有新鮮麵包的味道，因此也吸引了大部分移居此地的外國人家庭。

史賓尼超市裡也有豬肉區，裡面有自家品牌的培根、鳳梨火腿比薩，和其他你不知道裡面竟然會有豬肉的食物，例如：鮮蝦洋芋片（驚！你也不會想到豬肉區會賣這個吧？）這些物品上的標籤，很多就跟英國超商的一樣，我常在培根包裝上的價格標簽看到它標榜超值九十九便士，只不過在杜拜，這個價錢會往上漲個六成。同樣的價錢，你在英國可以買到不錯的牛排，在這裡你只能買到最劣質的培根。我個人的原則是不買培根，因爲我整個人生的吃培根的份量，都在唸大學的時候吃完了，那時候的我就是無法克制地猛吃培根。也許我的身體暗地裡知道，未來某一天我會從此戒了培根再也不碰吧。

起士家族在呼喚我的名字，我依然捂住耳朵，一邊發出干擾視聽的雜聲，頭也不回地奔向新鮮農產品走道。「別再叫了，起士。」我說，「花椰菜和藍莓現在才是我的好朋友。」（雖然向朋友說謊是很困難的事情，但是我封住了他們的呼喊，忽略它們的譏笑，然後告訴它們我很想它們，以後會再回來的。）當我把這些東西和一台蔬果攪拌機放到櫃檯輸送帶上準備結帳時，我注意到旁人用怪異的眼光盯著我看，不過也有可能是因為我還順便買了一個桃紅色的（買菜用）直立式滾輪箱。將菜全部裝進去後，然後瀟灑地推著箱子走進人群裡，你知道，如果沒有車子而又要買一堆蔬果，也只能見機行事。

我經過美食街時才赫然發現，原來漢堡王的華堡竟有如此大的吸引力（愈不能吃的愈想吃），不過從早上九點以來，我才吃了一顆蘋果而已。離開處處是誘惑的外頭世界回到了家，我開始將買來的蔬果打成汁，有著哈密瓜、青椒、芹菜棒、藍莓和香蕉的綜合果泥。我吃了一些南瓜子，但覺得眞的很硬很難咬，我牙齒可能還會因此受傷，後來伊文打電話來想問我進行的如何，然後他告訴我南瓜子的殼不能吃。

晚餐時我第一次實驗自製蒸鍋，基本上就是拿普通的鍋子裝滿水，上面蓋上錫箔紙，再用叉子在上面戳幾個洞，煮出來的成果，就是清蒸花椰菜、包心菜和紅蘿蔔。我用了最大的自制力，不讓自己在上面淋上香濃肉汁，或是衝出去買肉派。我就這樣一邊看著美食節目，一邊嚼著毫無味道的蔬菜，雖然這些蔬菜食之無味，但是看到電視上的廚房女神奈潔拉烤了一個美味無比的蛋糕，嘴中的食物感覺起來好像也沒那麼難下嚥。因此，我認爲其實人是可以靠想像力，讓食物變得更美味的。

排毒食療進行到了第二天，我已經餓扁了。我凌晨四點就被餓醒，完全無法再入眠。本來想打電話給M＆M，希望藉由跟他聊天，能夠忘卻讓肚子咕嚕嚕叫的飢餓怪獸，但三更半夜打給有婦之夫不是個明智之舉。最後，我用香蕉、橘子、紅蘿蔔和奇異果打成果汁來喝，終於有效止了餓。我的排毒專家之前還跟我說，不管白天或晚上，只要需要她都可以打給她（這種神奇的事情還眞只有杜拜才有），我依據她的建議，隔天上班前就到藥局去買了維他命B6和B12膠囊，好抑制自己的咖啡癮頭，順便加強新陳代謝。吃了維他命後發現其實還蠻有效的，一整個早上坐在辦公室裡，沒有特別想喝咖啡。

今天的情緒卻不是很穩定：我不但對M＆M大吼，而且看到辦公室清潔人員堆著友善過頭的笑容，說要唱歌給我時，我立刻以晚娘臉回應。聽說排毒過程中可能會頭痛，可是我都沒有這個症狀，但是進行到第三和第四天時，在辦公室工作變得難以忍受。我去史丹利辦公室找他時，看到他手上拿著夾著山羊起士和青醬的貝果，在我面前猛晃。他交代了我幾件事，可是我半件都沒聽進去，眼睛全神貫注的盯著他手上像晃個不停的午餐，我的口水都快滴下來了。回到自己座位後，我端著保鮮盒裡的水煮青椒切片，嘴巴卡茲卡茲地吃著，還故意裝幼稚吃得很大聲，看會不會引起其他人什麼有趣的反應，結果反應是零——沒人喜歡吃東西很大聲的人，特別是在這個殯儀館辦公室裡。饑餓感跟洪流一樣止都止不住，在我差點拿鍵盤起來咬之前，終於下班了，我飛也似地奔回家，開始狂蒸洗好的花椰菜。

第五天，我開始覺得身體狀況變得很好。有可能是我自己的想像，不過我眞的覺得自己手臂下那兩塊蝴蝶袖好像變細了。我甚至還抵抗住M＆M點了香烤雞翅到我公寓的誘惑，我坐在他對面吃著沙拉，一邊還像仙姑一樣很超然地告訴他，吃太多速食食品對身體有害云云。

終於，我完成了排毒療程，而且成功地活下來了！我終於在杜拜過著無肉飲食的生活，而且還特別安排了兩堂去橘皮、燃燒脂肪的按摩課程，那堂眞不是蓋的，我感覺就好像伐木工人變裝成菲律賓按摩師，拿著強力拋光機（或強力砂紙），朝著我的大腿和屁股磨下去。另外，本人對紅酒的渴望，也比咖啡因強上太多，並非區區幾顆維他命丸就可以抑制的，但是想到幾天後等療程結束就能夠再喝個幾杯，心裡便寬慰許多。史黛西說她十分以我爲榮，即使我沒有跟她一樣猛跑健身房。**M&M**也許喜歡我原本的樣子，但我認爲他更喜歡我現在的樣子（牛仔褲扣上後，腰上那圈肉不再被擠上來跟大家問好），我現在覺淂自己的狀況好極了。

世界上煩惱憂愁再多，總有十二小時早午餐可以慰藉心靈的。

另人大開眼界的私人豪宅宴會

我拒絕了一則神祕的邀請，決定在家安靜地過一晚，但是我的新朋友莎夏獨自一人搭了計程車赴約。她步下計程車站在一間飯店的外頭，看到一台校車在那裡等著。「晚上八點半時抵達希爾頓飯店門口」，那通神秘簡訊邀約如此寫道，讓莎夏覺得興致盎然。她於是盛裝打扮，雖然不知道自己赴的是什麼約，只知道自己一些朋友也同樣遵照神秘簡訊的指示赴約。

來自加拿大的莎夏，是全杜拜最美麗的人之一。幾個禮拜前，我在某間麵食餐廳透過朋友的朋友認識了她。除了白天正職工作外，莎夏兼了許多模特兒的案子，她就是那種外表和舉止，會讓經過她身邊的人驚艷不已，不得不回頭看上幾眼的人，而跟在她旁邊的我，感覺就好像灰姑娘其貌不揚的肥姐姐（雖然最近才進行過排毒）。她的個性很好，人也十分風趣，除了一副不知道自己有沉魚落雁之姿的樣子，有時讓人覺得有點過份，其實我蠻喜歡她的。

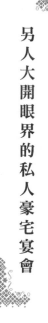

她看到那輛校車上有一群人向她招著手，因此便上了車，上車後發現，車上還有五十幾個跟她一樣盛裝打扮的美麗女子，還有一位男士。「我們要去一個派對。」男子帶著笑容宣布道。美女們不可置否地聳了聳肩，便各自找位子坐下，開始開心地聊天，沒多久車子便啓動駛向目的地。

她們知道這一切都是安全的，因爲是朋友的朋友傳的簡訊，但是隨著車子開了一小時，美女們發現自己離出發地——阿治曼市（組成阿拉伯聯合大公國的七地之一）已經很遠了。儘管不知道目的地在哪，美女們還是拿著粉撲對著鏡子補妝，任憑夜色悄悄籠罩派對巴士。最後，巴士在一雄偉貴氣的柵門前停下，外頭站著駐守的警衛。

後來她們才知道，自己來到一位阿拉伯族長的豪宅，從柵門通往豪宅的車道就有一英哩遠。美女們興奮地咯咯笑著，招呼她們上車的那個男子跟她們說，她們在談論的那位族長，擁有八英畝的地。他沒有告訴她們那位族長是誰，他下了車站在門口迎接美女們，穿戴昂貴珠寶的他，在夜晚的燈光輝映下，顯得貴氣逼人，他只告訴她們，希望她們今晚玩得愉快。

美女們像去遠足的學童一樣，迫不及待地下車，一群人被領入豪宅裡，滿心期待裡面應該有成千上百位賓客，沒想到進去後，發現空無一人。就豪宅而言，這個地方還蠻小的，而且整棟屋子只有一層樓。屋裡有一間設配齊全的健身房、兩間巨大的臥房和一間充滿現代感的精緻廚房。然而，莎夏說最令人印象深刻的，莫過於客廳裡擺設了一整隻成年長頸鹿標本，還有獵鷹和兔子等標本。你可能會想，這些應該都是狩獵的戰利品——可能除了長頸鹿外。

更令人驚訝的是，當整群人被帶到庭院時，發現那裡依然空無一人，除了幾位穿著傳統阿拉伯白長袍的男子，他們站在熱騰騰的美食自助吧旁邊，在夜間的霓虹燈照射下，顯得格外可口。一旁的ＤＪ已開始放歌，美女們這時才發現，自己才是眾所矚目的焦點——也就是派對裡唯一出席的人。

然而，抱著無論如何也要好好玩的心態，莎夏和一些女生開始朝美食進攻，打算好好地享受冒著細緻泡泡，裝在閃著奢華光芒的瓶子裡，取之不竭的免費香檳。一旁的閃光燈讓她們一時迷失了感官，幾個女生還將一旁的走道當成模特兒伸展台走了起來；另一些人本來想跳入泳池裡游泳，但是之前沒被告知要攜帶泳裝，因此只能作罷，在一旁灌下更多的香檳，和一旁的男士聊著她們在杜拜的生活和工作點滴。莎夏說，男士們看起來都非常地紳士，而且似乎對女生們的談話都很感興趣。

其中一位族長因爲喜歡莎夏（人那麼美誰不喜歡？），便帶她和一些女孩去看他的旗下財產之一——私人動物園。美女們拉著自己的衣服避免被勾到，穿著高跟鞋的腳小心翼翼地踩著草地前進，在皎潔的月光下，她們看到了一頭成年的公獅和兩頭小獅子。走沒多久，又在池邊看到一隻河馬；一間柵欄裡關著一隻看起來很悲傷的犀牛，還有兩頭鹿在人工森林裡奔跑。幾杯香檳下肚的莎夏膽子也大了起來，她問族長是否可以讓這些動物加入他們的派對，族長聽了笑了一下說：「今天不行，但是有時候他會讓公獅子在豪宅這邊自由走動，有時候公獅子也會到客廳那邊跟他們一起看電視。」

莎夏跟我說，整體來說這是一次令人難忘的絕妙經驗，當初若不是我太懶（宿醉太嚴重），寧願呆在新公寓裡不肯出來，我一定也會很愛這場派對的。凌晨四點多，美女們再度結隊上了巴士，大家開始交換心得意見，有些女生對於十位女生被分配給一位族長應酬談天的情況，不是很高興，但是總的來說，大家對於能參加這種有特殊待遇的高級派對還是覺得很幸運，據說這種私密派對在附近幾個豪宅還蠻常舉辦的，只是不是每家都有長頸鹿或獅子。

我的年齡和那……的派對

再過幾天就是我二十八歲的生日，我知道自己又要老一歲，是因爲今早我收到匯豐銀行寄來的生日賀卡。當你的銀行寄給你的是飯店和用餐禮券，而不是法庭傳票的時候，你就能肯定自己是個百分百的大人了。請大家記得，這可是匯豐的杜拜分行，我還沒跟他們辦信用卡、也尚未透支或借下巨額貸款，但是從這裡就可以得知，這個城市嚴重缺乏有效率的溝通，因爲如果杜拜分行和英國分行有聯絡的話，他們一定不會寄這些禮券來。

我又離題了。我其實應該爲自己的生日高興的，不是嗎？畢竟我的生活已經大致上了軌道（？）我有一份還不錯的工作，基本上能夠想寫什麼就寫什麼（雖然大部分都是有關布萊德彼特和安潔莉娜裘莉夫婦），我有間很棒的公寓，從此不用再睡在水泥板上。我可以常跑海邊，盡情地吃早午餐，全世界最棒的卡拉OK吧近在咫尺。身爲專寫名人八卦的編輯，我有著全市各大小派對的邀請函；一個溫暖的家和一群好朋友。但是，目前仍未婚，而且還不知何時才有可能結，我也不是在暗示我現在就想結（這個問題就交由我男朋友來處理），但是身邊的朋友一個一個結了婚，我當時還說我只要一出國，馬上就嫁得掉，直到現在機票變得無敵貴，我又沒有足夠的假期可以出國玩……唉，算了，別再想了。現在我在這裡的日子也算蠻快活的，我決定要辦一個讓其他派對都相形失色的驚世派對。

生日派對的主題是「貴氣王朝」，舉辦的地點就在我最愛的屋頂，上面有著游泳池和按摩浴池。

我邀請大家來我的生日派對，伊文幫我一起籌備，我們甚至動用關係，請一位朋友的朋友，找了一位DJ來放音樂。我一心希望這個派對可以是我有史以來最大最氣派的派對，在杜拜存著這種心態就對了。後來想想，有可能是某種彌補心態作祟，因爲某年的一次失敗派對，造成我心理上的創傷。

這件事說來話長，不過我大概說一下情形，在我十七歲那一年，我媽幫我安排了一次秘密驚喜派對，這個派對是要慶祝我從美國當交換學生回國。但是其實我早就猜到了，家裡的桌上擺了鹹花生、彩帶和裝飾、媽媽穿上最漂亮的洋裝，還塗了口紅等等細節，還有，我那信耶和華見證會的朋友法蘭，竟然還打電話給我告訴我她不能來我的派對（明明就是要辦給我的驚喜派對？）不過話說回來，她總是有各種理由不出席各種活動。

結果，時間一分一秒的過去了，沒有任何人出現。後來我們才發現，原來媽媽把這個「驚喜派對」的消息告訴我當時的男友，一心認爲他會轉告我其他朋友，但是我親愛的母親殊不知，當時那個男友並不認識我的朋友。而我少數幾個認識他的朋友都十分討厭他，因爲他是個大爛人。總之，他沒有跟任何人提到這個驚喜派對，很可能我媽跟他說完後前腳一走，他馬上就忘個精光，因爲他眼睛正忙著盯著我媽的屁股看。

當然，每個女孩「轉大人」時都需要這種震撼教育，徹頭徹尾地看清自己的男友眞的是名副其實的大爛人，還覺得自己被排擠、被大家討厭。從此之後，我就很討厭任何一切和生日派對有關的事。

為了讓自己在心理上進入慶生狀態，我前一天晚上就和一群人，先跑去香格里拉餐廳吃了「吃到飽＋喝到掛」豪華自助餐，這群酒肉朋友包括史黛西、海蒂、交易員、銀行家和哈利斯（史黛西的有氧拳擊教練，他雖然不喝酒但還是來了，我覺得他人真好）。

M＆M卻遲到了，因為他才剛出差回來。他買了滿袋子的禮物要給我，他先私下拿給我，然後才開著他的保時捷揚長而去。我偷偷扒開禮物一角看了一下，發現竟然是內衣！非常昂貴的內衣！高級絲緞材質的黑色內衣組，加上吊襪帶。從來沒人送過我內衣，除了我媽以外，她之前送過我一件「樂施會[1]募來的性感襯裙），有時候我會招搖地展示它（當我醉到不在乎自己下垂的屁股時）。

我覺得M＆M可以抽空過來看我真的很貼心，因為我知道都這麼晚了他得趕回家。但是因為他知道我的派對「心結」，所以他還是趕來了。他還說他幫我準備了一個大驚喜，叫我把下個週末空下來，我現在既興奮又期待！我想，本人空前絕後的派對才正要揭開序幕呢！

1 Oxfam 知名救援慈善機構。

你看過會漂浮的輪椅嗎？

我的生日週眞的太棒了！今天我受邀參加[1]奧斯頓馬丁新車發表派對，裡頭有免費內衣試穿，還免費贈送一套任君挑選（哈，內衣永遠不嫌多），去了某棟新大樓屋頂上看了雷射秀、到頂級奢華購物中心——瓦菲血拼，還在它的頂樓花園欣賞了聖誕頌歌表演。瓦菲眞的是一棟很不錯的建築，這棟頂級豪華購物中心外表形狀像個金字塔，但是令人驚訝的是，裡頭竟然沒半個人。之前在某場記者會時遇到一個風水師，他說這是因為金字塔的形狀會形成一種氣漩，將所有的正面能量帶到頂部排出。我聽完後不可置否，本人認為裡面半個客戶都沒有的原因，是因為裡面每樣東西至少都要價十萬迪拉姆幣。

之後還有萊佛士酒店開幕晚宴的邀約，以及我個人第二次公開電台訪問，我之前有提過我在現場直播的節目上，宣傳我們的網站嗎？是的，是史丹利促成的，雖然他還是比較希望我跟辦公桌永不分離。我在早午間的節目上，暢談名人八卦之類的事情，玩得還蠻開心的，他們還邀請我下次再來上節目呢。其實電台談話這件事，我從大學過後就沒有碰過了，希望我別搞砸才好。就第一次來說整體表現還不賴，M&M非常自動地打開電台收聽，之後我們見到面時，還誠實地跟我說他的感想和建議，跟史丹利完全相反，我回到殯儀館辦公室後，他半句話都沒跟我說。

僅管這週發生了很多很酷的新鮮事，我個人最喜歡的是一則新聞稿，標題是「漂浮輪椅的運河競賽」。我翻開這篇稿子看了全文：

你看過會漂浮的輪椅嗎？
專門協助殘障兒童籌募醫療費用的小翅膀基金會，舉辦了一項特殊活動，將殘障兒童四人一組舉行划輪椅競賽，以讓社會大眾更加了解這些孩童的處境。看台上亦會提供免費娛樂節目。

這主意棒極了，不但集各家想像力之大成，彷彿這些有身體障礙的兒童，冒著生命危險拿著槳在河裡猛划，讓杜拜家庭在橋上指指點點還不夠似的，主辦單位還承諾在賽後提供更多的「免費娛樂節目」，想到就令人興奮無比！希望這所謂的免費餘興節目，是揪著這些全身溼透的殘障孩童的耳朵，將他們從輪椅上拖出來，用海綿將他們身體的水吸乾，再繞著他們一個一個觀看，對他們的殘疾加以品頭論足一番，再比看看誰能夠在不溺死的狀況下，以最少的時間抵達目的地，我眞是迫不及待想要看看這場好戲了。

當然，我也意識到有可能是新聞稿寫作的方式有誤導之嫌，這裡有很多的新聞稿都是如此。也許組隊參加輪椅漂流賽的人，不一定限定爲殘障人士，但話又說回來，如果正常人參加了競賽，也蠻有可能在賽後變成殘障，這又是另一個可以探討的議題……

1 Aston Martin英國頂級跑車，有英國紳士車之名。

我不知道自己會不會去看這場比賽，但是我一定會在我的網站上，大力感謝他們邀請我去看賽。大家可千萬別吝嗇發邀請函啊！

烤醃肉串蛋糕，和其他驚喜

我氣派的生日泳池派對，很不幸地受到兩名大樓警衛的「督導」，這兩位仁兄整個晚上不斷地從地上撿起用過的塑膠杯，沒好氣地翻白眼、盯著狂歡地賓客看，儼然像一對控制狂父母緊盯四歲孩子的生日派對一樣。原本他們跟我說，派對可以盡情辦、沒問題，結果當晚卻過來跟我們說，派對午夜一定要結束，每個人都得離開屋頂。拜託，有哪一個派對是在午夜結束的，你說是不是？

儘管如此，因為當晚來的賓客絡繹不絕，讓穿著海軍藍絲緞晚禮服和同色系眼妝的我，覺得十分有面子。交易員穿著無敵帥氣的燕尾服出席，ＤＪ放著融合復古和現代的混音曲。當晚出席的女士們，也都遵守主題服裝規定，身著八〇、九〇年代的復古洋裝。我不得不佩服她們的努力，因為天知道在杜拜要找一件精品二手店或復古服飾店是多難的一件事。莎夏穿的那件晚禮服，雖然顏色是令人怯步的類嘔吐物粉色系，上面還打了多層荷葉褶邊，因為是穿在她這樣的美女身上，看起來依舊光彩奪目，恰到好處地映襯出她的身材（可惡！）這個派對真的是酷斃了。

所有邀請的賓客裡，唯一沒有出現的是伊朗發明家。我們上星期才通過電話，因為自從我們搬出去後，他就一直堅持（威脅）我和史黛西回去他家，讓他好好請我們吃一頓伊朗菜。我和史黛西始終都沒屈服。但為了回應他的好意，我決定請他來我的生日派對。也許他不知道地點在哪裡，又或許他覺得來我的派對十分不妥，總之從我生日之後，我們便再也沒有聽到彼此的消息了。也許，這些表面功夫能做的都做了，之後我們便互不相欠，各自走各自的陽關道……

我們被趕出屋頂後，就跑到新世紀村那區去，那一區集結了各種酒吧、餐廳、夜店，而且從我們這棟大樓只要走路過去就到了，剛好就在體育館的旁邊。當晚，我們不知開了幾瓶香檳，還在街上直接咆嘯狂吼——這應該是本人第一次和M&M先生「高調」吵架，後面再跟大家講細節。

派對後來的發展……伊文被送到急診室去，因爲他和朋友本來打算來個電影「熱舞十七」裡帥氣跑跳接的橋段，然而當伊文縱身往他朋友的手臂跳去時，因爲他朋友沒接好，害他直直落在地板上。伊文自己很想忘記這起不幸的悲劇，但是這起意外也成了整晚最爲人津津樂道的高潮。他傷口的縫線也挺適合他的，很像影集「朝代」裡的戰爭英雄，只不過少了許多家族恩怨內鬥、爭權奪勢的情節。

我的二十八歲生日派對其實辦得蠻有聲有色，而且畢竟沒有多少人能有這個榮幸，切下世界上第一個用醃烤肉串做成的蛋糕。這塊我昨晚在杜拜金融大樓的印度餐廳裡，親手切下的肉蛋糕，應該被列入金氏世界紀錄裡（雖然不知道要歸在哪個分類），這所有的特殊待遇都是因爲這是我的生日週。

大家應該都在想，這塊蛋糕嘗起來是什麼味道。其實這就跟吃中東烤肉串一樣，而且也證明了，蛋糕不一定要甜的或是被當成甜點，也不一定要拿來慶生。我們也了解到，阿拉伯家庭也很能接受這種鹹蛋糕，因爲你不用喝到爛醉才能吃到這種（瘋狂）肉串蛋糕。

我在杜拜又再次超越自我，讚！祝我生日快樂！

為了我生日而特別訂製的醃烤肉串蛋糕——整塊蛋糕毫無麵粉蹤跡，全部由肉片所組成。哈

到南非度週末

我曾去過南非一次，因爲之前我贏了肯亞雙人同遊機票，本來想帶男朋友去，想像兩人睡在滿天星空下，在野外嬉戲玩樂，和獅子當好朋友，多麼浪漫愜意啊！但是，我當時沒有男朋友，因此便決定在網路上貼出徵友廣告。

在倫敦徵友約會近四個月，從衆多度假候選人中剔除了怪咖和爛咖之後，最後選擇了我的好友丹尼一起去。結果，我們兩人因爲暴食太多海鮮，結果導致嚴重下痢，大半行程都在跑廁所和拉肚子中蹉跎掉。

當初如果眞的因爲徵友找到新歡一起去的話，如此的下痢假期也未免太不浪漫了，所以現在回想起來，我還蠻慶幸當時的徵友行動失敗。當M&M跟我提到去南非開普頓共度浪漫週末時，我心中的欣喜自是無法形容，當下發誓要洗刷下痢之恥（屎？），好好地重遊這片神奇大陸。

你可能會以爲杜拜離南非很遠，你想的沒錯，搭飛機從杜拜直飛到南非需要八小時的航程，而M&M卻二話不說馬上替我們訂了商務艙機票和兩晚豪華公寓，這一切都是爲了彌補他在我生日派對近乎缺席的遺憾。我們要搭機離開之前還得先和好，因爲我之前有提到，在我生日派對當天，我跟他在夜店外大吵一架。喝得爛醉的我穿著八〇年代公主袖藍色晚禮服和穿著燕尾服的他，凌晨三點站在大街上吆喝開罵，想不注意到我們兩人都很難。其中的導火線，是因爲我再也受不了繼續在感情裡當「小三」，再加上他是個醋罈子，無法接受我不願放棄自己的生活方式和酒精，乖乖地等待他，當個聽話的女友。

想當然爾，我們兩人在開普頓花了好些時間「和好」，而開普頓應該是我看過最美麗的城市之一。這也是M＆M帶我去過最遠的地方，遠離了大公國，我們可以自由自在、大大方方地當戀人，公開地在街上牽手、擁抱和接吻。除了下個沒完的雨和變化莫測的天氣外，我們兩人都盡情享受每一分、每一秒的自由，我也發現自己再度沉淪於肉慾無法自拔……

感謝老天，我和M＆M的南非之旅跟上次的下痢之旅彷彿天壤之別，之前那些討厭、難堪的回憶，都被現在浪漫新奇的回憶所取代，如此羅曼蒂克的纏綿情景，我大概一輩子都無法忘懷。然而現在困擾我的是，我該買什麼聖誕節禮物給M＆M？我每個月開支剩餘的薪水，連買一本開普頓市旅遊手冊都不太夠了，更別說要來這裡度假。對於一個什麼都有、什麼都不缺的已婚男人，到底還能買什麼給他？

同志亦同樂

我和伊文異女同男的友誼，達到認識以來的高峰期，連要去印度齋普爾同遊的日期，都已經寫好在行事曆上。最近伊文還帶我見識了杜拜的同性戀社交圈，老實說，杜拜的同志圈不如一般人所想的封閉，反而十分蓬勃。而且伊文說，拜各國移居杜拜的青年專業人士所賜，杜拜的同志圈非常地國際化，是個文化大熔爐，這個被受爭議的地下新世界無奇不有，其中還包括了另類遊艇行程，任何事情只要「縱情四海」就管不著、抓不到，耶！

犯罪調查組（英文簡稱CID）是最常巡邏視察的單位。在杜拜，兩方皆同意下進行的雞姦被視爲犯罪行爲，最長可吃上十年牢飯，而且這種罪的刑罰在伊斯蘭教法典下更加嚴苛。

二〇〇五年，有間家喻戶曉的夜店名叫「鑽石夜總會」，這間店的負責人竟然傻到要舉辦同志之夜，不只邀請變性人ＤＪ駐場，還將印出來的宣傳單發的滿城飛。嘖～想也知道「玻璃之夜」不僅被徹底破壞，這家店沒多久也關了，而且在關之前，還要登報正式向社會大眾道歉，致歉內容爲「違反伊斯蘭教法律及沉溺於不道德行爲」。

伊文說幾年前，艾美酒店的朱爾斯俱樂部也被抄過，那間店就在我們住的公寓轉角那裡。某天晚上我們走到那裡去看看，結果就聽了一大堆八卦消息。一進去就知道這一定是同志酒吧，因爲裡頭有著滿坑滿谷穿著無袖上衣的帥哥猛男，隨著（不怎麼樣的）現場樂團演奏擺動身體，而且完全無視於我的存在。我必須承認，第一次進去酒吧而沒被喝得爛醉、穿著西裝的男人斜著眼上下打量，對我來說眞是新奇的體驗，但是，整個晚上都得自己買酒也不是什麼樂事。

提供都會生活資訊的TimeOut雜誌杜拜版，也不如世界上其他城市的版本，內容充滿了各式各樣男女同志社交及活動資訊，甚至連一頁戲院的資訊都沒有，乏善可陳到了極致。在杜拜連印度男人手牽手逛大街的舉動，（印度男人手牽手是表現親密友誼的習俗，並非同性戀舉動）都會被譴責，同性戀更是被視爲非法行爲，而且依據伊斯蘭教典，爲天神所不容，應該被嚴懲。

假如你對於曖昧的地下同志勾搭網絡有興趣的話，在杜拜的購物中心裡走動時，不妨打開你手機的藍芽功能，看看自己會收到哪些四周傳來的匿名邀請。但是，一位單身男同志最好的朋友，其實是網路。即便政府在網路上百般阻撓，放了各式防火牆和阻擋程式，同志們還是可以上網找到像Gay雷達、Manjam和Gay羅密歐等網站，總之，只要有心，還是有方法可以找到你想要（做）的事。

當然，這類的同志交流不能在大庭廣衆之下宣揚，但是私下大鳴大放又是另外一回事了。杜拜有兩家知名的夜店，雖然對外宣傳自己不是同志夜店，但實際上根本就是大本營，而且人人都知道。門前有規定限制任何身體觸碰、愛撫、或親熱行爲。門口也有嚴格的檢查制度把關，因此從外頭看來完全沒有可疑之處。但是一旦進入裡面，除了不能把衣服脫掉以外，裡面的情景就和世界上任何一間同志夜店沒什麼兩樣。如果當晚有什麼大型音樂活動或知名ＤＪ駐場，夜店關門後就會有所謂的「續攤派對」，通常是在別墅或公寓裡舉行，有時候辦續攤派隊也不需要什麼特別理由，就只是爲了來個性雜交派對。

在這個秘密社交圈的成員，常被邀請去參加這種豪奢續攤派對，這些派對的主辦人很多都是有頭有臉的當地人。有時候他們還會包下某高級飯店的一整層樓，舉辦人人都可自由參加的性馬拉松派對。有個朋友的朋友參加了這種派對後跟我說，「還有一些當地男人穿著女裝神氣活現地出席，身後還跟著一群年輕俊帥的小跟班。」他補充地說還有另一些人來自阿拉伯的皇室、上流階級或名流富豪家族。

很多當地同性戀者都是在地下社交圈裡出櫃，但是要向他們的家人承認這件事，則會使他們遭到羞辱、唾棄、甚至被逐出家門。還有更多的人和其他男人發生性行爲，卻從不承認自己是同性戀。還有些年輕男人則是搞搞這種實驗性質的同性關係，因爲他們在結婚前都被限制不能和女人有任何性行爲，而且這些人當中有些人即使在婚後，也依然保持和其他男人的性關係。

我有另一個異性戀朋友，也剛從英國搬來杜拜，他受到他當地鄰居的邀請，參加了一個「僅限男性」的派對。他之前完全不知道這個派對是什麼性質，去了之後才發現，在一望無際的沙丘上立起了許多帳篷（男人們的褲子裡也是），在燈光、美酒和水煙共享之間，還有餘興節目——一群跳舞的男孩子。他說本來還不確定他們是男孩子，但是他們搭著巴士來這裡，爲這裡的男人提供娛樂節目，男孩們看起來似乎也很享受。

伊文發誓他從來沒幹過什麼下流事，但是他最近和一位叫西恩的男生搭上線，西恩還跟父母住在家裡，萬一他們兩人決定在杜拜同居而且還東窗事發，這兩人就註定要分離了。

當伊文的朋友真是個有趣的經驗，他現在不僅是我「免費招搖撞騙」公關招式和拓展人脈網的好伙伴，而且每次跟他一起出去縱情酒色時，我都有一種隨時都可能觸法變成共犯的刺激感，我在倫敦的時候從來沒有交過這種朋友，我覺得這種感覺棒呆了。

說謊的代價

史丹利今早像隻寄居蟹一樣笨拙地走到我座位，然後二話不說便把我拉到門外去，在外頭他依然不發一語，我不耐地吸著他吞雲吐霧的二手菸，一邊想著自己到底是哪裡做錯了。辦公室裡幾乎人人都抽煙，我想應該是因爲這裡太無聊了，再加上這裡的香菸非常便宜。總之，吐出長長的一口煙後，他透過那層繚繞不散的化學物質看著我說：「我準備給你一個書面警告。」像是一隻預言凶兆的龍似的，還眞迷人。

我以前從來沒被任何工作的主管給過任何警告，除了很久以前我和朋友喝醉了，朋友打電話去麥當勞跟我主管說我死了，當時我才十八歲，那時候醉到無法值早班。但是，史丹利發現了我不爲人知的秘密——我爲了賺外快，私下偷偷接案寫稿。

當然，當他跟我說的時候，我當場否認，我大膽地對著那團煙撒下一個謊。他無法證實是我寫的，因爲我早就要求用筆名。但是史丹利否決了我的說法，他說文章上頭那塊粉紅色的名稱區塊，印著我的全名，而且不只是名字，還有我笑盈盈的臉印在旁邊。（大錯！）

他們當時的確有跟我要照片，但是我只是心想他們應該只是要確認，寫專欄的人本尊夠正（有些工作會對長相有所要求）。我將照片寄給他們，然後就忘了這件事。這篇文章今早才登上網，馬上就被史丹利滴水不漏的網路搜尋和鷹眼給看到了。史丹利認爲我每週替「杜拜生活」所寫的文章，和我們自己的網站是競爭對手，我覺得如果有人仔細地看過我們的網站，就會發現其實另一個網站人氣比較旺。

總之，就和肉片與蛋糕不可兼得一樣（是嗎？），在他充滿化學毒物的菸霧下，我點了點頭屈服了，承認自己的確應得一個警告，警告函於下午的時候送來。他怯懦地拿著一個空白信封走來遞給我，好像毒蟲在進行毒品交易前那樣不安張望，我將它放在螢幕前，現在信封還在那裡，我拒絕拆封。每看到它一眼我的怒火就燒得更旺。

很不幸地，我必須辭掉那份兼差，我不可能只是換個假名，繼續替那個網站工作，然後每個禮拜看著史丹利告訴他，那同一個單元、同一個網頁、有著同樣寫作風格的專欄絕對不是我寫的。

該死的！我眞的很喜歡那份工作。

不過還好，我還有其他雜誌的兼差，像是M＆M幫我牽線的那個網站，專門寫購物經驗和娛樂專欄，那個依然經營得不錯。現在他們願意付我固定費用，請我每個月都寫一篇專欄，我的薪水終於從「僅餬口」升級到「尚可接受」。在杜拜免所得稅的體制下，其實我混得還不錯。英國的匯豐銀行應該會十分以我爲榮，因爲我選擇努力付清債務而非逃避。（但一部分也是因爲我有另一個貸款。）

每個在杜拜的文字工作者都算是自由工作者，因爲這裡處處充滿了工作機會，沒多久都有新的開幕酒會在不同的地點舉行，或是某某產品要推出。我想重點是，我們不該讓史丹利那種人擋了我們的發展機會（和財路），還要學會如何身兼數職而不被逮到。

文字獄牢騷

也許我寫稿的時候處於亢奮的狀態，當時我想都沒想，就將製作香料熱紅酒的方法登在網站上，希望能夠增添些聖誕節的氣息。因爲這邊是熱帶氣候，所以自己對於聖誕節有點後知後覺，刊登完這篇文章後，我也算趕搭上節慶的氣氛，我是在網路上偶然看到這個釀酒的作法，還用Photoshop將自己的影像給剪接進去，大功告成！看到這篇文章，同在杜拜的英國同胞，一定會非常高興我提供這個資訊，讓大家沉浸在釀酒的喜悅裡。

沒多久，我就看到史丹利離開他的座椅，像慢動作播放一般，拖著腳走來、不停地搖著頭、過長的袖子垂在一旁。我將臉書和與M&M的聊天視窗縮到最小。

「妳竟然放了一個酒精飲料的製作方法放到網站上。」他說。

「阿，這個，對，我知道。這個其實不算酒精飲料，不過就是在葡萄（酒）中加入糖和丁香之類的香料……」

「快把文章撤下。」

「好。」

然後他又走出去抽煙，我後來發現他每次只要必須離開座位去找某人談話，談完就一定會去抽煙，我想我已快要成爲史丹利的死因了。

異鄉人的聖誕節

我將一張我和史黛西滑下沙丘的照片上傳到臉書，除此之外我今天還不斷受到耶誕賀卡電郵的猛烈攻擊。史黛西和她的男人、M&M和我幾天前去沙漠露營，雖然夜晚營火熄滅後，漆黑的沙漠頗爲寒冷，但是怎麼樣也比不上英國冬季的極圈氣候，關於這點，我可是一點也不想念故鄉。

簡而言之，我在杜拜的耶誕節基本上就是在伊文家喝個爛醉。在我們的沙漠露營之旅結束後，史黛西便飛回英國過節，M&M也回到老婆身邊。我呢，則參加了「孤兒耶誕節」計畫，內容主要就是和大約十五位因工作離鄉背景的「孤兒」朋友們一起煮飯，我已經好久沒有玩得那麼盡興了！（雖然中間一度用香精蠟燭和餅乾，不小心讓餐桌起了火。）

杜拜的聖誕節有點尷尬又有點詭異，大部分移居到此地的外國人，都會急切地在瑪莎百貨（Marks&Spencer）的食物區搜尋任何能夠使人想到家鄉的食品。而另一方面，杜拜當地人則過著一般日常生活，只不過每次都得耐心地通過一旁的聖誕老公公，聽著他們一次又一次地吼著「呵～呵～呵～聖誕快樂！」，然後內心暗暗慶幸還好不是天天都是聖誕節。

我和海蒂因爲收到杜拜滑雪場遊戲區的免費邀請函，興致勃勃地到大公國購物中心裡去看聖誕老公公，當然現場都是小孩子居多，但是穿著藍紅相間滑雪衣的我們開心地抱了雪做的企鵝和北極熊，一邊尖叫一邊坐著輪胎圈滑下坡，最後還跑到滑雪坡頂端的酒吧，點了一杯香料熱紅酒

每個人有機會都應該好好跟這些傢伙（駱駝）混一混

來喝。

看到兩種不同世界的文化碰撞在一起的情景，眞的很耐人尋味，雖然我不覺得自己完全融入任何一個世界裡。以前在家裡過的聖誕節跟這裡的截然不同，杜拜的聖誕節感覺起來很像是Hallmark賀卡贊助的進口節慶，一方面讓那些對宗教漠不關心的人更加漠不關心，另一方面又能騙過那些爲了過聖誕節而過聖誕節的人。聖誕節到底是什麼？儘管不想承認，但是活到這麼大，這是我第一次深刻地思考聖誕節的意義，而不是在某個酒吧外頭將火雞吐的滿地都是。

M＆M聖誕夜時有來看我，雖然待的時間不久，但是他給了我一把吉他，一把全新的山葉YAMAHA吉他，上面還綁著緞帶和蝴蝶結！我驚訝到說不出話，這個禮物眞的太棒了。我之前就講過，不知道該買什麼禮物給這位什麼都有的男人，因此我決定親手做一本我們去南非開普敦的相簿。過去兩個禮拜以來，史黛西每天都看到我興致盎然地拿著剪刀，在那裡拼拼湊湊貼貼剪剪，我們的客廳儼然變成我的藝術剪貼工作室！我花了好幾個小時，拿著各式印刷品或是地圖，剪下一個又一個的愛心圖案，在我們去羅賓島的船票邊緣貼上紅色的紙，連史黛西看了都不得不佩服我。雖然這一切沒花到什麼預算，但是成品看起來眞的很棒，而且是回憶我們難忘的週末浪漫遊最棒的紀念品。（畢竟我們無法在網路上貼任何共遊的照片）我將禮物送給他的時候，他感動到眼淚在眼框裡打轉，還好他很喜歡，我本來很擔心他覺得這些剪紙碎片是一堆垃圾。

老實說，最近我和M＆M的吵架衝突還蠻多的，絕大部分的原因是因爲他越來越愛吃醋，他老想知道我沒和他在一起的時候，都和誰在一起。這點我可以理解，當我沒和他在一起的時候，他不知道我在哪裡，是因爲他都和他老婆在一起，而我不能打電話給他。

我早就知道他不可能完完全全屬於我，但是我逐漸感受到M＆M不想和別人分享我。我認爲他的焦慮和歇斯底里，隨著某位愛爾蘭男士出現在我生活圈裡而日益嚴重。這位愛爾蘭人，我之前可能曾提起過他。他是位帥氣迷人的男士，我跟他同在西班牙開商務會議，我們共渡了一個浪漫的週末，直到現在我們偶爾還會通電話。當時在西班牙忙完公務後，我們兩人在星光下繾綣了好幾個小時，之後一個回到倫敦、另一個人回到都柏林，兩人還是不時互傳簡訊，你知道，就是傳那些有的沒的，會讓人發噱的那種簡訊。再過了幾個禮拜，我就收到杜拜這邊的工作錄取通知。

愛爾蘭男是我那麼久以來第一個眞心喜歡的男人。我還在倫敦的某個晚上，他傳了一封簡訊來，直至今日還在縈繞我心頭。那天晚上我剛從一個派對回到家，他傳來的那封簡訊上寫著「我愛慕你」，看了以後我的臉上不自覺地浮出一抹傻笑，直到隔天都抹不去。短短四個字從手機螢幕上一躍而下，直上心頭。雖然我知道我們兩個遠距離戀情是不可能成功的，但是這幾個字仍留在收件夾裡捨不得刪掉。

愛爾蘭男現在也在杜拜找到一份新工作，馬上就要搬來這裡。這使得M＆M十分焦慮，儘管我不斷地向他保證，但他還是擔心我跟他會舊情復燃。不過我心想，這不會是上帝的旨意吧？其實聽到他要搬來消息之後，我的心湖仍是不止地泛起了漣漪。

聖誕節是進行反省的好節日，我自認今年來到這裡以後，一切都還算順利，被這個新世界和這裡的人完全征服！M＆M也屬於這個新世界的一部分，雖然有關他的一切，是如此新奇刺激，但同時他也是一股勢不可擋的力量，除了讓我困惑之外，也讓我無法駕馭掌控。

新年快樂

今天我決定處於「人在異鄉仍要快樂過新年」模式，一大早就先去朱美拉剪頭髮，我選擇的那間美髮沙龍店處於一間十分高級的濱海飯店裡。

我覺得有點罪惡感，因爲我平常都去另一間店弄頭髮，我跟那間店的設計師全盤托出M＆M先生的事，但是現在我完全不想回答任何問題。所以我去了這家新的美髮沙龍，讓這位黎巴嫩籍的同志設計師好好幫我設計新髮型。我坐在椅子上任由他一雙巧手施展功力，一邊跟他分享我新捏造的男友——一個深愛著我，不會在聖誕節送我吉他，然後在新年第一天甩了我的好男人。

是的，你沒看錯。

前五分鐘我的心境轉變如下：

九點四十五分：我愛他

九點四十六分：我恨他

九點四十七分：我眞的他媽的愛他

九點四十八分：我愛他，好愛好愛他

九點四十九分：我恨他

顯然，當我焦慮地盤算該如何跟這位已婚的回教男人經營這段不倫關係時，M＆M也想著同樣的事。然而，他選擇跟我分手，因為他想跟他老婆重新開始。我從來沒有過這種感覺……

很抱歉，我成為自己最痛恨的那種人。每天猶如行屍走肉，大部分的時間都可悲地抱著筆電窩在床上——很老套吧。我是上禮拜的我的悲傷陰影版，其實人都沒變，只是少了個男人而已。一個從沒就沒屬於過我的男人，一個充滿問題與矛盾的男人。是因為他傷了我的自尊心嗎？不，我想我是真的很難過。

昨天晚上我以為我已經「恢復」了，我和伊文到戴拉市購物中心看電影，看了一部威爾史密斯的電影，也隨著情節笑了幾聲。一絲陳腔濫調假堅強的念頭閃進腦海：我不需要男人，我自己就能活得很好。然後回家後打開冰箱，發現之前M＆M幫我買的巧克力棒還放在那裡，本來是要灑在我們兩個共享的冰淇淋上頭，多麼貼心啊！這男人那麼細心。

只不過昨晚我打開冰箱，看到這兩條巧克力棒時（當時飽得吃不下甜點），他們看起來好像害怕地蜷縮在角落，打著哆嗦囁嚅著抱歉，深怕自己單純的外表，會讓我再度跌入憂鬱的深淵——事實的確如此。這兩條吉百利巧克力棒代表了，他所帶走、奪走的一切——我不再擁有的一切：他巧克力般的膚色、誘人感官的魅力、他穿的黃T恤和他的紫……T恤……

我覺得我會那麼生氣難過的原因之一，是因為我早就知道自己淌的是什麼渾水，用不了多高的智商也猜的出，這樣的孽緣是不會有什麼好下場的，是我自己飛蛾撲火的。另外一個理由，也是最令我煩躁不解的是，為什麼是他甩我？一向都是我甩人啊！沒有例外！直到新年的這一天為止，我一直都是個沒被人甩過的女人啊。

好吧，我說謊。我以前在大學的時候曾被甩過一次，但是我那時候才十八歲而且一點也不在乎。好吧，這又是另一個謊言，其實我很在乎，但是對那時候感覺的回憶早就忘的一乾二淨，讓我覺得那次被甩跟這次被甩的難過指數根本沒得比。當時的男友在朋友家的派對，喝得爛醉的他坐在門前階梯的最上層，甩了我這個瘦不拉機、滿臉雀斑，抱著膝蓋哭濕了紫色洋裝的鄉村女孩，當然，也可能只是因爲我想相信，當時還是學生的我，對這一切毫不在乎、毫無感覺。

我想相信年輕時被甩的痛心，跟現在完全無法比較。我必須相信我是全世界唯一能感受到這種無以復加、悲劇性的痛苦女人。現在的我陷入無底洞裡，跟那個三天前仍深愛著他的自己陷入苦戰，那時的自己才剛開始抱怨他的打鼾聲、開始對他的駕駛技術感到不悅、開始對他的忌妒感到憤怒。而現在我得將這些老掉牙的言情小說情節全都丟出窗外？沒了他我是誰？沒了他我該怎麼活下去？只是因爲我這人的基因生下來就設定好要感受這一切，每一件事都要這樣痛苦地分析透徹。身爲天蠍座眞是討厭。

但是我想，我當初對我大學男友應該也是如此（只是我選擇淡忘）。還記得我衝了出去，跑到大街上，然後搭上第一班火車連夜飛奔回到林肯郡的老家，砰地一聲打開老爸的房門，投入他的懷抱。我一個禮拜不吃不喝，命去了快半條。心痛還是心痛，只不過時間模糊了一切，將它揉作成一片子虛烏有。

現在的我，對M&M愛／恨交加，完全無法去上班。我的眼睛腫得不像樣，總不能連這個都怪在史丹利的二手菸上吧？我無法轉身去躺床的另一邊，因爲上面還有他殘留的味道，但是他的人卻已經不在那裡了——即使沒跟我分手，他也不會在那裡，當我因受不了他如雷的鼾聲，拿出耳塞堵住一切聲音時，他早就悄然離開，開上好一段路程，回到妻子的床上。

史黛西仍然還沒回來，所以M&M走了以後，我打電話給海蒂，請她帶我去海邊，去了之後眞的讓我心情好了不少。但當她問我發生什麼事時，我卻一句話也說不出口。我們其實也沒有把話說的很絕，或是有哪一刻決定我們要分開，只是針對我們的未來談了一段話，然後做出結論——我們彼此都不確定。他在午夜的煙火下吻了我，我們舉杯乾掉一年的最後一個日子，又在法國粉紅香檳的氣泡中迎接隔年的第一個日子。我們在草地上盡情地跳著舞，直到兩人的眼睛都累得睜不開。我們跌跌撞撞地回到我家，倒頭就睡，就像之前無數次的類似情節一樣。只不過這一次，他在日出前醒來，給了我一個擁抱，告訴我他愛我，然後就走了。

這眞的是個奇怪的情況，因爲他並不是不愛我，只是覺得他應該做對的事情，這點我能理解。我不想讓他覺得自己是壞人，我自己更不想成爲壞人。

在床上哭了一整個早上後（中間只有停下來打字），我決定要到屋頂去游泳，換個環境到按摩浴池裡哭。哭完後又到了蒸汽浴裡，在悶熱的水氣中哭了二十分鐘。做完後發現自己眞是個奢侈鬼，自以爲自己的遭遇十分悲情，但卻選擇用這麼多奢侈的設備來哀悼。當下決定，我要去換個髮型，給自己一個全新的開始。

淹水的杜拜

一腳踏出大樓時我冷不防地滑了一跤，我悻悻然地低聲罵了那清潔工，四處看了一下有沒有「小心地滑」的標誌，因為他拖完地板通常會擺出那個標誌（眞是太粗心了！）但是後來我很快地便發現，地面會溼不是因為穆罕默德剛剛擦過地，而是因為下雨。我在午餐休息時懶得出去，就待在裡面吃著剩下的皮塔餅皮，渾然沒發現外面下了雨。

我已經有好幾個月沒看到雨（除了之前去南非開普頓那次以外），但是這裡幾乎從不下雨。轉身回到辦公室的路上，一直聞到雨的味道，讓我不禁想起了倫敦。杜拜這地方其實不大禁得起下雨，因為兩天前雨開始下，結果到現在都還沒停，我平常走的那幾條路現在都已經淹在水裡，將我的夾腳拖完全淹沒，此時的杜拜進入了陷入驚慌，因為大部分的路和設施都被淹沒了。

依據官方說法，從星期一開始下的雨，目前累積降雨量來到了史上新高——一百一十公釐。學校紛紛關閉，大多數的主要道路也停擺，有些交通號誌燈還失靈。這眞是個令人膽顫心驚的狀況，因為平常外頭乾得要命的時候，這些駕駛開車都已經開得亂七八糟了，更別說現在路上的車陣，活像潛水艇艦隊似的，外頭陷入一片混亂當中。我心想不知道伊朗人會不會趁機把「超級馬力」拿出來，因為畢竟它成了現在唯一可以在路面上跑的東西。

可憐的史黛西在英國度完聖誕節後，本來還迫不及待想要回來工作，結果她和海蒂卻雙雙被堵在阿庫茲商業區，這裡現在已經成為水鄉澤國，完全動彈不得。昨晚她看到有人開著四輪傳動車經過，幫忙將其他被卡在矮小車子裡的乘客救出來，一旁休旅車的人也走出來，涉水過馬路到一旁的店裡去買零食吃。大部分的車子都盡其所能地開得飛快，只不過在一片淹水的狀況裡，車子變成了擺盪的渡船，而且速度快了些，就好像在衝浪一樣，十分可怕的景象。

我沒有受到影響，因爲我都走路去上班。史黛西建議我將幾張氣墊床和頂樓擺在泳池旁的「啤酒椅」，拿到街上去租給別人當救生艇代步，搞不好還可以大撈一筆。這場水災暴露出杜拜建築的一個大問題，這些新建造的大樓儘管外表看起來美輪美奐，然而建築師卻不曾將排水系統列為設計的考量中。

我只希望我住的那棟大樓裡面有防水設備，我聽說濱水區（朱美拉濱海住宅區）那裡新蓋的大樓，某十六樓住戶已開始漏水，不是一樓、二樓或十四樓，就從十六樓開始漏，整棟樓的防水品質的確堪憂。目前爲止，我這棟大樓都沒有傳出類似事件，但是以防萬一，我已經將鞋子都從地上撿起來放到高處去。

幾天前上天決定在沙漠裡降雨，另闢一塊綠地天堂，聽起來好像是個很唯美浪漫的比喻。在M&M那扇門被關起來之後，我非常需要開啓「另一扇窗」，而我的心境也彷彿柳暗花明又一村，因爲我聽到新聞說，當地一個戲劇團體要籌備《歌舞青春》的表演，我好期待啊！在杜拜演出一部具有好萊塢規模的歌舞劇，絕對會讓身在此地的遊子們，甘心排隊捧著錢只爲求一席。這個消息讓我今天就高興了大半天（希望能持續大半個禮拜！）劇院啊劇院，我眞想你，現在只希望雨能趕快停，讓我們不會在前往戲院的途中淹死。

如果你有一座島，你會拿來做什麼？

我今天都在想著兩件事情。第一件是我昨晚在酒吧遇到愛爾蘭男，我在腦海中不斷地重複播放那個畫面。自從我們去年暑假在西班牙（那個令我心馳神往的邂逅）分別之後，我就再也沒有看過他了。然後，毫無預警地，他坐在杜拜某酒吧的長凳上，像個厚臉皮的愛爾蘭小精靈坐在香菇上衝著我猛笑，我好像在作夢一般，不小心心湖被激盪了一下。

我知道他會來，因爲他下禮拜就要正式上工，但是心裡卻沒預期會這樣突然遇到他，我只能說杜拜眞的很小！結果，我們兩個就這樣，和一群我完全沒見過的人一路喝到天明，導致我現在還在宿醉模式。然後便牽連到第二件事，也就是我手中的新聞稿，這張稿上寫說杜拜又去疏浚挖泥，塡了一座島拿來打造時尙重鎭，使其成爲全世界第一座時尙人工島。

這座斥資上億的時尙島（Isla Moda）將於今年底開始動工，結合時尙度假村、三棟奢華豪宅、時尙精品店以及各項豪華娛樂設施。時尙巨擘卡爾拉格斐已簽下設計該島的合約，所以他會出什麼鬼靈精怪的點子誰也摸不透，但我知道有一百位女性朋友，一定等不及入主她們的時尙工作地點：口紅形狀的辦公桌、鞋盒狀辦公室（而且一定要是名牌Jimmy Choo的鞋盒）、豎立的辦公大樓長的像睫毛膏，每個人都有自己的衣櫃大道（這部份是我捏造的，不過如果是眞的我也不會太吃驚），總之想的到的各路創意都有可能成眞。

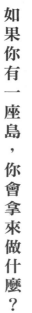

全世界各大洲各大陸（除了南極洲外）所有高級時裝設計師，都參與了這項計畫，每個人負責一部份該島的特定區塊。

杜拜金控公司的總裁相信：「時尚島將把杜拜定位在世界時尚潮流和頂級生活水準的尖端。」眞是太令人激動了！我們早就知道布萊德彼特和安潔莉娜裘莉夫婦已經買下納奇爾房地產公司（Nakheel）所策畫的世界島的一部份，儘管這個計畫誇張到令人咋舌。聽說賈斯汀也買了一塊島，據說地點是在杜拜和阿布達比之間。下個買島的藝人會是誰？名模凱特摩絲？辛蒂克勞馥？英國女星雪若柯爾？這感覺就好比拿著紅蘿蔔在一群穿著金縷衣的馬前面晃，更何況，這些明星名人都有私人遊艇能夠直接開去島上。

時尚島號稱僅舉辦全世界最頂級的國際活動，至少我手上拿的新聞稿是這麼寫的，出席者將會是全世界一流設計師和頂級名流。完工之後，將會在島上舉辦時裝走秀及限量版產品發表會。總之能夠出席的人都富可敵國，畢竟那個地方沒有遊艇或船是到不了的，雖然辛苦地划著獨木舟也可以到達，但是想到看完秀之後還要將那些昂貴的名牌鞋子載回來，好像也不大理想。我想這點主辦單位顯然考量得不夠周全。

即使島上的房子看起來不像高級衣櫃；夜店外觀看起來不像Burberry的包包；即使時尚酒吧的幕簾不是迪奧訂製的，車子外表也沒有眞的鑲上鑽石，本人還是會緊盯著這項計畫的未來發展（當然透過新買的Prada墨鏡來盯，親愛的），這副墨鏡是本人畢生買過最昂貴的單品，每次我戴上它，我的臉就彷彿是徜徉於一片忌妒汪洋中的時尚島。

布希出巡

在豪雨和政治悲劇的雙重打擊下，每個人都只得乖乖地在家待上一天。杜拜剛剛宣布，將頒佈一個新的節日，以迎接小布希的來臨。我想身爲國家元首，一定會有一些特別待遇：倫敦和紐約，可能就清出兩三條街讓他通行；雪梨可能給他一條私人船艇開；東京可能派給他幾個會武術功夫的保鏢……但是只有杜拜這個城市，會命令全市關閉。

眞是太丟臉了。

整個城市的每條大街小巷明天都宣布關閉，好讓咱們「暴君殿下」可以從容悠哉地逛大街（雖然他極有可能乘坐直升機）。連學校都宣布關閉，但其實他們也別無選擇，因爲杜拜沒有捷運或地下鐵，沒有車子代步的下場，就只能坐飛機或是走路。

現在的「新聞室」呈現一片混亂的狀態，因爲沒人知道到底發生了什麼事，或是爲什麼波斯灣新聞報要和阿拉伯商業雜誌爭相報導道聽塗說的謠言。史丹利整個人氣急敗壞，在辦公室裡穿著他過大的西裝外套爆走。「太具爭議性了！」

「民主政體是唯一能帶給人民和平穩定及人民自尊的政府形式。」布希早晨演講如是說，慢吞吞的語調讓一位杜拜好市民一個不小心進入冬眠狀態，布希的領導能力眞讓人不敢恭維。

不知道杜拜領導人老穆（穆罕默德）是怎麼跟布希解釋整個狀況的，可能把他拉到一旁說：

「抱歉了，喬治，我不是針對你個人，我很感激你來這裡訪問，但是我們認為你可能會引起一些暴動，所以就先將整個城市淨空。要不要來個甜甜圈？」

可憐的傢伙，試想如果你是小布希，總統當到，連阿國公民都討厭你到要丟屎的地步。我想布希這次應該會覺得蠻風光、蠻有面子的，而且回去後搞不好還有些在這裡的事蹟可以說嘴，但是他知道、他們知道、我們大家都知道，為什麼杜拜不讓大家去街上——是為了將傷害降到最低。

我個人不是很介意不能出門這件事，因為我可以窩在舒服的被窩裡看電視影集。而且，史黛西和愛爾蘭男都答應，等外頭戒嚴解除後，大家要一起去喝酒吃飯。愛爾蘭男的新家離我們家坐計程車也不會太遠，所以就乾脆約到附近的愛爾蘭村喝酒。

正當這個城市變得越來越強大，我不禁懷疑他們以後將會如何處理這類的國際外交問題。杜拜雖然能建造世界上最高的大樓，但似乎連世界上最無知的人，都可以擊垮任何一位阿國酋長。

消失的清潔工

我們請的清潔人員已經快三個禮拜沒出現了，他通常每個星期四會來打掃，但自從之前的「洪災」後，我們就再也沒有他的消息。當然，我們希望他不是因爲被洪水沖走所以沒來，但是我們這些自私的西方人腦中，只想著廚房裡十八天沒有洗、疊得恨天高的碗盤。

現在眞的是非常時期，我每天在辦公室追蹤英國波神喬丹的精神崩潰狀況，下班後還要回到我們髒兮兮的公寓。史黛西更慘，她下班後通常要直奔五星級飯店參加晚餐或派對應酬，我們回家後最不想做的事就是摺衣服或是拿吸塵器去清理浴室的踩腳墊。

我浴室裡的踩腳墊目前更是不忍卒睹，上上星期五我參加了一個全天雞尾酒派對，結束後我已經喝掛了，凌晨三點回家時我順道去附近的超商買了一個派。那個派不知怎樣被我弄的，浴室的地墊上被沾上一層派上的醬，重點是，地墊還一路連到馬桶邊。（我不希望任何人因此評斷我的人格，或是做出任何污穢不當的猜想或假設）但是自從那天起，我每天都在回想當晚到底發生了什麼事，可是每天腦中都是一片令人氣惱的空白，糟糕透了。

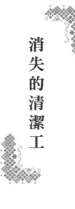

如果清潔工有來打掃，將那層噁心的東西用吸塵器清理掉，我就能恢復我的自尊，並且縱情地享受更多的派，但是他一直沒有出現，而我的地墊就一直呈現在令人作噁的狀態。

由落髮形成的糾結髮球飄散在客廳通往臥室的走廊上，我不知道髮球上的頭髮哪些是我的、哪些是史黛西的，我只知道如果清潔工再不出現，情況一定會每下愈況，髮球們搞不好會集結起來，在客廳的角落形成一股強大勢力，然後將電視給遮住？萬一某個巨大的髮球因爲出現在冰箱旁邊，而不小心被我們煮成了菜，我們吃晚餐的時候不小心吃到髮球被噎到，被送去急診室，父母還得大老遠地飛來認屍，看到遺體的驗屍報告時發現，我們的身體完全沒有異狀，除了五臟六腑裡四處充滿了糾結的髮絲?!

不幸的是，我們都沒有清潔工的電話，他是我們前一個房客好心介紹來的。我們無法聯絡到清潔工，還有一部份的原因是因爲，雖然他每個禮拜都來大樓打掃，但大樓裡似乎沒人知道他是誰、住在哪裡。門房說他「好像」在水災後有看過他，但是他到現在都還不見蹤影。也許是因爲我們不小心冒犯到他？但是我們每次都會給他額外的小費啊。也許他覺得我們眞的太噁心，兩個女生怎麼可以髒成那樣，到處都是糾結的髮球、沾滿沙子的高跟鞋和殘留黑色馬麥酵母醬的盤子。也許根本沒這個人的存在，他只是我們這兩個髒鬼想像出來的幻象。

門房說今天早上他會幫我們安排找另一位清潔工，使我們放心了不少。一屋子的污穢使得屋裡的緊繃氣氛驟升，再加上已經快沒有乾淨餐具可以用了。我們兩個都幾百年沒用過掃把，更別說要到陽台去拿拖把，上面淤泥積的髒到不行，如果上去，我們的腳一定都會變成黑腳印。

我相信新來的清潔工一定會做得很好，也慶幸我們的家終於可以恢復到純淨無垢的狀態（我們也終於可以有自尊地在家裡走動）。但是仍會不時想到，那個清潔工到底怎麼了……

印度冒險之旅

我和伊文還有幾個辦公室的女同事，訂了阿拉伯航空，從杜拜到印度齋普爾的超廉價機票。這家航空跟Easyjet（英國廉價航空公司）有點像，只不過裡頭的乘客從愛鬧事的足球迷換成了穿著白長袍的阿拉伯人。我其實在去之前，只知道齋普爾是一個印度城市，但不知道有什麼東西好看，總之這會是趟冒險旅程，我們一行人決定從這裡搭火車到阿格拉去看泰姬瑪哈陵！

愛爾蘭男聽到我們要去的地點時十分羨慕，其實我內心希望他也可以一起去，但是我覺得邀請他去好像蠻不恰當。因爲我最近又恢復了和M＆M的簡訊往來，從他忌妒的頻率和程度來看，如果我告訴他我想邀請愛爾蘭男的事情，很可能鬧得一發不可收拾。

我知道M＆M是爲了做「正確的抉擇」甩了我，但是從他戲謔的言談之中可以猜想出，他還是想跟我在一起，所以還是呈現霧裡看花的狀態。另一方面，愛爾蘭男也沒有顯示任何想要「重拾西班牙舊好」的跡象，所以目前我也不可能往他那邊發展。但是天曉得我多需要有個能分心的對象，成天悶在那殯儀館般的辦公室裡，即時訊息＋無聊過頭＝做壞事。有一天晚上我甚至還心血來潮，穿著M＆M生日時送我的那套性感內衣，照了一張搔首弄姿的照片，當然我先加用photoshop加工了一下，然後（非常不負責任地）按下「寄送」鍵，沾沾自喜地等著他的回覆，哼，我要讓你後悔你甩了我！

言歸正傳，我覺得那時去齋普爾的時機再好不過了，我眞的需要緩衝的時間退一步好好想想，現在回頭看到這些旅行中的照片，我發現我們眞正地冒了一次險。

看到照片後的心境轉換相當奇妙，當時在路上跟腳踏車、成群的牛（和不知名的奇妙動物）爭道，害怕地緊抓著伊文手臂的我，現在再看到照片，只覺得十分佩服自己，不知道當時吃了什麼熊心豹子膽，竟然親身參與了一連串瘋狂的混亂！這眞的是我嗎？這個手腳都要做美甲保養、家裡有請清潔工（曾經有請）的女人眞的參與了這一切？我眞的在如此貧困的城市裡，一邊捏著鼻子一邊照著垂死的狗和路旁忝不知恥的成年男子隨地撒尿的照片？我眞不敢相信，我眞的都做了。

在我們這群習慣了杜拜生活的人的眼中看來，齋普爾是個充滿惡臭、骯髒、沒什麼教養的城市，火車站還兼當流浪漢的庇護所。大部分的居民看起來都病厭厭的，沒有道路系統可言，晚上開車也沒有路燈。他們大多騎著腳踏車，後頭載著一大綑稻草和梯子，在充滿機車的路上蛇行穿梭，完全不在乎四周的交通狀況，因爲他們根本也沒有後照鏡這種東西！一旁的乞丐會朝著你乘坐的人力三輪車靠過來，孩童在污穢的水池裡玩耍，打著赤腳走在牛、羊可自由便溺的道路上。豬隻用鼻子拱著路旁腐爛的市場剩菜殘餘物來吃。婚禮的行進隊伍，穿梭在一片苦難窮困的背景，不合時宜的喜氣顯得十分突兀。閒聊的婦女牽著她們才剛學的小孩漫步在車陣洶湧的道路中央，完全無視於周遭的危險，直到車子快撞上或者被迫要跑開爲止。

這裡大部分的人都將遊客視爲會走路的提款機，我們不但被一旁的陌生路人指點嘲笑、在餐廳時也被迫支付額外的費用、而且他們還不讓我們進去泰姬瑪哈陵。沒錯，我們眞的沒有進去，雖然我們「只」坐了四個半小時的火車抵達此地。我們貪財的火車列車長，準備狠敲我們竹槓，這趟車程費用應該只要兩百五十盧比，但是他卻向我們要價五千盧比。當我們拒絕讓他中飽私囊，他就將我們趕下火車，就這樣我們在荒郊野外下了車，完全不知道自己在哪裡。伊文當時氣炸了，我們也是。在杜拜的時候，我們已經很習慣瘋狂計程車司機，突然左轉右轉或毫無預警下繞路而行，但是我們從來沒有在半路被趕下來過。難道他們不知道我們是誰嗎？

抱怨歸抱怨，齋普爾眞的是個讓攝影師愛不釋手的城市，每一個角落都是相機的最佳取景景點，即使整個城市處處散發出貧困氣息，顏色絢麗的織錦沙麗像彩虹般映入路旁的攤販，攤子上擺滿了晶亮可口的新鮮水果和蔬菜。不知名的動物用好奇的大眼睛盯著滿臉風霜的老人修鞋，一旁還有一大坨乾掉的牛屎。雖然我們抱怨得花上比當地人高十倍的價錢，才能進去攀爬著名的古堡壘，現在看著照片上映襯著薄霧的綿延山丘，赫然發現照片反而比當時在那裡親眼看到還令人驚艷。當地孩童的笑容，比起我們觀光客的不安、疑心、犬儒心態還要光明磊落、天眞無邪，也許是因爲到了一個人生地不熟的地方，我們都過於焦慮了吧，現在回想起來還覺得挺蠢的。

我們的下一站，是和齋普爾有著截然不同氛圍的沙夢皇宮，我們開著租來的豪華豐田汽車行駛將近四十公里，來到美的不可思議的花園——很像童話故事裡頭的那種夢幻花園。我們被環繞在這個幸福的夢幻花園中，感覺好像上天要補償我們之前的不幸遭遇：盛開的玫瑰、花栗鼠在我們旁邊玩耍，還從我們手上吃東西，翠綠色的鸚鵡在一旁叫著。這裡也和杜拜有著天壤之別，我們重回自然之母的懷抱，在都市叢林裡待了那麼久，幾乎都忘了森林古樹有多麼地迷人、懶洋洋地躺在草地上有多麼地幸福——這些沒有受到炙熱的沙漠、烈陽荼毒的森林和草地。

這裡的鳥可以放聲鳴叫，不用擔心歌聲會被怪手和挖土機給掩蓋。享用晚餐的餐桌上點著美麗的蠟燭，桌子附近燒著熊熊營火；綠油油的草皮仍比杜拜自助午餐的冰雕裝飾更加雅致迷人。經理甚至還免費贈送我們十一個小時，因爲早上退房之後，我們都捨不得離開這裡回去齋普爾。他眞是個大好人，頭上纏著彩虹般顏色的回教徒頭巾，口袋裡裝著現代新型手機。他很喜歡我們，因爲我們很大方地給了每個人豐厚的小費，但主要也是因爲我們十分慶幸可以不用那麼早回去齋普爾。

我收到M&M傳來的另一封簡訊，他說他這次工作出差回來後，希望可以與我見面。我想我的性感美照起了效用（一定是因爲photoshop所修成的美腿），或者是這個美麗花園爲我帶來的好運。我回了他簡訊：「OK」故意忽略腦中良知諄諄教誨的告誡聲，開心地低下頭聞著花香，享受著晴朗無雲的藍天。

像這樣的旅程，通常會讓人對自己的一切進行反省和思考，我還記得當時我想到自己身爲人在這片土地上的地位，還思考了一些其他事情。回到了安全的都會監牢裡，我突然有了很深刻的體悟，那個有著貧困和大自然之美的世界是眞實的。才不過幾個小時的航程，我回到了紙醉金迷的杜拜，這趟旅程並沒有使我拋棄我已逐漸習慣的杜拜生活模式（別傻了！），反而讓我對目前所擁有的這一切更加心存感激，我想我們這一行人都有一樣的感觸。

宇宙的主宰

回歸到正常生活和現實生活（至少是杜拜版的眞實生活），我的布鞋在齋普爾沾到的牛糞都還沒乾透，房地產巨頭公司納奇爾（Nakheel）又宣佈了其另一項海岸發展計畫，他們汰舊換新的速度連我們這種公關界的人都很難跟上。但是我個人對它的新計畫很感興趣，我覺得比之前那個時尚島還好。沒錯，雖然他們也創造了「世界島」，但是這家公司雄厚的財力和創意人才，足以讓任何兒童節目製作團隊相形見絀。他們可能某天起床，心血來潮地心想：「我們這樣還不夠，一定要超越自我。」因此他們決定建造——「宇宙島」。

宇宙島是一個斥資上百億的計畫，佔地面積達三千頃，需要花上二十年建造。這個同樣也是用施工吵雜不堪、挖泥填補起的人工島，將建在杜拜棕櫚島、德拉棕櫚島和世界島之間，這三座人工島詭異的形狀早已玷污了，上天所創造的「自然」海洋景觀。請問還有人記得，在眞實世界裡，有大自然這件事嗎？

聽說明星名人們成批地搬進世界島，布萊德和安潔莉會住在杜拜版的「衣索比亞」裡，等宇宙島完工後，他們可能也會買下其中的「太陽」給他們的孩子。

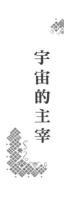

這一切聽起來眞瘋狂，不是嗎？

如果這個傳言是眞的，我想杜拜未來在耗盡任何土地和水源之前，是不會善罷甘休的。而且更誇張的是，前一陣子我還聽到謠言，有人要在天空蓋一座漂浮城市，這城市眞的已經瘋狂到難以自拔的地步。你可以投資這裡任何的房地產，發現在城市中，投資房地產的限制愈來愈鬆；在這裡買車子，發現三年後將可以升級成太陽能發電的太空分離艙；在這裡買了一棟長得像iPod的大樓，卻發現二〇一七年的時候，這棟建築轉眼變成了令人難堪，以電池供電的新興貧民窟。這個城市裡無時無刻都在翻新求變，不但對自己的人民如此，對整個城市亦是如此，但也許我們應該欣然接受這個特質？

我個人認爲，杜拜應該再多塡些海給安潔莉娜裘莉！但是反過來想，她不應該屈居於「宇宙島」的一隅，她應該要設計一座個人專屬島嶼，島嶼的形狀和地勢起伏完全依照她的生殖器官形狀打造，島上的每一粒沙都散發出她獨特的身體氣味；以壯觀的半圓形天文館來象徵她珍貴的神經中樞系統，如此一來她就可以以如內視鏡般的角度透析身體各空腔凹洞，並享有三百六十度的自戀全景視野，讓自己自我感覺良好到最高點？當然，隱密性也是很重要的，她的私人島嶼與杜拜的焦黑海岸線有著十公尺淺水之隔（另一邊則是布魯斯威利私人陽具形狀島），順應機運者成英雄啊！

想太多關於這個計畫的問題，讓我頭開始隱隱作痛，畢竟我也只是站在這一切的邊緣，丈二金剛摸不著頭緒。但是至少當我看著窗外從地殼上聳入雲霄、「眞實世界」裡的最高建築，我知道這一切看似不切實際的夢想都可能成眞。

飯店的開幕派對

一位戴著蛙鏡、全身著裝萊卡潛水衣的男人，在旁邊一個巨大的透明水缸裡像金魚一樣游著泳。我轉過頭去跟愛爾蘭男說，這是我在杜拜參加這麼多的開幕派對以來，第一個如此令人嘆爲觀止的飯店開幕派對。緊接著，後面還有一團技藝高超的雜耍團，在大廳的上空盪著高空鞦韆，在一旁的牆像變型蜘蛛一樣爬上爬下，嘴裡還叼著玫瑰花。享用不盡的香檳以及餐桌上的免費壽司，提供免費烤肉的烤肉亭，在二十四小時後會搖身一變，變成飯店的新櫃台。

金碧輝煌的君主杜拜飯店，連地址都是令人羨慕的謝赫薩伊德路一號，讓居高臨下的它彷彿學校惡霸般，讓緊鄰的費爾蒙特飯店備感壓力。幾個月以來我們看著它一磚一瓦的建造起來，開幕典禮當晚，杜拜媒體界的精英自是不會缺席，紛紛挽起另一件連袂出席。

愛爾蘭男也算見過大風大浪的人，幾乎沒什麼事情可以使他吃驚，但是我看到他在會場跟我和史黛西一樣時而睜大眼睛，我就知道自己的使命是什麼了。有時候我覺得自己像個導師，安撫他這位緊張又抱持著好奇心的男孩，讓他在杜拜的新開始，成爲冒險的一部分而非挫折和麻煩。我發現自己又再度看見，從前視爲理所當然的事情，只是現在是透過他的眼睛。我們現在已經習慣了杜拜的瘋狂，但是在別人的眼中，很多事情依舊讓人驚訝或不解。

我和愛爾蘭男最近常一起出去，雖不能說我現在已完全忘懷我們當初在西班牙時，在星空下接吻、互相與對方分享夢想點滴的事情，但是可以確定的是，我跟他已慢慢朝朋友之路前進。愛爾蘭男知道我和M&M的風流韻事，而且十分不贊成（我想也沒什麼人會苟同婚外情）。我不知道他會這麼說，是因爲他跟之前傳的那封難忘簡訊一樣「愛慕我」，還是純粹擔心我這位新「朋友」會受傷。但他現在即將在杜拜展開新生活，事情就已多到夠他忙了，我想我們彼此都心知肚明，最好的方式就是兩人變成盟友互相幫助，因爲天曉得這個怪地方又會變出什麼把戲來玩我們，而且現在也不是將兩人關係變得更複雜的時機。

就這樣，愛爾蘭男成了我朋友圈的一員，讓杜拜的夜晚增添了幾許愛爾蘭特有的魅力，而且愈瞭解他就愈覺得他是個有趣的人。有時候想想，人生的際遇眞的妙不可言，第一次眼神交會時，他從都柏林飛來，我從倫敦飛來，我們在西班牙相遇，現在過不到一年，我們在杜拜相聚，一同看著詭異的表演者，穿著潛水衣在大魚缸裡游來游去。

回到之前我提到答應與M&M見面的那封簡訊，我赴了約，那天感覺很像是兩人破鏡重圓，彼此都表示非常想念對方，雖然他因爲妻子而甩了我。之後又有一天，他來找我聊天，然後事情就很自然地順勢發展下去……唉。好吧，失去這個已婚、愛吃醋、佔有慾驚人的男朋友，眞的讓我心痛不已，但是我得承認，在見到他時，那些痛苦幾乎立刻煙消雲散，他眞的是個很特別的人。

M&M有種讓人無法忽視的居高臨下的領導者氣質，他對每一件事都非常有熱忱，甚至連對我都很有熱忱！其實我不需要他，但是當他表示對我的興趣、當他認眞傾聽我說話、當他寄那些理所當然的甜蜜宣言到我的信箱裡……實在讓人難以抗拒。要在像殯儀館一樣的辦公室，抑制回覆他訊息的衝動眞的很難，這裡每個人都無聊到令人窒息。我依舊和他調情，而且知道每次我按下回覆鍵，潛在的災難可能一觸即發，我恨極了自己如此熱愛別人的關愛。M＆M對我有致命的吸引力，我無法抗拒他的柔情攻勢。

雖然我們分開的那段時間，他並沒有要放掉另一半、重回單身的意思，但是他又提出了要帶我出國的提議，這次是去馬爾地夫度個兩天的小假，眞是令人期待，這也意味著我們將會有兩天的時間可以獨處並且好好談談。我這輩子還沒去過如此有異國情調的地方，原本以爲南非的開普頓已經非常奢侈了，但是被帶去位於晶瑩剔透印度洋中的天堂島嶼，堪稱是M＆M先生對我做過最大方慷慨的事了，而且離杜拜只要四小時的飛行時間。我知道現在正値雨季，但是我決定不要計較這點。

如同杜拜不斷自我擴建發展的偉大願景，我在杜拜的生活和際遇也越來越好。我有跟你們說過我上次還遇到席琳狄翁嗎？好啦，其實也不是眞的見到她，只是和她坐在同一個房間，我的腿上放著筆電，聚精會神地聽著她透過麥克風發表談話，然後打在電腦的word檔裡，當時她人在主持一間開在節日城，吸引各大影星名流的跨國飯店開幕典禮。我甚至還拿到她演唱會的媒體公關票，我非常篤定到時候一定會塞車塞到不行，但是我一定會拿著我的通行證驕傲地向衆人展示。

每天都有不同的開幕典禮要參加，感覺起來好像同質性蠻高的。只是我不得不承認，雖然我沒忘記在貧困的齋普爾學到的寶貴一課，但在這個虛假世界裡，我仍然充滿希望和期待。

結束和開始

這星期一連發生兩件大事，讓我不禁重新思考自己在杜拜的去留。幾天前我又被史丹利找去旁邊說話，他向我宣布他決定要「讓我走」，史黛西也告訴我她要離開杜拜了，我到現在還在震驚當中無法平復。

關於第一件事，老實說在辦公室的沉悶生活本來就令人不甚滿意，我自己其實也有在考慮離職這件事。說也奇怪，就在被炒魷魚的前一天晚上，我突然覺得自己必須要清理辦公桌底下的鞋子，將它們帶回家，我到現在想起來都覺得怪的很不可思議，總之我抱著一堆鞋子回到了家，剛好遇到從健身房回來的史黛西，完全無法跟她解釋爲什麼我突然想將辦公桌底下好好清理一番，畢竟自從我們家的清潔工消失之後，我們從來沒有認眞打掃過家裡。

原本還打算在公司多待個幾個月再提辭呈，這段時間裡我仍不斷地緊盯市場上同性質的媒體相關工作，至少福利要跟目前這個一樣好。我想從一開始我就知道這個工作不會長久，畢竟幾個月以來我都自己獨立經營這個網站，一邊跟史丹利乞求更多的人力和資源。直到被開除的那一天，我手邊的資源還是跟我第一天進來一樣，儘管這中間他不斷地承諾我，會將我這個一人隊伍擴充成一個實質的工作團隊，整體架構也會建立得更明確。然而事實上，史丹利連一個工讀生／實習生都沒有雇給我，反而在幾個星期前，雇了一個職位在我之上的人，跟當初答應我的完全背道而馳。某天，毫無預警地，我突然有了個素未謀面的主管，我還得向她呈報，花上一個星期的時間告訴她要如何操作電腦系統。我其實蠻替她難過的，我看得出來她也完全無法置信這地方是如此地荒涼，更別提這裡如殯儀館般的靜默。

除了伊文以外，我很少看到任何海柔爾或雜誌組的人，我唯一的親密同伴是我想像出來的，這個部門就像完全獨立於雜誌外的單位，除了我之外完全沒人在乎。我甚至懷疑海柔爾和她旗下的人把我的網站視為絆腳石，怕網站會搶走他們雜誌寶貴的讀者。

現在來談我為什麼會被開除，根據史丹利的說法，我上一次在廣播節目中，說了有損公司名譽的話。

這則指控比開除我還令我生氣，我當天可能聽起來有點宿醉，因為廣播節目在早上，而我前一個晚上又到哈瑞卡拉OK酒吧飲酒歡唱（例行公事），但我非常確定我不會在廣播節目中貶斥自己的公司。我在腦中回想了當天廣播的內容，想破了頭也想不起來，也許我覺得公司在網站發展上有待改善，但是不加思索地向全杜拜民眾說出詆毀公司的話，是完全不可能的啊！

我覺得史丹利只是受夠了我一直逼他增加資源，也受夠了每天都要向我保證情況一定會有所改善，即使他明知道這是不可能的。他也可能受夠了他的老闆向他叨唸，因為他無法給我可用的資源。我察覺的這些事後來都得到證實，因為他帶我到一個小房間去，說要跟我「聊聊」，然後他面帶倦色地告訴我：「你野心太大了。」

我不可思議地看著他，然後失笑出聲，而他焦慮地在他椅子坐立不安，顯然一副聽令行事的樣子。

「我到底做了什麼太有野心的事？」我質問道。

我想知道身為經理的他，如何在吩咐屬下自己一個人經營一整個網站，而且又不雇用其他支援後，又稱那個人「太有野心」。如果我不是「太有野心」的話，他到今天可能每天只有一則消息上傳，而且還是從別人寫得很糟的新聞稿上剪貼下來的。而且他很早以前就交代我，不能出去和任何有趣的人會面，這樣才能節省更多時間擴充內容。

他對我的質疑無話可說，只是一直低著頭玩著他的袖子，然後囁嚅著我之前張貼香料熱飲酒作法和私下兼差的事情做為開除我的補充證據。好，這些我都認了。但是他也無法播放那篇他聲稱我「詆毀公司」的廣播內容，而且不是因為他放了我會有理由可以解釋或辯駁，而是因為他根本沒有那卷錄音，他自己之前也沒有聽過。

是的，他本人從來沒聽過。他那時候在度假，是在回來的時候聽說這件事的。史丹利被上級指示來開除我，他自己卻連確認開除的指證都懶得確認。我再次瞪了他一眼，我想這個眼神直接穿透了他的靈魂，因為他又開始在椅子上坐立不安起來。

你以為即使他再怎麼不在乎解雇我這件事，應該還是會找些證據來讓自己的立場比較站得住腳，因為他知道我一定會反駁的，但事實並非如此。

「你沒親自聽到？」

「沒有。」

「那誰聽到了？」

「我不能告訴你。」

「好。」

史丹利本來說我可以等到今天的班上完再走，但是我怒氣沖沖的離開房間時，他反而覺得有點緊張，叫我立刻收拾離開辦公室。我覺得他應該是怕我一回座位，就會發電郵給整個公司的人和所有聯絡清單上的人（我已經另外設好這個清單了，跟我的鞋子一樣收拾的很整齊），告訴他們整件事情的來龍去脈。M＆M說他們可能因爲衆多考量決定讓我走人，只是隨便編個藉口打發我，反正在杜拜員工沒有任何權利可言，我也無從申訴起。

當然，我直接回去公寓，拿起我的筆電直接殺到附近的咖啡店，我已經和一位職缺經紀人談好了，下午五點半前他就已經幫我安排好兩個面試。還好杜拜現在還是非常缺乏具英文擅寫能力的人，不管這些人是否曾在廣播裡說任何「不當或詆毀公司的話」。

之前提到的第二件事，也就是史黛西要離開杜拜。她決定離開，一是因爲她每天都要花上一個小時通勤（其實都是被堵在路上交通），二是因爲她覺得她想再回倫敦試試是否能找到理想工作，畢竟她搬來杜拜的時候，才剛大學畢業。她在旅行出版的經歷，使她除了Prada腰帶之外還多了許多寶貴的實作經驗撐腰，所以她選擇要另求發展我也不怪她。只是這一切發展得如此快，讓我有些難過。事實上，我現在根本就一副逃避心態，拒絕相信她要走的事實。

我們從一開始住在伊朗人家裡時，就是室友，一同睡過那可怕的水泥板床；在杜拜的卡拉OK吧，用唱歌跟至少半個杜拜的人口搏感情；一起到健身房爲了健康運動。好啦，去健身房的只有史黛西，因爲我一直說服自己按摩浴缸裡的強力水柱可以消除肥肉，如果堵在水柱口夠久，就可以讓屁股變小。

要跟一個跟你一同度過異地奮鬥時光的人說再見是很難的。一路走來的確是一場冒險，現在走到這個節骨眼，只覺得自己在杜拜的挑戰難度又更高了（唉！）。幾個和廣告公司的面試都談得不錯（他們都在找創意文案編寫人才，而且薪水收入比出版業高出很多！），但是我最後還是決定去一間新成立的國際媒體公司實習一個月，伊文也剛轉到這家公司工作。

這一切聽起來都非常令人期待，尤其是伊文，因爲他已被這家公司正式雇用了。這家公司擅長做戶外廣告，他們的總裁最近不斷地發展擴充媒體部門，準備與他們的消費廣告部門和廣播台做搭配。就像杜拜的發展一樣，你永遠都不知道會有什麼機會倏地冒出來，這個時機來得正好，因爲我需要一份工作！我負責的部分是編輯健康和美容貿易相關的文案，而身爲「責任編輯」伊文的職責則重要的多，得同時管轄兩個男性商品文案部門。現在就一邊在這裡做，一邊看事情進行的如何，也許之後可以當自由接案的文案編寫人，替接媒體公司的案子，又或許，伊朗人還是需要人幫忙宣傳「超級馬力」。

伊文會先搬進公寓，然後我們再一起找新的地方住，唯一麻煩的是，杜拜的房租水漲船高得不像話，再找到一個更合適的地方是個艱鉅的任務。然而大部分媒體相關的公司都位在城市的另一端，現在那裡已被稱做媒體市，我們倆現在工作都在那邊，卻還繼續住在這邊好像也沒什麼意思（雖然這裡有超棒的泳池和按摩浴缸）。對了，我忘記說我們找到那位失蹤的清潔工了，也就是說他沒有被洪水沖走或淹死，後來一問之下發現，原來他是因爲老家印度那邊發生了一些事，必須回家處理，所以他沒跟任何人說就先跑回去了。這樣這樁懸案也算告一段落。

最近有許多的開始和結束，就某個方面來說，雖然有點令人擔心不安，但是卻又令人興奮不已！現在更讓我期待的是要和M&M去馬爾地夫度假，不管我們這段關係錯得多離譜，我眞的需要好好休息，遠離這一切。

戲劇性地省思

昨晚是音樂劇《歌舞青春》的公演日，我之前曾提過它將會在杜拜社區戲院暨藝術中心（DUCTAC）演出，更令人開心的是，伊文說他有一些記者公關票，要帶我一起去看。我們兩個愛看戲的人，在這裡簡直戲癮一發不可收拾，伊文有一大票的朋友可以邀請，但是他知道現在的我真的很需要能夠振奮心情的事物，因爲史黛西已經收拾包袱回到英國去，而我目前正在失業中，而且一個人孤苦無依（請下悲情小提琴背景音樂）。

這一切都發生地太快——她就這樣走掉。反正也沒什麼留下來的理由，前一晚大夥還在運河飯店喝下一杯又一杯的雞尾酒餞別，今早我的宿醉都尚未退散，她的房間早已人去樓空，她在機場傳了簡訊給我，一切人事已非。

我們自是音樂劇當晚出席中，尚未有小孩的觀眾裡最年長的，整場表演除了有些調子聽起來不太順暢，像是業餘演員唱得以外，整體的氣氛算是十分引人入勝。我一邊心想：哼～杜拜，別想低估這裡戲劇發展的潛力，一邊猛吸冰涼的可樂，裡頭的糖分更使我熱血沸騰。

我差點就希望自己當初去試鏡其中的角色，其實這部戲裡的演員，都是移居來此嬌生慣養的外國人，他們的父母願意付出一筆巨款，只爲了讓他們的心肝寶貝能夠在戲裡軋一角。我想，自己都已經二十八歲了，爲了這個理由打電話給爸媽跟他們要零用錢，也太說不過去了。但是我一直認爲，自己有朝戲劇歌舞界發展的潛能。好吧，我承認本人跳舞時很像觸電，唱歌能力也僅限於哈利卡拉ＯＫ吧和浴室裡，但是我一直深深受到戲劇和舞台的吸引。我還記得小時候爸媽跟我說，老師曾告訴他們說，我念普通學校眞的太糟蹋我的天份了，媽還說她本來以爲我會選擇去就讀戲劇學校。

現在回想起來，我想老師的意思可能是，我成天拿著老虎玩偶去學校操場，對著它講話好像它是我唯一的朋友一樣，被老師認爲我是個需要「特殊教育」的孩子，因此她才說「普通學校」不適合我……

昨晚演員的歌聲幾乎被淹沒，因爲幾乎整個戲院的人都在跟著唱（大家都知道歌詞），就連坐在我前面的媽媽也一字不漏地對嘴，因爲她女兒在台上一邊拍著手，一邊唱著：「我們大家都寥～落～去～」，我覺得用來形容杜拜還蠻貼切的。

我們跟著大夥一起去了表演後的慶祝派對，派對的地點是在杜拜滑雪場的一家餐廳。主辦單位用帷幔隔出了一個獨立區域，裡面充滿了冰淇淋、爆米花、棉花糖、迷你牛肉漢堡和啤酒（驚！）我們抵達餐廳時，發現這些小歌星／小影星們High翻天，像喝了過多的能量飲料一樣跳上跳下，仍舊唱著劇中的歌曲。看到這一幕，使我不禁想起自己十二歲的時候，剛從「吸血鬼德古拉奇觀」音樂劇首演之夜回家時的情況，那時我是「斯伯汀鎭業餘戲劇協會」的成員之一，就跟眼前這群青少年一樣，唱唱跳跳個不停而且以自己的身分爲豪。

我想每個人都有自己的《歌舞青春》時刻，特別是當我們發現周遭的世界都已物換星移。在杜拜的日子就好比雲霄飛車一樣，一會兒衝天一會兒入地，但是到頭來，還是由我們自己選擇我們該如何處理這一切，是該繼續蹦蹦跳跳，還是該學些新的戲碼重新定義自己。

遵守戀愛規則

我知道M＆M對我有害，但是每次他帶我坐上噴射機飛往某個浪漫到不行的國度，我就會像被下蠱一樣，完全忘記這段婚外情錯得多麼離譜。任何一絲遲疑都被他的慾池情海所淹沒，我只知道這個什麼都有的男人有多麼好，多麼願意與我分享他擁有的一切。

我開始覺得自己聽起來就跟那些，貪得無饜、想要榨乾杜拜一切的人一樣膚淺。我自己知道，朋友們也都知，我實在千不該、萬不該再吃回頭草，讓自己像傻子一樣被他的魅力所迷惑，但是他的承諾、他的愛的宣示、他炙熱如火的浪漫行動，再再都成了他難以讓人拒絕的藉口。你眞的應該看看我們在馬爾地夫的房間。

我們下榻在最奢華的度假村裡，海島形狀的飯店裡有個一望無際的游泳池，從池中向外瞭望，可以看到海洋波浪所折射的點點光芒。我們的房間外面還有戶外浴室，浴室裡還有男女專用的休息靠背墊、兩組浴缸、兩套浴袍和兩雙男女專用拖鞋。這地方使我想起史黛西以前住過的一家飯店，那家飯店設備之頂級、服務之周到，連史黛西名字的縮寫都幫她繡在她的枕頭套上，象徵著個人專屬的休憩空間。

M＆M和我雙雙沉醉在香檳的魔力，在泳池旁的大床上恣意纏綿，爾後去了度假村裡最奢華時尙的五星級美食餐廳，我們坐在座落在防波堤上的木製陽台包廂一邊大啖海鮮，一邊欣賞著蔚藍的海岸景致。這些擺在盤子裡珍饈海鮮看起來就好像迷你藝術展覽品，連動手拿起來吃一口都深怕玷污了它的美麗，但是眞的吃了那滋味眞的鮮美無比。房間裡還配有iPod，裡頭都已內建全套浪漫專輯，性感指數一曲直逼一曲。光是聽到莫奇巴電子迷幻樂團的「海洋」一曲，就足以讓任何心神蕩漾。

我們倆躺在吊床上閒聊時起了小爭執，導火線是因爲M＆M不喜歡我和愛爾蘭男走得太近，當然這也是因爲我自己不小心說溜嘴，告訴他我和愛爾蘭男在西班牙的那個「難忘」的週末，自此他就十分防範他。但是我自己私心認爲，既然M＆M可以在我的感情世界裡可以來去自如，我和另一個男人的友誼（姑且不論以前是否曖昧）應該不會是什麼大問題，但顯然我眞的是太天眞了。

事實上，愛爾蘭男和我成了莫逆之交，這都要歸功於在杜拜上演的這齣荒唐愛情肥皀劇，而且男主角不是他人正是M＆M本人。愛爾蘭男的強項就是給人建議，所以當他以諮詢顧問的姿態出現時，我總是毫不保留地全盤托出。他就是那種永遠有時間傾聽你說話的人，（每個人的一生應該都有這種人的存在吧？）對我而言，他有種能鎖定人心的力量，總是能很公正持平的提出他的見解，而且每次晚上要去喝酒續攤時，他總是有空（而這時M＆M先生都在家陪他老婆）。

M＆M和我都喜歡享受人生（這也多虧了他「預算不是問題」的豪爽分享態度），但是我卻從愛爾蘭男的身上學到了如何幽默的看待杜拜人生。如果我被杜拜沖昏頭想要退一步看事物時，他也會陪在我身邊，並且不時點醒我，有些能在杜拜做的事情，其實在其他現實層面甚至是自己的家鄉，會被認爲是會遭天打雷劈的奢侈行爲，或是嬌生慣養的安逸人。

說到這我就想到，之前某天我們坐在他客廳的時候，他突然不小心將一罐可樂打翻在沙發上，他嘖了一聲盯著那灘不斷往地毯移動的液體，然後看著他的室友說：「清潔工何時會來？」我聽了差點沒笑到尿褲子，我當然聽得出來他在開玩笑，但是卻是杜拜生活很實際的寫照，因爲我自己的確不記得上次清洗任何東西是什麼時候的事了，感謝老天，我們的清潔精靈又重返我們的生活了。

我們喝著裝在椰子裡的雞尾酒，M&M鄭重提出聲明說，他不希望我跟愛爾蘭男有任何的往來。老實說要我做這樣的決定或承諾，還眞讓我的心不自覺地揪了一下，但是不知爲何M&M就是有那種堅定不容置喙的氣勢，讓我不得不閉上嘴，大氣也不敢吭一聲。這眞的是很難解釋的感覺，但是我也不是被虐狂，硬要跟自己會怕的人在一起，而且大部分的時間他都是很棒、很好相處的人，我從來沒跟那麼體貼殷勤的人在一起過。只是有時候他會擺出硬梆梆的臉色，冷峻眼神給人很深的距離感，好像他腦中正在想像他心愛的女人背著他偷吃一樣。通常他擺出這種臉色時，我就不會再告訴他任何事情，即使是再坦蕩無害的事情也一樣，因爲通常講了只會使他築起層層防衛的心牆。

我不想他再繼續在腦海裡放任自己編織虛構的情節，大部分的時候我都很開心，我也學會躲在自己的泡泡裡（在泡泡還沒幻滅前）。也許他會幻想我出軌，也是因爲他自己正在做一樣的事，也許因爲他對他的老婆不忠，他常很輕易地聯想到別人也會對他做出這樣的事情。

我懷疑是否出軌的人都有這樣的心理？他們會變得越來越尖酸刻薄、謹愼小心，四處蒐集類似的證據和跡象，看看自己心愛的人是否已背叛自己的信任？罪惡感是否讓你以小人之心度君子之腹，因為你就是拿這把道德的尺衡量自己？我對這一切沒有定論，但在這麼完美的地方吵架或惹他生氣，實在毫無道理可言，望著周遭的碧海藍天，我就這麼失心瘋地答應他，回去杜拜後不再與愛爾蘭男見面。

戀情結束

壞事無三不成禮，首先是我的工作，再來是史黛西搬走，最後是M＆M的外遇被抓包。他老婆知道了所有的事，我覺得糟透了。

在馬爾地夫度過浪漫的週末之後，我收到了一封來自M＆M的簡訊，告訴我他又要搭機離開了——與他的太太。他說她知道了我跟他的外遇，我到現在還是不知道是如何發現的。

至少我能確定，一定不是他直接跟她說的，因為他人太好，一定不忍心當面告訴她，傷了她的心。我自己則是十分同情正室的遭遇（不論她是誰），並且對自己深惡痛絕，當我們享受著小島上美好的一切，在鋪著金埃及棉床單的大床上纏綿的時候，怎麼會天真地以為這一切不會有報應？我知道他終究會告訴她的，只是唉……我也不知道該怎麼想才好，難道這就是情婦所想的事情嗎？

接到簡訊的時候，我人在購物中心裡，內心還因那小小的奢侈週末開心不已，打算買下幾件套裝好穿去新的雜誌公司實習，讀完簡訊後還得壓抑自己想馬上打給愛爾蘭男的衝動。我全身的血液彷彿瞬間凍結，我將這封簡訊讀了不下千遍，希望這些字能夠重新排列組合，傳達令人開心的消息。我一個人靜靜地坐在星巴克咖啡店裡，眼睛盯著地板發呆。後來一個人上了計程車，回到家把自己鎖在房間裡。我腦中浮現了瘋狂的畫面，某個怒火中燒的阿拉伯男人（M＆M妻子的某個親戚），闖進我家大聲嚷嚷，說要揪出那個不要臉的小三，膽敢勾搭有婦之夫。這些折磨人的畫面，一遍又一遍地在我腦海中播放，每個版本不盡相同卻又十分類似：樓下大門被碰地一聲關起，有人掄起拳頭猛敲門，三更半夜在我家門外走廊以阿拉伯語大聲咒罵，驚動整棟公寓的人，可能接下來就是謀殺的畫面（吞口水）。

我躲避著這些假想敵，像個懦婦一樣躲在被單裡抖個不停，被單裡還有我的筆電、電話和酒精濃度十分高的伏特加可樂調酒。我腦中幻想著，一件悲劇事件即將成眞。之前在跨年夜的時候，我試著說服自己M&M的殷勤體貼不是來自他的佔有慾，還在估算這一切是否高出我可以掌控的範圍時，他就甩了我。現在又發生了這件事，在要求我答應他不再見愛爾蘭男一面之後，外遇事件東窗事發，我也不幸被牽連其中。老天！這一切是不是命運注定好的，只爲了證明我和他的一切錯得有多離譜？

我先確保門的每一層鎖都鎖上，還要伊文答應在他床邊的小桌子放一把刀，才敢上床睡覺。但是，假如警察來突襲檢查的話，伊文不會因爲持有致命武器而被逮捕，反而會因爲沒有結婚就和女子同居而被逮捕。這地方眞的太瘋狂了！

租屋牢騷兩三事

昨晚我去莎夏的朋友家吃晚餐，我知道自己一定會很眼紅，因爲我和伊文負擔不起住在如此雅致時尙的地方，但是進去之後我還是大開眼界。這棟位於瑪利納區的公寓是典型的艾瑪爾塔樓（艾瑪爾集團是杜拜另一個營建開發巨頭），裡頭擺滿了各式各樣的藝術品、裝飾品及像我這種等級的人作夢才可能看見的頂級家具。

我非常渴望未來的家能有自己的風格，而不是東買西湊一些來自郵購目錄的便宜裝飾品，我想有很多人應該跟我想的一樣，只不過我們這個世代的人，常常當空中飛人，不大會在同一個地方待太久。拿我個人爲例好了，我從十八歲開始就沒有在同一個地方待超過兩年，當然在那之前我住在爸媽家裡，他們幫我洗衣服、幫我洗餐具、還開車載我去我想去的地方……嗯……其實就像我現在在杜拜的生活一樣。

總之，最近我四周的朋友包含我和伊文似乎都在忙搬家這件事，當然，如果能力不足以買下豪華公寓，你就只好奮力地在租屋市場殺出一條血路。假如你是杜拜的市民，房價是你必談的話題，這裡的市場競爭十分激烈，比我記憶中的倫敦、甚至紐約還要慘烈。

既然談到了這個話題，我決定來做點研究，如果我們可以隨便選擇要居住的地點，那麼花相同的房租，杜拜和世界其他城市相比之下結果如何？大部分比較像樣的雙人房公寓一個月的房租約四千至五千迪拉姆幣，就目前的匯率看來，約為七百六十鎊。如果我住在倫敦，以熱門租屋網站上的資訊來判斷（gumtree.com），這個價錢可以讓我任選倫敦任何地段，而且保證不會屈就住到陋巷或較貧困髒亂的區域。我可以用月租五百二十二鎊的價格，在格林威治租到一間可以俯瞰泰晤士河的房間，而且水電網路全包，這個價錢只比我目前在杜拜的房租多了五鎊，你想想，多了五鎊，我就可以在倫敦住在一個離地鐵理石拱門站只要五分鐘的地方。而這個百業待興、沙塵滿天的中東城市，為什麼會跟倫敦市中心一樣寸土寸金？

如果我選擇搬到紐約，將我目前杜拜的房租換成美金的話，我一個月的房租預算約為一千三百八十八元美金。我上去紐約最大的社群網站（craigslist.com）查了一下，我可以與另外兩個女生一起分租一間在上城東區的雙人套房（慾望城市女主角凱莉住的那種公寓！），房租只要一千兩百五十美金。如果我想要住在比較「親民」、離曼哈頓只有十分鐘路程的北布魯克林區，離地鐵站僅五分鐘的豪華雙人套房公寓（家具裝潢完備），只要月租八百美金。當然，如果住在倫敦或紐約，我就不會有游泳池或健身房，但是我可以十分放心地過馬路，不用擔心橫死街頭、走路還得辛苦避開滿地沙塵或是招來一輛不一定能載我（安全）抵達目的地的計程車。

我不懂這個有著巨型購物中心和小衆遊客的新興城市，怎麼會一夕之間變得和全世界兩大繁華熙攘的大都會一般昂貴。正當我們在莎夏朋友的豪華公寓裡吃著烤蝦和沙拉時，我做出了決定——我必須將要求降低。我得認清現實，除非我眞的要在此長久定居或投資，我除了咬緊牙根吞下這筆貴得要死的房租別無他法，誰叫我注定要當被寵壞的現代吉普賽人呢？

我可愛的第三號家

M&M前幾天打電話給我，我們談了一會後我發現他態度有點冷淡，他的聲音聽起來很疲累，情緒也不佳，我想應該是受到四方憤怒親友的道德抨擊、斥責和威脅。總之，他確定他們都不知道我是誰，所以我不會在晚上被莫名地做掉，我聽到這裡不禁稍稍寬了心。其實我心裡比較擔心的是他，我還記得「交易員」很久以前跟我提到，回教徒文化對於不貞和通姦的嚴刑峻法。

由於外遇東窗事發，M&M的妻子決定搬出家門，而M&M也自己搬到了新的公寓——而且是以迅雷不及掩耳的速度，沒什麼麻煩的狀態下迅速安頓好，我想這跟他有的是錢也有關係吧。

我和伊文最後決定搬入的公寓，是在我們預算範圍裡能找到最大、最像樣的地方了。雖然這公寓在空間規模上勝出，但是居住品質上仍有待加強，我想像中的理想住屋絕對不是位於建築工地上。

這間位於主要幹道上的兩房公寓，是在一個叫特康的區域，整個區域都還在營建當中。從我們客廳的陽台上可以看到一望無際的沙漠，沙漠上還依稀可以看到駱駝走過的印子。因爲這個社區開放才沒幾個月而已，所以裡頭的泳池也還沒蓋好，健身房裡沒有健身器材，大樓週遭停放了各式推高機和卡車，外圍鐵絲網上掛著「危險勿入」的告示，這一切都是使得房租稍爲低廉的原因。

我們即將搬入這個尚未完工的葛林斯（醜陋）社區，即使叫了計程車，司機也不知道這是什麼鬼地方，附近走路能到的地方裡沒有半間商店，所以我們也買不到生活必需品，重點是我們可能連走路都不行，因爲人行道還沒鋪好。

愛爾蘭男覺得我們的遭遇很有趣，我住在瑪歌家這幾天以來，我們都在公寓游泳池附近見面，我十分輕易地忘記自己答應過M＆M不能再和他見面的承諾。

他住的地方一應俱全，我試著想要在同一區找到類似的房間，卻遍尋不著，因爲這區的機能實在太好了，沒人想要搬出去。

我們新家唯一的好處，就是離M＆M的新公寓比較近。自從他回來以後，我們幾乎沒見到幾次面，因爲他現在正在釐清頭緒，但是卻很常打電話給我，而且比以前更黏我。我每天早上起床幾乎都會收到他的簡訊，詢問我今天狀況如何，我光聽到簡訊的「嗶」聲就知道是他傳的。我不知道該怎麼看待我們目前的關係，因爲老實說，我第一次去他的新公寓過夜時，我覺得他的反應很奇怪。畢竟這是第一次我們可以正正當當地過夜，而不用離開杜拜大老遠飛到某個國家，或是他半夜匆匆離去回到他老婆的床上。他的反應著實嚇到我，說到這個，我還是很怕會有某個憤怒的阿拉伯人會突然衝進來殺了我。同時我也覺得十分對不起他老婆，因爲她現在除了搬到新的地方要適應一切以外，她曾經信任、深愛的老公依然背著她和我偷情。

我從來沒有想像過她的臉或看到她的名字或聽到聲音，有關她的一切我一無所知，我想正因爲如此，多少讓我暫時忘記自己和M＆M的外遇是建築在她的痛苦和心碎上。因爲不知道她的任何事情，我繼續任憑M＆M對我獻殷勤，沉淪在他的溫柔鄉裡，享受著他所給的一切（即使於情於理他根本給不起）。然而現在的我，卻能很清楚地想像她的一切——一個將我恨之入骨的女人，因爲我破壞了她的婚姻而失魂落魄，唉。

話雖如此，我拿著電話的手卻遲遲無法掛掉，我無法因爲我對這一切感到罪惡而叫他不要再打來，或是建議我們應該分手。那他呢？他又是怎麼看待這一切？現在看起來他好像比以前更加需要我，或者自認需要我。

總之，撇開這個不談，我在媒體公司實習的工作做得還蠻順手的，除了這地方通常像個混亂的戰場以外，我因爲接手編輯健康和美容刊物，得到了不少免費贈品和好處。伊文也非常喜歡他的工作，他同時身兼兩家不同雜誌社的流行時尚造型師，在這裡享有的特權和好處比前一份工作的多太多了。

另一個令人興奮的消息時，我們一夥人準備過幾個月去尼泊爾旅行，包含愛爾蘭男、莎夏和一些朋友。從杜拜直飛到首都加德滿都的機票便宜到不行，我們可以騎在大象背上，進入叢林欣賞老虎的英姿。

我目前還不打算告訴M&M，愛爾蘭男也要去的消息，這整個行程的安排，都是當M&M跟他妻子談判的時候安排好的，當時我眞的很需要能讓我振奮的計畫，畢竟我不知道自己是否能再見到他一面。他光是知道我跟愛爾蘭男還有連絡，可能就會發飆了，更別說我們還要一起去旅行。雖然說也不是只有我們兩個一起去，但是我就是不想惹他生氣。他現在要處理的事情已經夠多了，我不想再讓他覺得自己被背叛了。現在我只想將全副心神放在搬家這件事，如果在新公寓安頓得很順利，我和伊文還可能考慮領養一隻貓咪，這樣才像一個家嘛。我可愛的第三號家，外加一隻寵物貓，也許我們眞的就快發跡了。

牙齒美白療程

只有在杜拜，「牙醫」和「ＳＰＡ」這兩個詞可以和諧地兜在一起。對我這個牙醫恐懼症患者而言，不管診所裡擺著小橋流水、亮晶晶的石頭或是一盆盆綠意盎然的盆栽，都無法消除我的可怕的想像——牙醫的門後是一連串吱吱作響的駭人折磨，直到我來到了杜拜的牙醫SPA做了第一堂牙齒美白療程。信不信由你，在杜拜看牙醫眞的很有趣，甚至還能使人恢復青春活力。在杜拜，如果你是健康和美容雜誌的編輯，只要你以紅酒浸濡的笑容，有禮地洽談幾位關鍵人士，牙醫師就成了你朋友。

其實影集「六人行」在這裡很紅，我在牙醫師看過風水的診所裡，醫生將我的診療椅往後倒下，助理希拉瑞打開裝在天花板上的平面電視，問我要看湛藍海洋裡的魚兒悠遊，還是要看六人行裡瑞秋、羅斯和菲比參加婚禮那一集，我當然選擇了後者（這個滲透到世界各個角落的美國影集）。我張大嘴巴發出「啊」的聲音，電視傳來的影集搭配的罐頭笑聲，我心想這星球上還有人能對這該死的美國喜劇影集免疫嗎？每次我去美容沙龍做指甲美容的時候，裡面也都是播放這個。

我做的是「離子激光美白療程」，這個療程是專爲我這種想要騙過世人，假裝自己過去十年都沒有喝廉價紅酒，每次看電影都不喝藍色思樂冰的人（看牙齒上色素沉澱有多嚴重就知道自欺欺人的程度了）。當然，我也不想把牙齒弄得太白，沒人想看起來跟[1]賽門考威爾那口光可鑑人的白牙一樣，我覺得當牙齒白到可以映照出自己的倒影還蠻令人厭惡的，仔細審視賽門那口白牙，搞不好還可以看到趁著節目廣告時間，跑出來辛勤地刷牙保養的的小牙仙們。我不想白到讓人眼盲的程度，但是也不想留著一口由自己墮落的生活方式所造成的黃板牙。

牙醫ＳＰＡ診所，如同杜拜的一切，爲平凡的例行公事增添了許多奢華元素。但是如果希拉瑞知道我前陣子所經歷的一切：找公寓、被開除、和有婦之夫男友爭吵、室友史黛西離開，她一定會覺得自己應該要替天行道，扮演起助理兼牙醫的角色，給我的口腔好看，不過幸好，爲了我的口腔安全（幸福？），我決定不要在閒聊時告訴她這些事情。

診療室裡響著悅耳的音樂，底下的診療椅一邊按摩我的背，希拉瑞一邊開始處理我的牙齒。爲什麼世界上其他牙醫診所的椅子不能像這裡的一樣？當然，牙醫診療項目不可能全都像SPA療程一樣，其中會有強光照射和吵雜的機器鑽鑿聲，還有各種假牙、齒模和嚐起來詭異的藥水，水杜沖刷牙齒後的殘餘液體，總會不聽使喚地從嘴角流出，浸濕了護士撐開你口腔的手套，也讓你覺得自己像個無助的小嬰兒。看著「六人行」或魚兒在海裡悠遊的畫面，多少能轉移注意力，但是你還是在看牙醫啊，不是嗎？杜拜總是讓我腦中充滿各種困惑和矛盾，讓我分不清楚現實和虛幻的界線。

療程結束後，我擦了擦嘴角，朝著鏡子咧開了嘴，我的笑容（白牙）照亮了整個房間，讓我不得不感受到杜拜的魔力無遠弗屆。護士還給了我一個免費的小保養組讓我帶回家，接下來三到六個月，我都可以在家裡呵護我那口珍珠一樣的雪白牙齒，怎麼樣，很不賴吧？但是這也意味著，我必須和所有有色素的食物隔絕——不能喝紅酒、可樂或其他會沾染牙齒的東西，而且至少要持續三天不能碰，老天，這跟我之前的排毒療程有異曲同工之妙。

但是，護士並沒有說白酒不能喝……

1 美國歌唱選秀節目「美國偶像」（American Idol）的製作人暨評審。

自私的幫忙

伊文的男朋友西恩自告奮勇說要替我們的新公寓找家具，他人眞好。我們住的地方很大，但是裡面卻什麼都沒有，所以全都必須自掏腰包添購（除了廚具以外），和之前住的伊朗屋和借住的朋友家不同，這間房子的特色就是和沙漠一樣「廣大」、「一望無際」。

週末的家具血拼行程，就是在我和史黛西的舊東家——那家出版公司所處的路上，沒錯，就是那條家具店和停車場綿延不絕，沒有半間餐館或商店，也不賣衛生棉條的路。伊文和我都沒有車，也好幾年沒開過車了，所以我本來想請西恩租一台休旅車，這樣我們就可以開去店裡，直接買寢具、沙發之類的大家具。伊文說西恩一定會義不容辭地幫忙，因爲他是個貼心體貼的優質男友。

我們也打算平分租休旅車的租車費用，而且有了西恩的幫忙，我們就可以省下各種不必要的麻煩，例如必須自己招攬計程車（而且主要幹道上的計程車從不停車）、指揮家具店員工將平面電視搬上車，或是安排送貨到家服務等。

因此當西恩開著他的兩門「自私轎車」出現的時候，可想而知我們有多驚訝了，轎車的後座還不能載客，因爲上面放了超大震天音響組。他豪氣地對我們說，不管我們要去哪家店，他都會緊跟在我們的計程車後面的。他一邊說一邊從方向盤後向我們開心地揮手致意，然後把玩著他的全新本田S2000車內配備。我和伊文面面相覷，錯愕到說不出話，他那「貼心」男友所提供的「幫忙」，很明顯地毫無用處而且還相當礙眼。

當然，伊文無法責怪西恩將他的高性能、高速直列四缸引擎、超穩底盤、極簡舒適駕駛座、和賽車級避震系統的性感跑車開來，但是這東西能夠「幫」到多少忙？一套三件組家具是無法放入一個爆發力十足的引擎、六段變速箱、四九／五一完美重量比例車身的車子裡，從杜拜的這頭載到另一頭。顯然，咱們西恩只是想要藉此機會，在這條繁忙的主要道路上招搖炫耀他的新車，並不是眞心想要協助他的男朋友和男友的室友。

我們只好打電話叫了計程車，然後一整天都耗在上下車、逛家具店和安排送貨服務（依據以往的經驗，還不一定保證會送到）。好吧，西恩每次找到停車位後，加入我們的家具選購行程時，還算是有幫到一點忙。但是每次逛完一間店要前往下一間時，我和伊文站在路旁招攬計程車招到揮汗如雨，而西恩他老兄則跳上他的一人跑車，在我們附近街口狂打轉，還不定時地打電話問我們招到計程車了沒。

晚上回到公寓後，我們坐在灰僕僕、空無一物的地板上，西恩靠著牆（本來應該是放沙發的位置）大口地喝著啤酒，在聽到我們談到要領養寵物的計畫之後他說：「也許我可以幫你們找隻小貓。」伊文聽到臉馬上陰沉下來，我則是用我雪白發亮的笑容閃向西恩的方向，對他說：「嗯，我們先看情況如何再決定吧。」然後當下心裡決定這件事還是找M＆M來幫忙比較妥當，雖然M＆M開的也是自私車，但是至少他不會那麼瞎。

伊朗發明家出頭天

回想起當初我和史黛西剛搬進伊朗屋的狀況，恍如隔世。初到杜拜的我們，根本不知道要如何應付這個瘋狂設計師，和他車道上停放的詭異馬力發電裝置，他還試圖說服我們跟他一起帶著他的超級馬力到美國發展，希望能夠在那裡大放異彩，成爲生態界的明日之星。

當然，當時我們心裡的想的都是出去玩＋喝個爛醉。他是瘋子——一個有著異於常人眼光的男子，一個可能花上大半輩子在他的別墅裡發明東西、創作藝術以及跟他的女傭上床。

但有誰會想到，伊朗人眞的就去做了，而且還成功了，他現在可是媒體的新寵兒！他打電話給我，希望我重新編寫他的網站。他是個挑剔的人，所以他只挑了我寫的某些部分，並私心認爲他的英文好到可以銜接這些斷章取義的部分，剪剪貼貼的結果還蠻有趣的，我不覺得這算是兩人的合作，畢竟我們的「風格」相差太大。但他的發明還是招來了大批媒體報導，「超級馬力」現在正夯，每個人（每個杜拜人）都想分一杯羹。

我昨天和他相約在辦公室外面的咖啡館見面，他坐在一台艷紅色車子裡，戴著巨大名牌墨鏡，對我露出一抹笑容，跟我美白過的牙齒差不多燦爛。他塞了些現金給我，希望我可以幫他發展事業，還說我一定很後悔幾個月前沒答應他要跟他合作，然後他向我道了歉，說得趕去參加另一場報社記者訪談。

他眞的像換了個人似的。

今天當地小報刊登了有關他的訪談，裡頭從頭到尾都沒有引用他的話，只有提到一位獸醫對於超級馬力使用馬力發電這件事相當地「病態」。沒多久，我收到伊朗人傳來的簡訊，他問我：「嗨，貝琪，請看七日報的第二頁，並告訴我這篇報導到底是不是在批評我，謝謝。」

意思就是我現在也變成了他的翻譯。

我不知道該怎麼跟他說，我突然覺得他有點可憐，伊朗人受到美國那邊的邀請，去那裡展覽他的發明，因爲美國人覺得他的東西還蠻有意思的，而且甚至可能是有用的發明。也許他沒有我們想像得那麼瘋狂，他只是生錯地方。也許美國這塊機會之地才能由衷地歡迎他，因爲那是一個瘋子和傻子都可以築夢踏實的國度。也許他還可以找到容易被他打動、說服而且講話不那麼毒的女房客，住在他的屋子裡。也許他和女傭可以在那裡找到成功和幸福，發明更多的……發明，然後生一屋子伊朗小娃兒，也許培育更多馬出來，我又怎麼忍心毀了他的夢想呢？

最後我決定告訴他：「我認爲你應該直接打電話給報社。」

讓報社自己去應付他，我去年已經嚐過苦頭了，而且老實說，我還蠻怕和他打交道的。

邁向國際化

對我而言，廣告這個產業是個十分魅力迷人的職業，而且我踏入這個產業的時機，剛好又是工作機會俯拾皆是，家家爭搶英文編輯的時候。我個人認爲只要你身處中東，剛好又有能力夠用英文造句，你就能申請這份工作。

別忘了我去應徵的時候所帶的「作品集」，只不過是幾篇我在幾個不入流的網站上發表過，有關小甜甜布蘭妮的八卦批評文章。我接到求職中心小姐打來的詢問電話時，還一副不敢置信的樣子：「什麼？他們想面試我？好，當然可以。什麼？我能不能在半小時內趕去？」

就我現在的狀況，如果是去倫敦（或紐約）的廣告公司應徵，一進門就露出光可鑑人的白牙笑容的話，辦公桌後那戴著眼鏡、身穿瘋狂logoT恤、頭戴帽子、腳穿著完全不搭嘎的鞋子的編輯，一定會面帶睥睨將我從頭到腳看一遍，然後將門甩在我臉上。如果我再敲門苦苦懇求，手上揮舞著才氣出衆的作品集（字字珠璣、風格獨具、機智風趣兼備、囊括世界各大獎項的廣告文案，讓麥當勞這種大牌都備感威脅），他還是會叫我寄電郵來，然後便再也不會聽到任何回音。他可能連看都沒看就將信刪掉，在他老闆的兒子（公司的大牌「實習生」）騎著速克達，手拿星巴克低脂拿鐵進來辦公室時，瞬間忘記我的存在。

我不是要自貶身價，也不是自我膨脹我的文案編寫才華。我純粹認爲，在杜拜的廣告公司，只要你走進去大聲宣佈你知道怎麼使用英文字母，你就合格了，也正因如此，我便開始了新的正職工作。

我以前可能提過，在這裡寫廣告文案的薪酬，要比雜誌寫文章多上許多（世界各地其實也如此），我不得不說自己真的很幸運。當我還在替史丹利工作的時候，我不但要寫文章、做研究、對民衆發表言論（有時候透過臉書），除此之外我還得聽上級訓斥你哪些「東西」在杜拜是寫不得的。但是編寫廣告文案，我只需力求簡潔，寫出鏗鏘有力的一句話或三十秒的廣播腳本，其他根本沒什麼費時耗神的事。沒有上頭編輯、沒有荒唐的出版業封建階級制度或在最後一刻刪掉你花上好幾個小時撰寫的文稿，例如，如何讓琳賽羅涵和女ＤＪ之間的曖昧關係，看起來比較不像女同志關係。

如同我先前所講的，這裡的出版社要你撰寫八卦文章，卻不能提到酒精、毒品、性、男／女同性戀等項目，實在不是容易的事。要在一個垃圾網站裡避免談論到垃圾，是需要某種程度的另類創意才做得到，而且沒有人會去注意到你的另類創意才華，因爲如果大家想看的是「眞槍實彈」的八卦故事和低級不堪的眞相，他們會直接開車去邊境買，可以談論以上禁忌項目的雜誌。有些人可能會認爲這一切很可笑，爲什麼要禁止自己的媒體圈撰寫及販售這些雜誌，但是卻允許別國進口的雜誌？冷靜一下，別擔心，這些鑽漏洞的雜誌裡頭是不會有任何「骯髒」的內容的，這點杜拜管得可嚴了。

在杜拜的某個地方，某個人會仔細檢閱每一頁雜誌內容，一手拿著黑色麥克筆，刪去劃掉任何不合適、低俗、下流的字眼或圖像，然後這本刊物才會上架。暴露的大腿、呼之欲出的乳溝、若隱若現的乳頭——全數刪個精光。據傳言說，做這些事的人都是監獄裡的犯人，雖然從來沒人願意證實這件事。但是我覺得這也沒什麼好值得驚訝的，反而有安定鎮靜犯人的作用（只是他們在校改的同時，可能旁邊要附上一盒衛生紙就是了）。

總之，我辛辛苦苦寫出來的文章，有一大半都是在這種狀況下被刪掉，這也是我的作品集沒什麼作品的主因。光是提到埃米爾酋長們晚上在沙漠開私人派對，酒精飲料無限暢飲，整屋子裡掛滿了各式各樣狩獵來的動物戰利品——長頸鹿、獅子，院子裡還有畜養一欄犀牛，這些都是文章大忌——寫不得的，即使放在寵物專欄的篇幅裡小提一下也不行，因爲這類的新聞故事會敗壞杜拜的名聲。

在和史丹利底下做事，和他斡旋了那麼久之後，我已經學乖了，不再堅持這類可能會推廣杜拜旅遊業的事。但就我個人而言，我絕對會坐飛機飛來杜拜看野生動物（至少從英國飛來比飛去非洲還近），而且比去英國貝德弗德野生動物園還有趣。

最近管制越來越嚴了，現在不僅連動物、性、男／女同性戀、好萊塢畸戀都不能寫，連杜拜目前面臨的挑戰或困境都不能寫。最明顯的例子就是無所不在的「萬萬稅」，偷偷摸摸地引進各式各樣的稅，什麼都要課稅，就像高速公路的收費亭一樣。現在連過橋都有過橋費，開車經過某些路也有過路費（而且以前明明就沒有），這是個值得重視的問題。

當我跟M＆M抱怨這件事，他告訴我這跟阿布達比有關，因爲他們借了很多錢給杜拜，如果不是他們的金錢援助，杜拜早就破產了，眞是嚇人。當然，媒體都被下了封口令，所以沒人去談這件事，因此沒人會知道。但是由於阿布達比比杜拜更加高壓保守，再加上他們花了很多錢彌補杜拜的錯誤決策，於是乎更嚴格的媒體管控法條出爐了，這些法條對我這種半調子的記者施加文字箝制，以防我唱衰杜拜的名聲和經濟。對於外面的世界而言，杜拜是一股不容忽視的新興勢力，每天都因爲打造夢想而日益茁壯。然而如果提到一般市民無法負擔得起住在住宅區裡，只能租到建築工地上，這可就不行了。

我心想既然現實都這樣了，我只好平靜地接受。既然無法誠實地寫文章，反映出杜拜百態；既然那些雜誌和網站都被扭曲、歧視得如此嚴重，從現在起我就只要寫一句話就行了，替那些同樣扭曲、歧視的廣告公司寫琅琅上口的文案口號，簡單、省時又無壓力。

替健康與美容雜誌工作儘管有不少好處，但我其實很希望能離開那個人多口雜、擁擠的辦公室，靜靜地坐在懶人椅上玩弄著我的鉛筆（大家都這樣做不是嗎？）同時現在沒有史丹利在背後緊迫盯人，我希望能夠繼續擴展我的自由接案客戶。我原本就有的兼職案子，替血拼購物暨娛樂網站寫文章目前仍持續進行中，這一類的玩家／樂活生活雜誌的文案，能讓我累積不少額外的收入，這樣我就可以去更多地方旅行，我覺得這一次我眞的要出運了！

杜拜的盜版寶藏

現在已經很晚了，伊文和我坐在沙發上看著影集[1]《威爾和葛蕾斯》，這套影集是西恩借給我們的，我們倆現在還沒（錢）接第四台，因爲所有的現金都拿去買這台四十二吋螢幕的電視了。由於搬進建築工地社區，因此目前我們晚上的活動包括營養美味的晚餐（多虧了拉麵店的外送服務，而且還找得到我們的地址！），以及三集電視影集DVD，然後就上床睡覺。

總之，某天晚上突然門鈴一響，好啦，其實可能只是敲門而已，因爲我們的門鈴還沒修好。我們面帶困惑地看著彼此，然後兩人爭先恐後地從沙發拔起身子，小心地避開地上散置的圓椅墊，繞過皺巴巴的IKEA地毯，越過沾滿沙塵的鞋子堆，我們其中一人優先抵達了門口，另一個人打開了門，這位低——威——低（DVD）人走了進來。

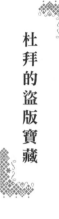

「我這裡有低——威——低電影」他一邊說，一邊將一袋好貨拿了出來，好像驕傲的學生將成績單拿給母親看一樣。他只願意走到皺巴巴的地毯那裡，不願再往前一步，他的眼睛緊張謹愼地環顧四週，鼻子神經質地嗅著空氣中殘留的雞肉烏龍麵的味道，他像拿著寶藏一樣抱著這些盜版DVD，他知道自己做的是非法勾當，他知道我們也知道有關當局可能知道他在做這些勾當，但是他依舊不手軟地敲著門，我們也貪婪地看著他懷中的寶。

人類總是想要自己得不到的東西，不是嗎？這是人的本性。如果有人說你不能擁有這個東西，你心底一定會有個聲音尖叫著：我要，我要，我就是要！我心底的那個聲音則是越叫越大聲，低——威——低男又在倒出了另一袋經典好貨。我們還來不及唸出俄文版的《新印第安那瓊斯》，我們的地毯上的光碟已經堆得像小山一樣高了。光碟裡有各種外國字幕，有中文、印度、義大利、好萊塢、寶來塢各國電影經典，光碟片上面一律印上有著明星燦爛笑容的圖片，而且每一片都是塑膠袋密封包裝的廉價好貨，令人難以抗拒。

有一次這位低——威——低男還問伊文想不想看「特別顛——影」，他的表情再明顯不過，完全跨越了語言障礙直入人心，而且更令我刮目相看的是，這位仁兄還特別趁我不在家的時候，提供了我的室友這個貼心的服務。也許他覺得一位得體的女士，是絕對不會允許男伴看A片的，因此更不會容許他在我面前擺出一桌下流的限制級電影。

還好，伊文拒絕了，我們最後挑選了一部叫做「惡夜活死雞」的低成本恐怖片，是有關一群嗜血的殭屍雞。而且，這部B級惡搞片還比「威爾和葛蕾斯」好看，至少在當晚是如此。

1 Will & Grace 知名美國電視影集，是首部以兩個男同志做為主角搭配異性戀女主角的都市情境喜劇。

家裡的新成員

我們非常期待家裡多一個小小新成員。現在新家的家具都添齊了，我們也逐漸對這個建築工地社區熟悉了，每天晚上也找得到回家的路，所以我們認爲現在是領養寵物（成爲貓奴）的最佳時機。剛好，我們的朋友幾個禮拜前在路旁拯救了一隻被人拋棄的懷孕母貓，她細心地照料母貓，小貓出生後她也十分用心地帶牠們去打了預防針。因此我們的領養過程再順利不過了，完全不需要M&M或西恩的幫忙，直接將小貓從一個充滿愛的家載到另一個充滿愛的家（我們家），我們的小母貓就是這樣直接送到門口。

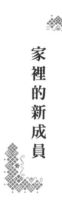

然而，昨天眞是個夢魘。

我們到家樂福買了所有養貓的必備用品，但是那裡的貓咪食品卻賣光了，我們只好在回家的路上找一家寵物用品店。當我們坐著計程車來到寵物店外頭時，我們要求司機在外面等我們五分鐘，讓我們進去快速地買齊貓咪的食物，但是司機卻拒絕了，他不但拒絕我們還憤怒地踩著油門揚長而去——車上還放著我們所有的購物袋。我們馬上使用快捷內建號碼打電話給警察，沒錯，快捷內建號碼，就像「如果被強暴，請按1」（駭人吧！），結果我們的司機又火速飆回來，在一聲尖銳刺耳的剎車聲之後，他憤怒地將八大袋購物塑膠袋丟在地上，然後立刻跳上車再度以高速揚長而去（爲了做效果吧！）伊文覺得司機會那麼生氣，應該是因爲他爲了載我們的東西回來錯失了一回禱告，我個人是覺得他應該純粹肚子餓。

雖然迎接小貓回來的準備過程挫折不斷，但是沒關係，爲了將我們的小寶貝安頓在牠的小小窩裡，看著牠追著玩具玩，聽著搖籃曲一邊呼嚕叫，用牠濡濕的鼻子親我們，這一切都是值得的，寵物會讓生活中的一切更美好。我們將牠取名叫吉絲莫[1]，因爲她有一雙和魔怪小精靈一樣的大耳朵，雖然我只見過她十分鐘（現在失蹤了），沒錯，第二天早上這小傢伙在我們的照料下就這樣搞失蹤。伊文剛剛打電話跟我說的。他還特地向公司請了一天育貓假（我才剛進公司，不敢太囂張），他說他聽到她在叫卻不知道她在哪裡。他寄給我的最後一封電郵上寫說，小貓可能卡在排水管裡，眞是令人擔心啊。

我知道她昨天晚上都在，因爲她吵得我整晚不能安眠，僅十二個禮拜大的她，嗚嗚哭叫了一整晚，哭訴著這突如其來的大轉變。當然這個轉變是好的，她可以跟兩個全杜拜最有趣犀利的時尙人住在一起，還會提供她一生享用不盡的貓零食，和玩不完的玩具和娛樂設施。伊文還將他最喜歡的灰坐墊獻出來給她當寶座，我們在廚房的地板放了她的小床，我們看著她的美麗虎斑和小小身軀，向她承諾我們會一輩子呵護守候她，只要她繼續保持可愛的樣子，並讓沙發免於魔爪的荼毒。

但是這小妮子怎麼回報我們的愛？這團不知感恩的小毛球，整晚大聲地唱著哭調，有好幾扇門也被她用爪子抓花了，而且她完全無視於貓砂盆的存在，在我的浴室前的踏腳墊上大了一坨濕

---

1 Gizmo 電影小魔怪（Gremlin）中的小精靈，碰到水就會生出可怕的惡魔。

吉絲莫：從撒旦貓籠裡逃出的貓，應該可以從這張照片上感受到那股邪惡的氣息吧？
（聳肩）

糊糊的屎。早上起床時發現時一陣噁心差點沒吐出來，更可怕的是，這隻鬼吼鬼叫的妖怪現在不知道跑到哪去了。

長久以來我一直認爲，如果我可以變成地球上任何一種動物，我一定會選擇貓。優雅、格調、聰穎、愛乾淨、沉穩而優美——就跟我本人一樣，不論遇到任何狀況，貓的頭總是抬得高高的，向動物王國裡的皇族一樣，當然這也是我和伊文想要領養貓的主因之一。貓咪不像狗一樣哼叫個不停、愛聞東嗅西、依賴心又重。而且我覺得阿拉伯女性還蠻怕狗的，有一次我走在世紀村附近時，一位女性一看到一隻小小的梗犬，就嚇得跑去躲在椅子後面。我想在杜拜，人們覺得狗很髒，而且其實也沒有地方可以溜狗，這裡連給人走的路都沒有了。

我們爲了這位期待已久的小貓所做的一切努力，似乎都白費了，這隻小貓大牌程度，比起天后瑪麗亞凱莉有過之而不及。也許杜拜的貓本來就這樣吧，她的血統叫做沙漠貓（Arabian Mau）的品種，有趣的是牠的震天響叫聲剛好就是「mau」。我覺得她應是個混種，因爲她的耳朵比較大，身體和尾巴都比較長，我正打下這些字的同時，又收到一封電郵，伊文寫說他戴著烤箱用手套要將她抱起來的時候，她對他齜牙裂嘴哈氣，眞是虎姑婆。

大頭症登場

我以前處理過很多有大頭症（自負過頭）問題的人，雜誌圈裡多的是這種人，即便杜拜也不例外，這些人覺得自己高人一等。但是有一種人你只要一遇到，就會覺得自己之前遇過的大頭症案例是多麼地微不足道，這類人頭大到周遭都會閃耀著光環，你只要提到他們的名字，就不得不全用大寫以示慎重，因爲這類人絕非好應付之輩。

史丹利還不能被列爲頂級大頭症人，他比較像是企業戰場裡迷失的士兵，即使自己心裡不願意，但還是盡量做出正確的決定以討好大家。史丹利這種人迷失在五里霧中、不知道自己在瞎忙什麼，爲了怕失去現有的地位（通常他們對於自己怎麼爬到現在這個地位也很心虛）。有大頭症的人通常不顧別人死活，他們認爲自己的決定和做事方式就是唯一的決定／方式，如果其他人不苟同時，他們就會讓自身的愚蠢掌控全局。

我的新老闆——大頭一世，空有一身「創意」加身的僞頭銜，這類「創意人士」通常需要比別的產業的人才更多的尊重和肯定。我發現公司裡其他人也以「創意人士」的稱號叫我，被貼上這個標籤我其實很不習慣，我不喜歡被人用概括性的名稱總結，現在意外地踏入這個產業，被冠上了這個稱號，我想我也步入了史丹利的後塵——迷失在五里霧中。

我沒做什麼事就得到這個稱號，不禁讓我有些心虛，很不踏實。我就和其他來應徵而且被錄取的人一樣，手上拿著完美的作品集，戴著時下最流行的復古名牌眼鏡，敲著老闆的門進去面試。這個稱號讓我覺得渾身不自在，我好像應該要拿出什麼實力來表現一下，可是實際上我好像又沒那個本錢。

我常常躺坐在懶人沙發上，咬著我的假指甲（裝了水晶指甲），看著窗戶外面沙漠盡其所能地想要吞噬杜拜。當每個人都期待我能夠有所表現，提出一個前所未見的絕世點子，大家睜大眼睛盯著我，期待著下一個得獎的神來一筆，能讓我們直赴坎城領獎，這似乎就是廣告界的人的終極目標，也是這裡每個人存在的唯一目的。

大家會凝視著我，逼我講出腦中想到的第一件事才甘心，表示我眞的有在動腦想公司的專案，而不是沉思著晚餐要吃什麼。十次裡有九次從我嘴巴說出的東西都是垃圾，但是因爲我是「創意人士」，他們會點著頭、將我說的寫下來，然後彼此互看好像我是個天才一樣。因爲我是「創意人士」，我的點子（不管他們私底下是不是覺得根本就是狗屁不通的東西）會被他們拿去討論、辯論和深入分析。我的點子是有價值和地位的，即使有時候他們根本不懂我在說什麼。

基本上，我活在一個謊言中，我周遭的人也是。我百分之百能肯定我的「創意人士」同事們，能夠好好地想一想，看破我職稱所代表的一切假象，他們一定無法理解爲什麼我會在這裡，我的老闆大頭一世看透了我，理所當然，這是他的工作。

大頭一世是個在辦公室裡只吃蘋果、香蕉和巧克力的男人。在我之前工作的那個女生說，她在這家公司工作了五年，沒有一次看到他吃任何其他食物。他午餐時間從不出去，從不偷吃任何三明治、從不下去樓下的自助餐廳買一罐健怡可樂，我想他如果這麼做了，就會被歸化爲「正常人士」。他的桌上永遠擺著一條有機黑巧克力棒，那種法國進口很貴的巧克力。如果他叫我們去他辦公室討論事情，他就會將巧克力剝成一小塊的，在大家面前慢條斯理地放入嘴中，就像你在巧克力廣告裡看到的那樣（煽情），但是從不會請任何人吃。

他沒有手機——對他而言手機只是個障礙。當我們需要找他的時候，我們只需恭候他的大駕，但是我們其實無時無刻都需要他，需要他的最後決定和他寶貴的意見，沒有他事情便做不成。如果我們想到什麼好主意，他一定是第一個痛下批評、扭曲、表示不屑，然後再將這主意重新組合變成他自己想出來的主意。然後我們必須馬上比照辦理，最後的成品還卑微地希望能夠符合他腦中無可取代、無與倫比、無理取鬧的點子原貌，順利取得他的核可，這一切進行的同時，他則是悠哉地重新排列iTunes上面的音樂。

據稱他下了相當相當大的苦心，才爬到現在這個地位——什麼事情都不用做，但是大家沒有他就活不下去的職位。有時候我會接到他的內線電話（即使我們兩個距離只有三公尺，他透過窗戶就可以看到我），問我某個英文字怎麼拼。當他問我的時候我備感榮幸，好像這是一件很重要、很了不起的事一樣。知道像他這樣地位的人竟需要我這種可有可無的人的幫忙，讓我覺得十分有成就感，這是一種我無法從史丹利身上得到的感覺。就像這裡工作的其他人一樣，對此我無法找出合理的解釋。

有時候我覺得他像個巫師，在我們每個人身上下了咒語，這個嗜巧克力、穿著Converse鞋子的巫師。不管他是誰，這傢伙讓我踏入這個詭異新世界的路上更有趣、更耐人尋味。

非常屎期

廣告公司裡有個女的叫妮娜，她進辦公室的時間越來越晚。今天早上她氣沖沖地將旋轉椅猛地從辦公桌下拉出來，狠狠地坐下去，看起來滿臉怒容的樣子，我問她怎麼了。

「去你的國際城」她回答道。

我知道她罵的是什麼，最近一直在新聞播出，這個被居民取名爲「國際城」的地方現在是成了衆矢之的。妮娜本來也不想搬離那裡，不過她後來也跟我們一樣，因爲城內房租不斷飆升而搬走。過去幾個月以來，她捏緊鼻子、關緊門窗，以杜絕惡臭，現在早上還得開車經過附近污水處理廠流出來的泥濘屎地。

國際城是一處有著度假村風情的住宅區，遠在杜拜的艾爾瓦珊區，裡頭有一些正在發展的新興商業和幾處即將成爲旅遊勝地的地方。國際城裡的建築是依照不同國家的風情打造的，包含義大利、西班牙、摩洛哥、波斯、希臘、中國、印尼、英國、俄國、泰國和法國。

妮娜住在英國區，但她非常厭惡這一區，因爲就像她所說的，這裡是片屎地。幾個月前，每天早上有股臭味便開始透過她房間的窗戶傳進來擾人清夢，開車去上班的時候，那臭味也透過冷氣系統飄進來。但是現在，整個社區的地面都被污水泥濘所淹沒，她還親眼看過附近的人家抱著小孩，閃避漂浮在泥濘上的保險套和衛生棉條。昨天晚上，她說更多的屎源源不絕地包圍了她這棟大樓。

這股臭味即使開了空調也無法散去，她更無法打開窗戶，因為那臭味噁心到她一聞到就會吐出來，而且她怕一打開，蚊子就會飛進來。她的手上有幾處蚊子叮咬的痕跡，今早她抱怨：「誰知道這些鬼東西身上帶有什麼病菌？」然後狠狠地用手拍著辦公桌說：「我搞不好早就因此得病了！」

我雖然覺得她的遭遇很可憐，但是我還是保持了距離。像我一樣住在工地裡，四周都是挖土機，再加上我那隻鬼上身的貓，已經夠我受的了，我根本無法想像我的公寓二十四小時都沉浸在屎味裡，或是整條街看起來像是溢滿了糞便但百沖不淨的馬桶。她所住的區域，每一條道路和人行道都已完全淹沒，然而水管裡向沼澤般的糞便還是咕嚕咕嚕地冒出來。部落格和網站上滿是民眾抱怨的言論，人們甚至還寫信給主管機關投訴，希望他們能處理這個噁心的狀況，但是老實說，主管機關才不管你「屎」活。

其實這一切不禁讓我想起杜拜海洋的現況，幾個禮拜前，我看到一群死掉的魚被沖上沙灘，我走在沙灘時還差點踩到一隻。事實上這個情況在杜拜的公共海灘，有越來越頻繁的趨勢，大多數的人認為這和杜拜不斷地挖地填海、疏濬建島有關，這一切人為的工程建設對生態造成了極大的破壞。

此外因為杜拜發展過快，超過了地下污水處理系統負荷量。載著垃圾的清潔車太多台了，以至於在倒垃圾的時候還得排隊，有時候司機在艷陽和惡臭下一等就等了十六個小時。有些司機根本受不了，因此這些疲累、無聊、委屈滿腹的人，乾脆自己解決問題，在地上挖了一個洞將汙水廢物全倒進去，這些污水廢物最後便被排到了海洋裡（還有受到牽累的國際城）。

妮娜現在看起來還是滿腹怨氣，我打算避她一陣子，她聞起來沒有臭味（臭味沒有影響到她本身的體味），但每個經過她身邊的人都捏緊鼻子快步走過，這就足以讓她心情壞上一整天了。

葉門童話故事

飛機一降落在葉門的首都沙那，我們立刻就感受到自己身處在一個很……特殊的地方。混著汗水和系統式混亂，我和M&M歷經一個小時，終於拿到落地簽，一路推擠過了海關，殺出一條生路後來到了機場門口，看到一台破舊不堪的計程車，四個門各長得不一樣，駕駛座後面的地板還破了一個洞，司機跟我們說這是全市最現代化的車種之一，由我們訂宿的飯店所提供。M&M的表情一目了然，我敢打包票他現在一定在想著他的保時捷。

爲了安全起見，我趕緊坐下並且盡量避免觸碰到任何東西，前往飯店的路上，我能抓的東西只有車門框。我之前曾經提到自己很怕坐別人的車，更何況還坐在這台看得到路面就在腳下飛奔而過的恐怖計程車，我嚇到魂都去了一半，只能逼自己看著窗外，以免吐出來。

車子一路開過老城，我睜大眼睛看著眼前的景色。賣著水果和蔬菜的攤販充滿了人行道，接著細線的氣球隨著微風在空中飄動，路旁賣鞋的小販賣力地揮著雙手招呼客人。感覺上葉門跟印度的齋普爾有點像，但是比較乾淨，我一點也不覺得四周會藏有什麼伺機而動的綁架犯，這裡每個人都開心地微笑著。

我覺得我們的小小計程車就像一台時光機，穿梭在彩虹間，只不過那些七彩的顏色都不是來自於人。M&M警告過我，叫我不要穿我最近買的那件飄逸的淺藍色碎花洋裝，因爲葉門大部分的女人和遊客全都用黑披巾和寬大罩衫從頭到腳罩住，來到此地的人也最好入境隨俗以示尊重，如果只有你一個人穿得五顏六色，在人群中就會顯得非常突兀。畢竟這裡是一個恪守回教規條的國家——比起杜拜有過之而無不急。儘管當地的孩童穿著鮮艷繽紛地衣服無拘無束地在街上奔跑，我們卻鮮少看到任何女性露出眼睛以外的部位。

我們的飯店叫做沙那之夜觀光飯店，當司機手指向窗外的時候，我盡可能表現出驚喜的樣子，不過這間飯店的外貌眞的令人不敢恭維，整棟建築歪一邊，好像快要倒塌了一樣，而且遠看很像是薑餅做的。好啦，它當然不是薑餅做的，這是因爲飯店的外觀漆上了沙褐色，窗戶邊又用白色的漆框邊（像糖霜），讓整棟屋子看起來可食性很高的樣子（而且口感會很酥脆）。在葉門，人們會將「觀光」或「觀光客」字樣直接加在旅館名稱裡，而且遊客的辨識度非常高，白皮膚、遠鏡頭（我自己就有一個）、常常瞪大眼睛盯著人或東西看，還有喜歡叨絮、動個不停的嘴巴。我想這也是因爲沙那十分具有可看性，M＆M在車裡緊握著我的手，我不知道這種行爲在葉門會不會違法。

沙那就是那種你連Google都不想查的國家（我自己直到要訂機票的最後一刻才匆匆查了一下），身爲葉門首都的沙那位居山脈之中，因此氣候變化無常，前一分鐘天空還是耀眼的寶藍色，下一分鐘就下起冰雹，每顆尺寸都有彈珠那麼大往你身上直砸。儘管是個被時間遺忘的城市，卻依然受到時間的摧殘，最早爲沙巴王國的國都，王國從西元前八世紀一直傳成到西元六世紀。這裡的幾層樓高建築和黃褐色陶土材質鋪上大卵石的街道，感覺起來很適合當狄更斯筆下角色的背景。我注意到這裡每一棟建築看起來都像薑餅屋，不是只有我們的飯店如此而已，像糖霜一樣的白色漆邊上在小巧的窗戶邊，我照相照得不亦樂乎，相機幾乎沒離開過臉，我想M＆M對這點不大高興。

這座城市已有超過二千五百年的歷史，我和M＆M跟在嚮導阿莫德的後頭，走在蜿蜒地街道上，我低聲向M＆M說好像在童話故事裡探索一樣，讓我想起小時候坐在爸爸腿上聽他說故事的感覺。童話故事中的角色好像也都住在這裡似的，你彷彿看到《糖果屋》裡的韓索和葛蕾特兄妹穿著藍布工作服，臉上帶著玩耍時沾染的污垢，一邊微笑一邊朝我們奔來，驚動了路上的雞群和一旁的驢子。陰沉的祖母蜷縮在蕃茄堆旁，她的臉沒有遮住，可以看得到她充滿皺紋的臉上有著阿拉伯茶的茶漬，這種葉子裡含有興奮劑，據說和咖啡因有一樣的效果。（我也試吃了一口，嚐起來就像……葉子。）但是令人著迷的一點是，當別的古文明征戰頻仍、爭權奪地之時，這裡的人民卻勤奮地建造好幾層樓高的建築和房子。

M＆M和阿莫德在用阿拉伯文交談，阿莫德是旅館主人的父親，他說他常帶遊客去附近的山脈。一開始我還以為他想要綁架我們兩個（雖然他看起來十分友善），但是防人之心不可無啊。後來發現阿莫德完全沒有將我倆鎖在小屋子的打算，或是逼我們嚼葉子，他只是想帶我們去欣賞葉門之美。我們坐著他晃動不已的車子離開了沙那，童話故事的篇幅似乎繼續延展了下去，我們沿著危險顛簸的山路前進，好像現代傑克攀爬魔豆豆莖直通天際一樣。我們不時停下來照相，拍著那些像鑲在山裡的小村落。古老的城牆看起來像隨時都會倒塌似的，但是膽大包天的孩子還是在廢墟殘骸上爬上跑下的，有的追逐著毛色骯髒的山羊群，有的則殷殷地拉著疲累的母親從商店門口直往小吃攤走去，孩子們神色無憂無畏，不擔心眼前的世界是否可能瞬間瓦解。

葉門最令人印象深刻的景象之一，莫過於達爾阿哈賈岩石皇宮的遺跡，坐落在巨石頂端的宮殿，看起來就像是宮殿被某個好奇的巨人從地面拔起來放在石頭上，一九三〇年代時，這裡是葉海亞酋長的夏宮，現在則是成了各國旅客和葉門人攜家帶眷參訪的熱門景點。當地的孩子一路跟著我們走，好像我們是什麼大明星似的（在葉門很容易自我感覺良好），他們大喊著：「蘇拉、蘇拉！」，意思就是「照相、照相」，我也因此拍了八百多張。

這時我突然想到，搞不好愛爾蘭男也會愛上這個地方，我和他已經成了攝影好伙伴，他跟我一樣對相機癡迷。當然，我沒有跟M＆M分享我的想法，萬一講了恐怕他會拿我跟當地人換一頭乳牛。

這裡的人使得這個週末的探險旅程令人難以忘懷，我從來沒有遇過如此熱情好客的民族，我眞希望自己會說阿拉伯話，這樣就可以多了解他們的文化。我想M＆M一定比我更投入，因爲他可以跟當地人溝通。

回到飯店後，飯店安排一場私人舞蹈表演，穿著傳統白袍的當地人在鮮紅色的地毯上舞弄著匕首。旅程的最後，阿莫德帶我們去他家品茶和嚐嚐他太太做的蛋糕。我看得出來M＆M去他家時表現出很謙卑的樣子，我自己也是。阿莫德的房子很簡單但卻很溫馨，是一棟充滿了愛的屋子，想到自己當初還想像會被他綁架實在是很慚愧。

阿莫德告訴我們，他很希望能有更多的人能造訪葉門，看看這塊美麗的土地，知道這裡其實很安全，當地人友善又好客。我好想告訴周遭所有的人，不管未來如何發展，或是過去曾發生過什麼事，此時此刻在我心中，葉門是世界上最令人讚嘆、熱情又有趣的地方。

然而，在葉門還是得保持警惕，我們吃早餐的時候，確實有看到幾支AK47步槍。

沒有養寵物的命

伊文和我對小吉絲莫已瀕臨了忍耐的極限。我們就是處不來。自從我們收養她後，她的哭叫聲至今仍未停過，雖然她現在進步到能讓我們徒手抱起她（而不用先戴微波爐手套），但是我們還是認爲與她的緣分已盡。我從葉門回來時，伊文整個呈現狂怒的狀態，這傢伙不但每天晚上都狂抓門讓他不得好睡，而且她的鬼哭神號嚴重地妨礙他和西恩的浪漫電影之約。甚至連低——威——低先生最近都很少來了，即使伊文承諾會向他買「特殊」系列影片，但再也無法吸引ＤＶＤ先生上門，因爲他一定覺得我們是殘害幼童的殺人魔，誰哪戶善良人家會夜夜傳出殺豬（貓？）般的叫聲。

我在社區佈告欄貼了一張送貓公告，上面還放了六張可愛的小貓照片，這是在點著燭光的客廳裡照的，讓吉絲莫看起來格外惹人憐愛，希望這樣能以最快的速度將她送走。

我已盡我所能將她內心的惡魔面掩飾的很好，哪怕那麼一絲邪惡光芒顯露出來，都可能成爲敗筆，因此我抱著「送不出便成仁」的心態寫下了公告上的文字：

我抱著十分不捨而且悲痛的心情將心愛的小貓送養，因爲我必須離開杜拜，而無法繼續飼養她。我衷心希望我美麗貼心的小寶貝能夠被好人家收養，因此我將她免費送給第一位願意給她一個溫暖的家的好心人士。

好了，公告貼完了，接下來就只能期待能有人回應。這貓最近更是變本加厲，害我不得不狠下心來對付她。前幾天我洗完澡在床上吹頭髮的時候，她爬到我床上來對著我狂吼，讓我受不了，直接拿著吹風機當武器對著她猛吹，當然她也嚇到跳下床奪門而出。這傢伙的復仇方式，就是在沙發上大便，以牙還牙。

拓展社交人脈

我又和M＆M鬧翻了。他打電話來的時候口氣聽起來很不好，因爲有人寄給他我上傳到臉書的照片，照片上，愛爾蘭男拿著沙拉三明治。這是我幾天前替他照的，這也是爲什麼M＆M會那麼生氣的原因。他在電話中聽起來十分地心煩意亂，我知道我這麼說聽起來很蠢，但是他如此鄙視愛爾蘭男，全是因爲我跟他以前曾在西班牙曖昧過。

其實照相那件事很自然而然就發生了，我想應該是在葉門受到的啓發吧。我和愛爾蘭男兩個帶著相機前往杜拜溪去攝影。傍晚夕陽餘暉照在三角帆船上和灰撲撲的露天老市集別有一番韻味，愛爾蘭男最近才敗了一台最新款的Nikon相機，比我那台的級數還要高。

我們在溪邊實驗著各種快門速度和各種相機設定功能，兩個人互較高下，看誰照的相片比較美，那眞是個愉快的下午。之後我們便在溪邊的攤販買了沙拉三明治和現採椰子，一邊吃喝仍不忘照些彼此搞怪的照片。我回去後將這些照片上傳到臉書上，心裡暗暗祈禱自己照勝過他的。我當初根本沒想到這會是個糟糕的主意，更別說會受此影響。上傳後沒多久，M＆M便打電話來了，他在電話裡怒吼狂叫，甚至講到後來還哭了，他問我我跟愛爾蘭男到底在外面做了什麼？

我狠狠地掛了他的電話，他的行爲讓我極爲反感，他問的問題對我根本是種侮辱，我根本懶得回答或是解釋。我開始發現只要是牽扯到我的男性友人，M＆M根本無法客觀冷靜地與我討論，或是同意我的觀點。他認為我跟愛爾蘭男出去一定有鬼、絕對不單純，我認為他和妻子分居之後佔有慾變本加厲，管得我喘不過氣。他難道都忘了我們才剛去葉門度過了美好的假期嗎？

當然，要告訴愛爾蘭男說我再也不能見他，我根本說不出口，因為他認為M&M根本就是個瘋狂的傻子。他認為我不但誤入歧途，而且還越陷越深。我覺得他說得沒錯，但每次我試圖要劃清界線、遠離他時，M&M就更加想要控制我。如果一趟溪邊照相之旅就能將他氣成這樣，等他知道我和愛爾蘭男計畫要去尼泊爾時，不知會發生什麼恐怖的事？

海邊混亂事件

昨天晚上，為了逃避吉絲莫的哭叫聲和伊文對工作的怨聲載道，我跑去找M＆M「聊聊」，我們去了杜拜濱海住宅區那一帶散步，這一區充滿了各式美食餐廳，特別是速食連鎖店。這一帶濱海區是極佳的戶外散心地點，因此一棟棟醜陋的白色住宅大樓紛紛如雨後春筍般出現。

建在這一區的公寓都有令人艷羨的海景，這些公寓被蓋起來之前，這裡的居民被花俏的營建計畫所吸引，計畫裡承諾會蓋豪華時尚公寓、頂級私人海灘俱樂部、海灘公園和幾間健身房。一年過去了，這裡還是沒有健身房的影子、海灘俱樂部尚未開幕、頂級私人海灘俱樂部成了人人都可以去的家庭娛樂區（居民還得另外付費）。最糟的是，每一棟公寓的陽台都向外突出，但是當初建造的時候用了太多的水泥和廉價的暗色顏料，以致於這層層陽台阻隔了房間的自然採光，使得多數房間看起來像監牢而不像時尚公寓。不管客廳漆的是什麼顏色，每一棟公寓都散發出萎靡的氣息，而且只要有人在這裡辦派對，我跟你保證一定會有人不小心將這裡的門把給拔斷。

複合社區裡有幾座游泳池，這裡有三十六棟大樓，一共佔地綿延近一點七公里，但可惜的是泳池附近的大樓都太高，樓的陰影將泳池完全遮蓋住，所以做日光浴時，每半小時就要起身換位置。莎夏就住在這一區，她將這個稱為「泳池續攤」，她得不斷地「逐日光而躺，才能曬得一身古銅膚色。她當然也想去海灘，但是海邊浮現太多死魚讓她看了就反胃。莎夏還提及懸掛在上面的天花板常有鼠輩橫行，這也反映出工程建設的公共衛生問題。

據說某位有錢的當地人，剛開始買下幾棟大樓並且故意讓它們空在那裡，這樣就可以一直放到房租水漲船高，然而這個看似穩賺的計畫卻事與願違，由於人們開始口耳相傳「不景氣」的預測，搬進濱海住宅區來的人愈來愈少，愈來愈多人移居到住宅環境更好、房價便宜許多的區域。當然濱海住宅區會逐漸沒落的原因，也跟裡面的建築和設施不斷地崩毀倒塌有關，你也許能在杜拜用沙建造一座城堡，但這並不表示這沙做的城堡不會垮掉。

就像滑板客們會聚集在倫敦南海岸一樣，社區的居民和杜拜的當地青少年，也會聚集這條街上吃吃喝喝或哈一壺水煙，這條街上有引進了一列的棕櫚樹和噴泉，遠看就很像在沙漠中的人工棕櫚島。不遠處還有頹敗破損的老飯店等著被拆掉，準備再蓋上新的建築，這整個區域就如同杜拜的真實面一樣，不斷地在演化更新，但同時也不斷地在倒塌死亡。

昨晚M&M和我選的那家餐廳，就讓我們親眼見識了不少濱海住宅區為人詬病的問題，雖然這可能只是我這個被寵壞的西方人的偏見，但是發生了這些事仍讓人氣憤不已。首先，服務生送錯菜，很糟，對吧？但是他錯的可離譜了，M&M點的義大利麵和我點的鮭魚竟然放在同一盤裡！而我當時還在生M&M的氣，所以壓根不想跟他用同一個盤子吃東西。服務生發現他們的錯誤後，將盤子送回廚房，再次端出來後，出現了兩個盤子，但是這次我點的鮭魚盤上卻少了很重要的一樣東西。

「我的烤馬鈴薯呢？」

「我們已經不供應了。」

「那為什麼在菜單上沒有劃掉，為什麼我在點的時候沒人告訴我？」

「抱歉，女士」

（我一臉不悅）

「我們會替你做一份。」

「但是已經太遲……好吧，就這樣。」

十五分鐘後，當我吃完鮭魚、M&M吃完義大利麵後，一個煮得半熟、切開的烤馬鈴薯端上桌了。發現我們兩個不爽的神色之後，其中一位服務生提議要免費請我們喝咖啡，以彌補我們枯等的不滿。我嘆了一口氣，覺得至少這樣的舉止還蠻有誠意的，我吞下口邊的抱怨，點了一杯拿鐵。然後，等了一小時。

「不好意思，我們還在等你們招待的咖啡。」

「喔，這個……」

「你同事剛剛說要免費請我們的（因為你們的服務爛透了）」

「喔，好，我去看看……」

二十分鐘後，咖啡仍然沒有端上桌，但是神奇的事發生了，帳單突然出現在我們眼前，我們根本不用開口要求買單，也許，這是在暗示我們已經待了太久？

怒火攻心的我，決定使用我過去的身分——餐廳評論家（白吃白喝人），我們叫了經理出來跟他解釋我們的處境，他聽得滿臉怨懟，到最後也不得不承認的確是他手下的疏失，的確有溝通上的失誤。我們談到一半，那位原先說要招待我們咖啡的服務生走來，在他經理面前面不改色地否認之前有答應這件事情。

這次談判的結果，店家決定招待我們咖啡外加甜點，但是因爲時間已晚，我們眞的很累，而且完全不想在這裡繼續坐下去，所以在付完帳單後（沒錯，還是付了全額，這些混帳！）我們提前結束了這場災難，心懷不滿地步入夜色，心情依舊沮喪也依然氣著彼此，這都得拜這家餐廳所賜。

有了這次經歷後，我認爲濱海住宅區雖然標榜一切都已臻完備，但是在很多方面仍有待加強，總的來說，這個區域是個笑話，雖然乍看之下很像很氣派，一切都上了新漆，住宅大樓看起來也煞有其事的樣子，但事實上卻成了我這種無能、滿腹牢騷的勢利鬼集散地。

自由的聲音

電話聲響起的時候，外頭天空烏雲密佈，雷聲不時隆隆作響。電話是一位聲音聽起來頗為友善的當地男士打來的，詢問吉絲莫是否還在尋找新主人。

「我的寶貝嗎？當然，我們還在找新主人。」我一邊說一邊將自己關在廚房裡，如此他才聽不見吉絲莫模仿電影大法師裡中邪女孩的尖叫聲。「你可以隨時來接她，我會將她的東西準備好。」

心裡幾乎毫無罪惡感的我，迅速地將她的東西準備好，餐具、玩具、飼料等，然後將她扭動不已的身體塞進貓籃裡。當然這整個過程都在她歇斯底里的尖叫聲中進行，當我隔著籃子想要摸她的尖耳朵時，她還差點咬到我的手指，真是難搞。我打電話給伊文通知他，他現在跟西恩在一起，我跟他說我們那隻毛茸茸的惡魔終於要被永遠帶走了。「感謝老天，」他說：「對了，如果你要出門的話，記得順便去買茶包，家裡的已經喝完了。」

因為擔心她會在新飼主面前鬼吼鬼叫，我用最有母愛的嗓音哄著她，然後悄悄地關了公寓的門，提著她坐電梯下樓。當新飼主的四門房車停在公寓外投時，彷彿天堂之門瞬間打開似的，我抬頭望著傾盆大雨，嘴巴囁嚅著感謝上蒼，不可置信自己竟如此幸運，我覺得這就好像上帝他本人核准了這次的交接，將我手提著的這隻惡魔交給眼前這位可憐、毫無戒心的男士，他可能心想他安靜的家，現在可以再增添一隻美麗貼心的新成員。

「她有點被外面的天氣嚇到了。」我對著這位穿著回教傳統白長袍的男士說，這時天空十分應景地閃了一道雷，伴隨而至的隆隆雷聲巧妙地蓋過吉絲莫的尖叫聲。他從我手上接過貓籠，朝裡頭看了一眼。

「她看起來的確很煩燥不安。」他一邊說一邊用手搔著下巴的鬍鬚。

我用最絕望的眼神望向他，跟他說：「對，因爲我和吉絲莫變得十分親密……她不喜歡被帶到外面。」我還作勢要擦去眼角的眼淚，幸虧外面下著大雷雨，乍看之下還眞有那麼點樣子。

「別擔心，我會好好照顧她的。」他露出了溫暖的笑容並向我再三保證。「她叫什麼名字？」

我跟他說了之後，他皺起眉頭，我想他應該從來沒看過那部小精靈電影。

在吉絲莫逮到機會放聲尖叫之前，就被連貓帶籠被繫緊在車子的後座。我透過車窗對她投了抱歉的眼神，卻看到她嘴巴念念有詞，彷彿用撒旦才會懂的語言咒罵我。在下一聲雷響起前，車子便開走了，吉絲莫的全新人生就此展開。我寫下這些文字的同時，她應該在某處騷擾惹惱更多無辜的人。

而我？我只是很高興能夠再度安靜地觀賞低—威—低。

激情沙灘

蜜雪兒和文斯，在杜拜就跟《羅密歐與茱麗葉》齊名，這些名字將會是在中東歷史千古留名的悲劇愛情名字。當然，羅密歐與茱麗葉的浪漫劇情沒有出現在這裡。這是一個午餐後發生的悲劇，每個杜拜人都屏息以待，急切地想知道接下來的情節是什麼，好讓我們暫時忘卻日常生活地束縛和制約。

故事是這樣的，米雪兒遇見了文斯，文斯遇見了蜜雪兒，當他們的眼神在餐廳裡交會之時，彷彿看穿了彼此酒氣熏天的皮囊，一時天雷勾動地火，兩人決定在晚餐後翻雲覆雨一番。好，這故事進展到這裡也還算合理。這就是現在時下飢渴年輕人所搞的戲碼。然而文斯和蜜雪兒，因爲過度飲酒狂歡而使得他們理智盡失，當下決定在海灘上做了起來，而且就在一位回教警衛的面前毫不遮掩地做了起來，尷尬的警衛對他們警告了不只一次，要他們停止這種行爲，結果得到的回應，卻是蜜雪兒天外飛來一只鞋子不偏不倚地砸在他臉上。這下慘了，兩人都被關進牢裡。

這則新聞至少已延燒幾個星期了，因爲這對情侶的魯莽行爲，城裡每一位英國人都連帶受到壞印象的牽連。這起事件是從賈豪德區某釀酒廠的香檳喝到飽派對所開始，在海灘上以悲劇結束的。但是事情尚未結束，眼淚也掉不完，當初贊助酒精饗宴，讓蜜雪兒大喝特喝的人，現在也仍在震驚、懊悔和羞愧之中。

M&M認爲這兩人會被關很長一段時間，而且覺得他們活該。我本來也這麼想，但是後來想到我們自己在這個保守封閉的社會，不也違反了很多規矩和禁忌嗎？伊文也覺得即使他們犯了錯，但是看到他們鋃鐺入獄、被貼上可恥猥褻的標籤，又覺得於心不忍。他本身是同性戀，萬一他的事情被大衆發現了，這可比拿鞋丟警衛還要嚴重千百倍啊。

蜜雪兒和文斯仍等待命運的審判，可能會被判六個月有期徒刑、被遣返回國、外加終身洗刷不去的羞辱。而我們這些留在這裡的人，也受到餘波影響，不管走到哪裡，都有人看著監視著，每個酒吧的外頭都有人警車盯哨！現在連哈瑞卡啦OK吧都不安全了，誰知道哪一天我們這夥人其中一個，可能醉到分不清楚方向，從購物中心那個出口跑出來，全身散發著酒臭味。我想杜拜現在應該在添補監獄糧倉，爲未來作打算吧。

遊艇之吻

我認為以遊艇做為尼泊爾之旅的開端再適合不過了。愛爾蘭男和我已經討論了一陣子了，機票便宜，又有其他四個人要加入。

「不要！不要再坐遊艇了……」愛爾蘭男對我的提議發牢騷，「我上禮拜才坐過耶。」我想這小子開始安逸於奢華的新生活了。看著他一邊大笑，一邊和不同的女生聊天，喝了一瓶又一瓶的可樂那啤酒，我還蠻開心愛爾蘭男其實不那麼介意在短時間內再次坐遊艇。

開放式酒吧裡的飲品、現場放著音樂的DJ、整整五小時海上狂歡派對都包含在遊艇的票價裡，這種套裝行程在杜拜是很常見的。每個週末遊艇就會從濱海區，載著有著健美膚色的美男孩和比基尼美女出發，五至六小時後即抵達巴拉斯提，此時船上的人都醉得差不多，曬得像隻龍蝦，而且刻不容緩地想要繼續在陸上繼續狂歡，這類的喝到飽派對跟吃到飽的豪華早午餐有著異曲同工之妙。

天空是一望無際的湛藍，一掃平日灰濛濛的陰鬱，那天所有的一切都那麼的美好，遊客都很友善，氣氛輕鬆歡愉，你只希望時間能停止，永遠不要結束。

然而，我那愛過度分析的腦子裡卻開始想著：如果我可以改變一些事情不知道有多好。我想到跟M&M最近的爭執，我發現他的佔有慾越來越強了，當然，他不知道此時此刻我正跟他列為

典型的杜拜週末（我真是得了便宜又賣乖啊！）

頭號公敵的愛爾蘭男一起在遊艇上出遊。

我當然知道自己這樣做很蠢，因爲我不能告訴我那已婚的男朋友我現在的狀況，要不然他一定會發飆，上次出遊的照片被抓包，他大發雷霆，把我嚇得不敢再多說什麼，所以我這次也不想再「惹事」。我每天都會問自己同樣一個問題……我們到底是不是一對，我們之間的鴻溝越來越深，使我不再那麼確信了。我現在覺得被壓力壓得喘不過氣，好像我得填補他妻子的空缺似的。畢竟幾個月前我連打電話給他都不行，因爲他怕別人發現我的存在，他現在似乎很脆弱，我不知道該怎麼跟他提這件事，而不會讓他情緒失控。

M&M在我和他的馬爾地夫之旅時，禁止我和愛爾蘭男繼續往來之後，我還是繼續去見他，只是沒讓M&M知道而已。我想這種偷偷摸摸的行爲，多少造成M&M對我的懷疑和忌妒。我知道自己把事情搞得很複雜，但是告訴M&M我還繼續和愛爾蘭男友往來，只會讓他不爽，而不繼續和愛爾蘭男往來，只會讓我不爽。史黛西從一開始就知道所有事情的來龍去脈，她說我不該讓任何人命令我做任何事。她說的對極了，如果妳的男朋友禁止你去做一件你很喜歡的事情，這樣不是很痛苦嗎？不幸的是，我這人的個性就是你越叫我別去做什麼，我越要做，而且故意要做給你看，這是天蠍座的特質，嚴格說起來不算我的錯。（是嗎？）

我看著海浪拍打著船身，讓思緒隨波逐流。在航行途中，某個聽起來有房地產工作經驗的的男的，指著沿岸點綴著米白色的別墅豪宅說：「這些本來是爲了那些想要有私人海灘的家庭所打造的，本來以爲這片海域可以戲水游泳。然而這裡的海岸到海洋沒有一定的坡度，因此有可能母親帶著小孩在海灘邊走著，卻一腳踩空完全掉進海洋裡！」

悶熱的下午一路持續到晚上，當我們停靠在巴拉斯提時，酒已醒得差不多了。但因爲氣候實在太濕熱，等我們回過神來，發現自己、海蒂和愛爾蘭男已經在那位房地產開發商他家的派對裡。他的房子位於巴沙，派對裡的人個個汗流浹背，雖然有冷氣，但因爲實在擠進太多人，冷氣開了等於沒開。每個人汗如雨下，衣服溼透的程度，讓人誤以爲大家剛剛都穿著衣服游泳呢，不過話還沒說完，男男女女不管有沒有穿著泳裝，就這麼跳進泳池裡，現場瀰漫著一股濃郁性感的氛圍。

愛爾蘭男和我坐在草皮上，看著眼前的一切，我們已經連續聊了幾天幾夜，此時此刻我們兩個人都喝得鑾醉的，手中的伏特加瓶子已灌掉超過半瓶。他看著池中玩耍的女孩們笑了起來，臉上浮起一抹淘氣的笑容，他告訴我在水中玩有多快活。在星空下看著他的側臉，我突然覺得五臟六腑一陣翻騰，一波波不適的感覺席捲而來，讓我說不出話。他委婉地提到他最近跟一個女的走的鑾近的，我不認識那個女生。後來平息之後我終於能正常的呼吸，但是卻突然地流下淚，就在那片草地上，就在某個陌生人的家……。

所有的情緒猛地潰堤（還好只有酒醉的噁心沒有潰堤），我想到M＆M的佔有欲是如此地強烈，想到自己不知如何結束這段感情，還有聽到愛爾蘭男談論別的女人時，我心裡感受到的那股憤怒，也氣自己竟然縱容自己迷失到這般田地。回想起來這種種一切，我想應該跟美國典型加州青少年校園劇一樣，影集的背景放著淡淡哀傷的音樂，鏡頭照著幾近半裸的青少年以慢動作尋歡作樂，完全無視於某個青少年的世界已然崩解。這可憐的有錢人家孩子，失去了一切，失去了每個人和她的自尊。我原本預料愛爾蘭男會和往常一樣笑我、叫我白痴；我以爲他會笑我是個愛情傻子，明知死胡同硬要鑽，叫我甩了M&M。但是我思緒和情緒都還沒平穩下來，也還沒準備好該如何反擊他的愛爾蘭式攻擊時，他就親了我，就在那片草地上，就在某個陌生人的家……。

某段記憶被喚醒了，在西班牙的那個會議，我們第一次一起坐在星空下，一邊談心一邊分享伏特加——那個未完的、待續的回憶，那個我壓在心底深處的悸動。一直以來，我都跟M&M說他的懷疑根本只是忌妒心作祟，而我卻一直扮演著那個幫忙撵走大老婆的幸福情婦，穩穩地坐著被寵愛的椅子。我眞傻，我現在不知道該如何是好。

每當命運敲門時，我總是欣然迎接，然而這一次，我該不該應門呢？問題是，我從來沒聽過它敲得如此急切、如此響亮、聲聲撞擊在我心房……

留或不留

我隱約察覺到，M&M好像趁我不在的時候，偷看了幾封我和愛爾蘭男互傳的簡訊。當然我沒辦法「證實」他眞的有偷看，但是我聽到他說他聽到「某個認識的人」說我和愛爾蘭男曾在同一個派對上，他不只大發雷霆而且還淚流滿面，絕望的樣子讓人誤以爲已經世界末日了。老實說，我眞的被他的反應嚇到了。我大約猜得到他一定會用非常極端而且情緒化的方式來面對這件事情，但是我眞的不想要面對或處理這一切。他激烈的砲火式攻擊，包含開著他的保時捷飆到我家門口，煞車聲之大整條街都聽得到，伴隨著各種指責和攻擊：「我爲了你放棄了一切。」（不，你並沒有，你是因爲被抓到偷吃），以及「你這次徹底地毀了我。」（這不是我的錯，因爲他選擇侵犯我的隱私，拿起我放在沙發上的手機起來看）。因此，我選擇結束這一切。

海蒂看到我和愛爾蘭男在派對上親吻，她後來將我拉到一旁說，既然如此，我應該要盡快和M&M做個了結，直接跟愛爾蘭男在一起就好了，她認爲我跟他注定要在一起。但是我和愛爾蘭男的那個酒醉之吻，釋放出我幽禁已久的恐懼，我眞的擔心從此我就要失去一個眞正的好朋友……

非常時期得用非常手段，我用Skype打給史黛西詢問她的意見，史黛西卻反問她我，我想跟愛爾蘭男在一起，是因爲我眞的愛上了他，還是因爲急欲擺脫那個控制欲很強的已婚男人？我回答不出來，而且感覺糟透了。

隱瞞我和愛爾蘭男之間的友誼和往來確非易事，然而我現在心中充滿了罪惡感，覺得自己背叛了那個當初背叛他老婆的男人，另一方面我又不覺得這樣算是出軌，因為我們從來沒有正式在一起，沒名沒份的，眞是一團亂。一個情婦要劈腿那個爲了她劈腿的男人，從劈腿者變成被劈的人，這中間的轉折如此隱微、難以參透；而變成劈腿的那個人又沒種承認，老天！當你需要「分手擂台」幫助的時候，它跑到哪裡去？

我不知道如果M&M發現我和愛爾蘭男有接吻時，他會做出什麼事。我跟M&M分了手，卻什麼理由都沒給他，我知道這樣很差勁，但我寧願他什麼都不知道，因爲他知道了就會折磨他自己和我，這點我十分清楚。

我知道回教徒在處理不貞和出軌這類的事情時，比其他人都還來地嚴厲。他們不可能大剌剌地在電視節目上討論，還在現場群衆面前爭得你死我活的。回教世界有自己一套規矩和義務，自成一套的法統，還會加上一堆你自己根本沒做的事加進罪名裡。有關回教世界的紛擾，M&M一直都自己把持著分寸，沒有讓我知道過，他可能也不想嚇跑我吧。我一直到現在都不知道，他老婆當初離開他後怎麼了，中間的過程和下場又如何，我也從不過問。

我訂下了去尼泊爾的機票，這點我倒是有告訴M&M。誠如我所預料的，當他知道再過幾個月，我就要和他的「頭號公敵」一起去尼泊爾的荒山野林裡騎大象、追逐老虎的蹤跡時，他滿臉盡是反對和不悅。但是現在我單身，這麼做也不爲過吧？

小潘潘樂園

大家都知道，賈斯汀和布萊德彼特都宣佈了他們在杜拜的海岸改造工程計畫，然而大家卻怎麼樣也沒想到，這一系列的好萊塢明星之中，赫然有前海灘遊俠金髮尤物——帕蜜拉．安德森來參一腳。這位前花花公子雜誌封面女郎，之前聲稱她最主要的資產就是在花花公子雜誌上有一連四頁的拉頁海報紀錄。今天愛爾蘭男告訴我這個消息（他的消息很靈通），然後他還轉寄了新聞稿給我，稿上寫說潘蜜拉安德森正在阿布達比設計一棟生態飯店。

我看過之後心想，既然她都可以來搞個生態飯店，誰知道以後還有什麼人會來分一杯羹。至少她想要為環境盡一份心力——在建造時使用最少的化石燃料及廢氣排放，而且會以生態永續平衡的方式經營飯店（可能不是她本人自己經營就是了）。但是如果我們要讓這位「資深的」美國模特兒／女星／作家，穿著比基尼、拿著建築藍圖在杜拜海岸蓋飯店，誰知道下一個會是誰？

阿拉伯聯合大公國最新迎合對象是誰？目前據說是觀光客，但是就我所知能負擔得起此地飯店房價的人少之又少，而雨後春筍般新建的飯店，卻蓋的像是要容納幾百萬人次似的。一般張三李四如果要度假的話，怎麼可能捨棄露營踏青等正常假期活動，而攜家帶眷去投宿花花公子般奢華的度假村呢？

我們還在想，到底是什麼事情，促使小潘潘突發奇想來杜拜攪局，殊不知原來是阿布達比的王公貴族親自邀請她來當酒店大亨的，可想而知，她的「傲人才華」遠近馳名啊。

她告訴媒體：「我要在那裡蓋間生態飯店呦。我當初跟著「許願基金會」一起去杜拜，在那邊認識了一些很棒的人，皇室貴族對我非常地友善。飯店的建造完全不會用到任何化石燃料，畢竟阿拉伯什麼沒有，石油最多。」潘蜜拉如是說，嗯，至少有做些功課。

有了各路名人投資客，阿拉伯聯合大公國期許將杜拜打造成世界上最繁華耀眼的新興旅遊勝地，然而重點是，這些明星權貴過去幾十年來，也投資了不少城市，但可沒見哪個城市因此飛黃騰達。但是，要是在沙漠裡建造一座按潘蜜拉惹火身材形狀打造的大樓，我保證大家一定趨之若鶩。

黎巴嫩黑手黨

我既然在廣告公司工作，就應該花點時間和空間來寫一下，平常工作上會遇到的人，我以前曾提過，杜拜的廣告工業的地下中流砥柱是黎巴嫩人——這群我進來廣告圈以前，完全沒交集過的族群。

基本上這個產業全都在他們的掌控之下，這一切都是因為國家的內戰迫使他們遷徙到新土地，杜拜廣告媒體公司的高階管理層裡，有百分之七十都是從黎巴嫩來的，有些人將促成此現象的那批人稱為「黎巴嫩黑手黨」。

貝魯特的人才流失使得杜拜獨蒙其利，這批人十分耐人尋味，老實說他們也教了我不少事。我觀察他們往來行事所感受到的震撼，就跟我在動物園裡觀察一群洋洋得意、互相整理儀表的的猴群差不多。

黎巴嫩人全都長得很漂亮，男人女人都如此。男人都修長高挑、儀表得體、腳上穿的名牌鞋子刷得光可鑑人，他們也特別喜歡套件合身的西裝外套。在外面看到他們群聚在一起的時候，總像一群氣宇軒昂的男學生，有著黝黑膚色的他們站在那裡，個個油頭隱隱泛著光芒。他們點酒都是一瓶一瓶地開，也十分樂於和人分享杯中物，但前提是那人得是女的。

黎巴嫩女人則有著濃密的長髮，是她們的驕傲與喜悅，不論走到何處，總要像洗髮精廣告上的女人那樣甩一甩、撥一撥她們的傲人秀髮。即使四下無人，她們還是會像美人魚一樣旋轉、輕拂著她們的秀髮，彷彿在跟不存在的水手調情一般。還有一點就是，她們無時不刻，都上著全妝，你不得不想像她們可能還先調好鬧鐘，凌晨三點鐘爬起來補妝，好讓早上起床時的妝容無懈可擊。她們的牙齒潔白如貝，膚質光滑如絲，膚色是可口的奶油可可色。我不是要踢爆任何人，但是我聽說在黎巴嫩，申請「整型貸款」十分容易，銀行連問都不問的。

我很想嘗試幫這種貸款想廣告行銷口號，例如：「豐唇、爆乳、變性輕鬆搞定，每月只要美金一九點九九起。」感覺上都比「你想要的那部車，貸款零利率喔！」有搞頭。但可惜的是，我目前還沒有機會表現這方面的長才。

黎巴嫩人是非常驕傲的民族，我的黎巴嫩同事們常常寄些描述他們國家歷史故事的電郵來給我，而且三不五時就有人要飛回首都貝魯特去「探望一下家人」，貝魯特似乎是黎巴嫩的代稱，意思是：「我從黎巴嫩某個地方來的，反正你也不會聽過，我也懶得再解釋。」

我能體會這種感覺，我自己就是在英國某個名不經傳的小農莊出生的，所以當別人問我是哪裡人時，說自己是在英國首都出生聽起來感覺就比較好。不用向別人解釋沼澤地、和dyke（女同性戀的代稱，原本的意思是溝渠。）等英國特色名詞是什麼意思。對黎巴嫩人而言，對外面的人聲稱他們從紛戰頻仍的首都貝魯特來，就會引起別人（例如我）的驚呼。大家不都想要在平淡的日常生活裡增添一絲戲劇化的元素嗎？

有時候我認爲黎巴嫩人甚至是刻意地沉浸在這種「充滿戰火」的光榮中，但是有時候又覺得他們強烈的愛國心，卻又轉變成對於法國的崇拜和支持，因爲他們似乎都希望自己生於法國。

午餐時間時，樓下的自助餐廳裡放滿了各式各樣的黎巴嫩料理，而且每天菜色都一樣，每一盤只需二十五迪拉姆幣（約一英鎊）。這盤菜裡通常有沙拉、一小盒鷹嘴豆沙拉醬、乾麵包和幾小碟有雞肉或羊肉的熱菜，裡面通常伴有米飯和非常多的蒜和檸檬汁。

我最喜歡的黎巴嫩料理是起士口味的中東烤比薩，特別是現烤剛出爐的，下班後買一片回家配著酒吃剛剛好，就跟停在路邊買個印度烤肉串差不多。隔天醒來時，嘴角還是一片油漬，T恤上還有難以辨識的肉屑。但是和烤肉串不同的是，這個平日大白天就可以點來吃，還會配上新鮮烤魚或烤雞。沒人會拒絕免費的餐點，每個星期三員工都有免費的烤比薩可以吃，因此我星期四的早餐就是冷掉、軟掉的烤比薩。

我現在都在辦公桌上吃飯，從來不在員工餐廳吃，就像我出了辦公大樓後從不和我黎巴嫩同事們出去是一樣的。這並不是因爲我們合不來，或是他們很難相處，因爲在杜拜的黎巴嫩人只說一種混合了阿拉伯語、英語和法語的特殊語言。他們一句話語言會轉換三次，讓你不知道是你自己聽錯了，還是你的耳朵出了問題。

和他們坐在員工餐廳的餐桌加入他們的談話，就好像第一次聽到莎士比亞的作品一樣，你幾乎知道每一個字，但是卻完全不懂意思，你仔細地想了一下，試圖重新翻譯一遍，轉換成白話文，卻發現他們說得話一段比一段複雜難懂，根本就沒完沒了。而且更扯的是，說話的那個男人在談論的事情，很可能是等會要去哪裡唱歌，或是飛回黎巴嫩照顧剛動完隆乳手術的母親之類的。

幾杯酒下肚後，情況每下愈況。他們講得興高采烈，你聽得一頭霧水，心裡想著何時可以禮貌地撤退，回到家裡打開聽得懂的ＢＢＣ生活頻道。我不是要冒犯任何人，只是在這種模式之下沒多久就會累慘，讓你想起以前的黃金時光，你可以坐在旋轉辦公椅上在會議室裡四處滑行，同時信心滿滿地聽懂任何人說得任何一句話（事實：我眞的坐在旋轉辦公椅上在會議室裡四處滑行過。）

這層新的文化交流，使我學到幾個蠻酷的字，例如：Khallas，這個字第一個音節的發音有點像要咳痰那樣，你會一直在辦公室裡聽到這個字，出現頻率之高跟發射ＢＢ彈差不多，而且每次都要用最激昂熱情的態度發出這個字，這個字的意思是「我做完了、結束了、或是就這樣」。

你可以想像，我本人也在杜拜氾濫地使用這個字。

一位男人和他的帝國

愛爾蘭男搬到了棕櫚區的豪宅，你應該去親自瞧瞧，那地方棒極了，就像你偶爾在夢裡夢到才有機會造訪的人間仙境。

愛爾蘭男住的地方其實是女佣室，雖然空間不大但是供一個人住已綽綽有餘。他可能得和門外的洗衣機共枕，但至少房間裡有含衛浴設備。

每天早上起床都可以看到海景，他當初會離開同為人間仙境，位於沙特瓦的公寓大廈也是因爲這個原因，套句他的說法：「如果我一生只住在杜拜一次，乾脆就住在最棒的地方，免得日後後悔。」

我眞的很羨慕他，他就像現代版（豪奢版）的魯賓遜一樣，每天早上在他的「私人海灘」慢跑，他室友有艘小艇，他有時候會開到海上去釣魚來吃。冷凍庫裡還有他之前釣來的魚，準備在BBQ派對的時候烤來吃，而且他眞的非常以此爲榮，我也不知道這是哪種魚，總之是那種電視上看到的巨大魚類，不是那種被海水沖上岸的小魚。有一次他帶我上小艇出海，開到一半就有人拿著擴音器叫我們離開，說什麼現在要執行疏濬填海工程，要挖海泥建造世界島、宇宙島、時尙島和一些有的沒的的島，監工的警衛不想要在施工時意外出人命，所以儘量趕走週遭的人，畢竟傳出去對杜拜的公關宣傳殺傷力很大。當你沿著波斯灣裡最異想天開和最昂貴的人造島划著小艇，其實還蠻酷的。

自從上次草地之吻事件後，我和愛爾蘭男間沒有什麼尷尬或彆扭的狀況，只不過我們兩個都心知肚明，那條友誼的界線已被跨越。就像我之前說過的，我真的不想失去他這個好朋友，所以也就一直盡我所能把他當成一般朋友來對待。老實說，我們兩個都儘量粉飾太平，愛爾蘭男覺得我和M＆M的那段關係太複雜，他根本不想淌這淌渾水，而且另一方面，也不想被憤怒、妒火攻心阿拉伯男人追著打，但是後來我又想到，自從他一來到此地後，就得不斷聽我叨絮談論著跟已婚男人糾葛的愛恨情仇，（酒醒時）心裡即便還有那麼一絲絲對我的眷戀的火花，也應該被瞬間澆熄，畢竟，有誰喜歡破壞人家家庭的壞女人啊？

上次我去棕櫚區看他的時候，順便邀了我的朋友斯凡娜，這可愛的小妮子在公關部門工作，是個土生土長的杜拜人。我是在一家飯店的某活動做採訪的時候遇見她的，本來我們倆的電郵就像一般同事往來那樣，不過後來卻慢慢發展成相知相惜的好姐妹，所以我最近都積極地將她納入我的社交圈。能在史黛西之後再找到一個可以談心的女朋友真的蠻不賴的，她還答應要跟我們一起去尼泊爾，太棒了。

總之我們帶了酒去了愛爾蘭男家，然後就十分隨性地在他的私人迷你海灘開起派對來，他的新室友——英國男（主房客），躺在一條鋪在沙灘上的浴巾，一邊喝著啤酒一邊跟我們講他的成功創業故事，有趣的是，他腦子其實有蠻多「一夕致富」的點子和計畫。

最令我們感興趣的莫過於那幅掛在車庫裡的畫。他的想法是，將畫裱起來掛在那裡，如果有客人或其他人不小心經過看到，搞不好會想買（其實畫本身根本是個大笑話）。他認為杜拜充滿

睡錯地方的你，永遠不知道自己可能錯過什麼……

了許多傻子富翁和沒格調的暴發戶，總有那麼一天，他可以半哄半騙地說服某人買下這幅一文不值的爛畫，這人眞是個天才。

這讓我想起一個朋友的朋友，這位年輕的澳洲女孩芳齡二十一，名叫羅雪兒，羅雪兒和男友同居，以當模特兒打工爲生。大概在一年前，漂亮的羅雪兒決定接下一個更穩定的職務，當國家銀行總裁（富商）的私人助理。他們兩個是在酒吧認識的，當下他就提議要給她這份工作了。這男的一個月付她一萬迪拉姆幣，只要她接他的電話聽命行事，只不過他從沒打過電話。目前羅雪兒只接過二次次任務，一次是送信去城中各個指定地點，一次是幫他去拿送洗的衣服，她從沒進過辦公室，也從沒再看過他的臉，也沒有做過任何正常的辦公室工作。

然而每個月薪水還是不斷地匯進來，她後來搬到朱美拉海灘區，天天在豪華餐廳享用美食，三不五時就去做一下SPA，漫不經心地等著幾乎不曾出現的任務或指示，她甚至還買了一隻吉娃娃。最後，經過三個月的奢侈生活後，她開始覺得拿錢拿得有點心虛，她打電話到公司找那位僱用她的總裁，總機驚訝地告訴她說，這位根本不是「總裁」，只是銀行裡的某位職員而已，雖然他的月薪頗高的，但是也不至於到要僱用私人助理的地步，因爲其他人也沒有。

這位自負傲慢的仁兄，只不過是因爲在酒吧裡看上了這位美人，決定每個月自掏腰包出一萬元迪拉姆幣給羅雪兒，叫她偶爾做點事，這讓他「自我感覺更良好」。

杜拜充斥著各式各樣令人嘆爲觀止的奇人異士現在愛爾蘭男的英國室友坐擁新土地、昂貴豪宅、巨型游泳池和私人海灘怪咖界的當紅炸子雞。

想像力

前幾天大頭一世叫我寫一齣音樂劇。當時我正悠哉地轉著我的旋轉椅，在臉書上看信和回應別人的文章，結果大頭一世大搖大擺地走進來，直接走到我的身後站定，害我手忙腳亂地將所有視窗縮到最小。

我聽到他的要求後遲疑了一下，沒有轉過身去看他，這要求也太妙了吧。他一屁股坐在我辦公桌一角，散發出不容妥協的氣勢，他向我解釋他想要弄一首曲子放在某個車子的廣告裡，我腦中馬上想到，如果有人跟艾爾頓強說這個提案，他一定想都不想就譜成了《獅子王》裡那首《這是我的機會！》

我的腦子雖然想著「好吧，聽起來不錯，讓我來試試看。」但是心裡的疑慮和理智卻毫不留情地浮現「音樂劇？……怎麼可能，我又不是音樂劇大師安德魯．洛伊韋伯！」

「假裝你是啊。」他說。

如果我真的有那種才華的話，我早就站起來，用優雅的步伐走到鋼琴邊坐下來，讓源源不絕的琴音從我指間傾瀉而出，不但讓我老闆印象深刻、面子十足，而且譜出來的曲子還讓車商汗顏，自覺匹配不上。但事實是我不是頂上發光的韋伯，沒有他的絕世才華可以寫下百老匯的傳奇，因此我問：「請問我要如何假裝我是安德魯．洛伊韋伯？」

他皺起眉頭：「用你的想像力。」

我點了點頭，勉強擠出一絲笑容，早已學會不要跟這些所謂的「創意人士」正面衝突，我跟他說好，我會用我的想像力從屁眼裡生出一支音樂劇（去掉屁眼那部份），等我忙完我的臉書後就去做。

幾個小時後，我還是無法想像自己是個編曲家其實我十六歲時，學會了綠洲合唱團的《迷牆》，自此之後便再也不需要學音樂了，因爲男生都吃這套，我連副歌都還沒彈到，男生們就完全忘記我的迷你乳溝和粗黑眉毛，而沉浸在崇拜我的情緒裡。會彈吉他的女生超辣的，我成長的那段歲月就有超多實例，只不過越年輕越有賣相。後來事實證明，那段歲月持續不久，因爲很快地你就會發現，只有沒有其他事好做的人，才會用這種可悲的手段吸引別人。

也因此，我無法繼續給予這個世界，更多來自我創作才華的貢獻，然而言歸正傳，我懷疑這個已有百年歷史的出版大家，會冒著糟蹋享譽全球的風險，將所有的賭注全押在這支名爲《好車子》的G大調車子廣告。我更懷疑大頭一世會告訴廠商，這是由一個被埋沒才華的新興作曲家，藉由假裝自己是安德魯洛伊韋伯而寫出的音樂劇。

最後，我寫出幾句有押韻的句子，希望能順利過關。

英國、杜拜和派的理論

雖然伊文和我搬進新家時，有人承諾我們會在這片建築工地上蓋一間商店，但是目前爲止八字仍然沒有一撇。這附近除了一些還沒蓋好的公寓大廈和塔樓，仍是空空如也。令人驚訝的是房租卻開始跌了，現在人們能以更低廉的價格搬進去比較好的住宅區，這一切都要歸功於「經濟不景氣」。

當然，沒人想承認經濟正在衰退中，杜拜更是對此說法嗤之以鼻，儘管有很多個專案計畫目前都因資金問題停擺，還有傳言說，特別是房地產產業相關的人，很有可能被裁員。我們公司也耳聞一些相關的傳言，但是我不怎麼擔心（也有可能是因爲我不大在乎），伊文似乎就沒那麼輕鬆了，聽說廣告公司裁員消息可能是眞的，因爲最近媒體公司似乎都要進行重整。

伊文的好色主管希斯克里夫，故意略過伊文寄來催問薪資支票的電郵，而當伊文逮到機會當面詢問他時，他卻支吾其詞說他會處理，然後又狡猾地抽身到另一個時尙派對，留下伊文和其他同事處理辦公室裡的渾沌。上個禮拜，希斯克里夫決定要出手把一個姿色還算不錯的女員工，這位女員工自視爲歌手，因此希斯克里夫便邀請她去錄製唱片，做爲搭配雜誌贈送的商品。當辦公室陷入一片困頓之際，這位仁兄帶著新歡到某處的錄音室，開心地唱歌調情，錄製一張可能永不見天日的唱片。

還有，當初他答應伊文，他可以自己僱用一位助理（伊文已經想請想了很久了），結果希斯克里夫卻在未徵求伊文的同意前，便雇用了一位助理。伊文的新流行時尚助理，除了擁有一對傲人的酥胸以外，一丁點技能都沒有，這應該也解釋了她被雇用的理由。現在整個辦公室的人都怒火中燒。

爲了平息伊文的怒火，我建議我們去新開的尼爾森酒吧喝酒。幾個月以來，我們看著這棟新飯店從無到有。它所處的位置有點偏僻，在靠近駱駝跑道的地方，但我們從家裡的窗戶就看得見。伊文聽完我的提議後十分開心，他聽說尼爾森酒吧裡的派非常好吃，我自己也很興奮，因爲來到杜拜以前，我還以爲自己得放棄去酒吧的習慣。

我可不是在抱怨，杜拜終於有了間酒吧，是一件值得開心的事情，更別提這間酒吧離我們的公寓只要走路就到得了，但是我告訴你，尼爾森眞的是一間讓人非常困惑的地方，裡面的人也是。讓我告訴你當天的情形。伊文和我抵達的時候，剛好是酒吧的特價歡樂時光，吧檯邊擠滿了年逾三十歲的英國同鄉，這地方吵得不得了，菸霧之濃密掩蓋住新上好的油漆味和廉價香水味。ＤＪ放著一首又一首英國人聽了會爲之瘋狂的經典曲目，其中包含了西城男孩、菲爾·柯林斯和比吉斯合唱團的歌曲。那些幾個月來半口酒都沒碰的家庭主婦們，興奮地在ＤＪ台附近又唱又跳。飯店裡其他客人則好笑地看著眼前這一幕，心想不知杜拜何時也會開始蓋起那些坐落在火車站附近殘破街道的酒吧，裡頭充滿無家可歸的流浪漢。

一個個紅木搭建起的包廂，讓人想起四〇年代的火車車廂，裡頭的人要求來場即席酒吧猜謎比賽。一位戴著帽子的女孩，一邊啜飲著健力士啤酒，一邊閱讀著羅曼史小說。一位面色疲憊的服務生，端著一盤不怎麼熱的食物前往點餐客人的餐桌，經過時不小心撞到了我的椅子。

談到酒吧的服務，我到吧檯要點酒時，先是被忽略了十分鐘之久，然後酒保問了幾乎所有的員工之後，告訴我他還是不知道他們有沒有白啤酒（結果他們沒有）。伊文和我坐在包廂裡，面對著空桌子，但卻沒有一個人主動走來詢問我們需不需要飲料、菜單或餐具。點了餐之後，服務生便忘了我們的存在。我們只得再重點一次，然而飲料從頭到尾都沒出現過。一位女服務生走過來，我們再點了一次，還是沒有飲料，結果又在點了一次。她拿了我點的酒過來，然後問（已經第四次了）伊文點了什麼，天殺的，她又忘了，我想伊文應該快爆炸了。

不過食物倒是挺美味的，既然是全世界五星級之列的飯店，這是理所當然的。然而關於那個傳說中的派，卻是一場大誤會。我們看到所謂的派端上桌時，只看見一個迷你小砂鍋上面裝滿了派的餡料，餅皮都不知道跑哪去了，一塊沒頭沒尾沒身體的派，但卻很好吃、美味極了，但是這並不代表這是一個派啊！做成這樣怎麼好意思稱之爲派？有的人（腦筋有問題的人）可是會千里迢迢地跑來，只爲了嚐一口派啊。

好笑的是，這個奇異新世界裡所展現出的無能、無知和破壞力，雖然令人難以理解，但卻絲毫不遜於惡名昭彰的典型英式酒吧。大家都知道，在英式酒吧裡的服務爛得可以，對吧？裡頭的娛樂設施糟到讓你皺眉頭，裡面的人喜歡大聲嚷嚷，因此到外頭靜靜地喝一杯是完全不可能的任務。點酒時，要不就是被那個前臂有著刺青的光頭佬故意忽略，要不就是被一旁才剛轉大人的十八歲青少年捏一把屁股，另一手拿著乾杯酒要跟你喝。急欲一曲成名的ＤＪ，正在那裡調整麥克風蓄勢待發，因爲沒有任何歌唱實境節目、才藝秀和唱片公司，膽敢將麥克風遞給他。

伊文的牢騷隨著他的怒火一發不可收拾，不過他倒是挺享受他的派，所以這趟來得也還算值得。尼爾森酒吧是一間稱得上風格獨特的酒吧（至少在杜拜裡），但也不過如此而已。我則認爲它還是會繼續吸引我前來，一直到我確定自己對它的心意爲止——至少到他們大廚搞清楚「派」該怎麼做爲止。

杜拜的基本常識

我訂了十一月去紐約慶生的機票，這念頭猛地浮上心頭，而且感覺起來我離上次去紐約才過沒多久。從這裡直飛紐約，還要長達十四小時的飛行時間，但我就是覺得一定得去，我大學畢業後在紐約住了幾年，那裡就好像是我的第二個家一樣。

當時眞的太開心了，那種前所未有的生活體驗，讓我覺得我可能永遠都會對紐約求新求變的生活步調和方式心癢難耐。

紐約這地方眞的會改變一個人，我們緊抓著在曼哈頓的過往生活不放，好像那段經驗是讓我們自覺與衆不同的原因。

總而言之，你不可能訂了去紐約的行程，卻沒有好好計劃到了那裡該穿甚麼。我覺得該是看看現在杜拜版的潮流爲何的時候了，所以我去了杜拜當地的大型購物中心。

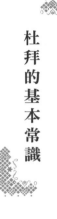

本來應該只是一段普通的單日行程。你可能會想：一個人悠閒、愉快地漫步著，伴隨著iPod的音樂，或許還可以在思考要買哪個新包包時，停下來喝杯咖啡。但是，當我到了那裡開始購物時，我突然發現我可能觸犯了法律，開始冒冷汗、坐立難安，恐慌地覺得每個人都在看我，我可能逃不出這個地方了。

我先說明：不，我沒有順手牽羊，我也沒有在喝了紅牛之後，High到在走道上熱舞，也沒有在美體小舖用他們的試用品畫了全妝（但我超級推薦大家這麼做，因爲他們眞的不在乎你這麼做）。一切只是因爲我穿了一條比較短的裙子。

我知道，笨透了。

依據上週新訂定的「得體」法規，我的小短裙再也不能出現在這種公衆場合了。事實上，小短裙一直以來從未受到歡迎過。所有吃進肚的午餐和早午餐意味著，儘管我用了一些特別的減肥法（排毒法），我的腿都可能不如以往美麗纖細了。然而在杜拜，我要擔心的可不是時尚警察來挑剔你個人衣櫃這麼簡單的事情。

所以，哪些是被新規定列爲「萬萬不可」的項目呢？現在在公衆場合大聲播放音樂、跳舞、裸體、親吻和牽手都已被視爲不適當行爲了。我還聽到傳言說，連吹口哨都要被禁了。如果你夠幸運還有份工作在這裡的話，你連下班時開心地哼兩句歌都不行……

褲子（長褲，而不是小熱褲）和裙子都必須要長度適宜，穿著不應該猥褻地露出身體，而且也不可以是透明的。所以基本上，健身狂、叛逆青少年、和啦啦隊員在這裡都是不受歡迎的。

其中最有趣的是禁止未婚伴侶牽手這條，因爲他們沒有說到底要怎麼分辨哪些是已婚、哪些是未婚的伴侶。或許很快我們就會被要求出門時要在額頭上貼個標誌，或是他們會計畫雇用一些親密關係調查員之類的，在購物中心裡仔細觀察每雙交握的手上，是否都有婚戒等。我想以後開始觀察這項發展會是件有趣的事。

例如：現在從舞臺左邊進場的是……一對熱戀中的情侶，在蘋果產品的店面中牽著手逛著，尋找新的筆電以紀錄他們狂野的三P照片。

而現有從舞台右邊進場的是……（親密關係調查員皺著眉頭，向前詢問他們是否結婚了）。

她：他連問都沒問過咧。

他：但我有打算要問啊，我發誓！

她：甚麼時候？

親密關係調查員：對啊，甚麼時候？

他：呃……你願意嫁給我嗎，親愛的？或許……在未來的某一天？或許……我是說，喔天啊，不要逮捕我們，你願意現在就嫁給我嗎？我沒有要給你壓力喔。

就我個人而言，我就常看到很多印度男人在杜拜手牽著手，他們顯然沒有婚約，但卻開心地在海灘上漫步。我很確定他們一定不是全都結了婚，但是就我所知，直到現在，政府機關也沒有半個人出來說句話。儘管如此，他們在經過我身邊的時候，還是都會將我從頭到腳打量一番……或許是在找結婚戒指吧？

不久之前，兩個來自黎巴嫩和保加利亞的女子才因爲在海灘上忘情地擁吻了一下，就被送去坐了幾個月的牢，在牢裡他們會有的肢體接觸可能遠不只那樣咧，哎喲！

我想我終於可以爲永遠不穿迷你裙找到藉口了，不用責怪我那雙令人羞愧、蒼白的腿，一切都是杜拜的錯，不是我。事實上，或許那是他們總體計畫的一部分，呼籲女性的穿著要莊重的中心思想，就是**遮起來吧，親愛的，我們不想要看到**。

嗯，杜拜似乎能夠了解英國思想家腸枯思竭都無法理解的事情，那就是，老女人裝年輕其實並不賞心悅目。還好，我在這裡不能穿的，在紐約就理所當然可以穿。如果我沒記錯的話，在紐約，什麼都可穿，什麼都不奇怪。

住宅危機

最近的新規定讓所有當地人都氣炸了。規定裡說到：除非你們是一家人，否則就不能一起住在同一棟房子裡。

杜拜當局對於此事的採取鐵腕作風、毫不留情，有些住在卡拉馬和烏姆蘇魁區的人就像遊民一樣生活著，政府切斷了他們的電力作為警告。全民——不分種族、文化和職業——都寫信向媒體投書，表示他們一旦被趕出自己的家門，就不得不流落街頭了。報紙上充滿了這些即將成為難民者的咆嘯。但杜拜當局在乎嗎？一點也不。

我跟很多人一樣，很幸運的可以住在溫馨的家中，在腦中沉思著杜拜三不五時為我帶來的小麻煩，像是已婚又愛吃醋的男友、困難的排毒食療、或消失的清潔工等。但是生活在基層的民眾——蓋房子的、烤麵包的、修指甲的——因為這愚蠢的新規定，而飽受被驅逐的威脅。

身為阿拉伯聯合大公國，較幸運的外來者之一，我一想到這座城市可能會怎麼對待我，不得不憂心忡忡。我是否應該放棄這裡的薪水和生活型態？都市裡的居民花了好幾年在此打造生活，現在卻因為莫名其妙的原因，而被迫要離開。

有關當局說，將那些違反規定的人撤離是必要的，因為他們會耗損我們的公共資源，造成健康和安全問題。我想，沒有人能反駁這種說法，但是那些也住在公寓大廈裡，一人一間房，支付所有帳單，安定樂業的外來者，也收到了他們的遷移令。所以每個人都在猜想，這到底有多不安全、多不健康？亦或者，他們其實是想要我們所有人都搬出來，住進高價又沒人住的高樓公寓中？

長遠來看，我不太確定這一切對杜拜的意義爲何。如果他們的目標是要逼得我們身邊的夢想泡泡一個個破裂，卻還寄望我們繼續投資跟待在這裡的話，那這種方法還眞令人啼笑皆非。

分手的道德

伊文這週過得糟透了，他跟西恩分手了。我發現他們最近在一起的時間越來越少了，但是導火線似乎是某天晚上，西恩要伊文跟他和他的朋友們一起出去喝一杯，但是伊文卻只想待在家裡看電視。

你或許會想這應該是每個家裡都常出現的問題吧，但伊文的工作最近超不順，手頭又緊。可是還是很勤奮地工作，儘管在他身邊的每個人工作能力都爛透了，他還是每分每秒想把事情做到最好。

而西恩的生活輕鬆又容易。他還跟同為移民來的爸媽住在一起，每天都有人幫他洗衣、燙衣、煮飯，依舊開著他高速又高價的「跑車」，然後想要伊文跟他一起去酒吧、吃早午餐、參加派對，就跟他們之前一樣。沒有誰對誰錯，只是他們相處的動力改變了，他們成了不一樣的人，而不一樣的人會漸行漸遠，如同杜拜微風吹撫過的砂粒一般。

我甚至沒有聽到他們在伊文的房間爭執。我當時癱在沙發上看影集花邊教主，而西恩一個人晃過來，在靠近電視櫃時對我點了點頭。我以為他要跟我共享沙發——伊文常在處理工作的時候，將這可憐的傢伙踢出臥室。

但這次西恩把盜版的威爾和葛蕾絲套裝影集從架上拿起，給了我一個有點抱歉的眼神，把它揣入懷中。我的腦袋裡警鈴聲大作，我坐了起來，我那時才了解到他們分手了。他把影集借了我們那麼久，從來不曾提起要還給他的事情。

後來更晚的時候，伊文摸到廚房來，臉上敷著美白面膜的他，看起來一點都不難過。他說他很好，然後在燒開水泡綠茶茶包時嘆了一口氣。他的確看起來很好。我問他，他是否作了正確的決定，他透過茶杯對我皺眉——那個表情就在說：「要不然呢？」

我想，有時候你就是會知道有些事情是行不通的。但是同樣地，如果你是那種可以完全信任自己的心，並隨心所欲的人，那你眞的很幸運。有時候我們明知道事情行不通，卻還是要做垂死的掙扎。我們讓事情死拖活拖著，卻甚至不知道我們爲什麼要這麼辛苦。接著我們就會一步步掉入不幸的漩渦之中，並且用自暴自棄來折磨自己——每件事都越來越混亂、複雜、甚至骯髒。但依然沒有轉身離開的勇氣。

我眞希望我可以向伊文看齊，他似乎很開心地認知到，他跟西恩在眞正有人心碎之前，就分得一乾二淨是件好事。現在他可以繼續他的爛工作，回到他的爛公寓，而不用每隔五分鐘就被煩說要去愛爾蘭村飲酒作樂。

他們這次果斷的分手——是如此地突然而乾淨俐落——讓我在幾天後M&M又打來時，覺得自己更加沒用。他聽說我要去紐約過生日的計畫，就說他也想參加，我十分確定這是個爛主意，畢竟我們幾乎不算在一起了。

當我跟他說：「這主意糟透了，畢竟我們幾乎不算在一起了。」的時候，他卻說他只是要去倫敦出差，然後可以在回杜拜之前順便去一下紐約。他說他會待在旅館，這樣如果我不想就可以不用見到他，因爲我會住在我布魯克林的朋友那邊。

我根本懶得指出，紐約市離杜拜要十四個小時的飛行時間，而飛倫敦只要七小時。什麼「順便去一下」根本就不能用來形容這種出差中的額外（巨額）支出。但他就是這樣，我甚至也沒問他說，爲什麼他寧可長途跋涉飛到紐約跟一個很有可能不想要見到他的人在一起，因爲他就是這樣的人。

後來我跟他說想來就來，因爲我一心只想要趕快掛上電話。當他或任何人在我工作的時候打來，我都只能走到走廊，期望大頭一世不會正好晃過來看到我在偷懶。當然，大頭一世本身整天都在偷懶，但是他有那個特權，我可沒有。

我之所以會答應，另外一個原因是因爲史黛西也會來。她會從倫敦直接飛到那與我會合，一定會很棒的！或許，M&M以朋友的身分到那裡並不會太尷尬。如果我們眞的要當朋友的話。我眞的不知道他到底想要我怎樣，你知道。雖然我們分手了，但卻不是一刀兩斷。

顯然不像伊文和西恩那樣，他們現在正致力於把他們之間所有的聯繫都切斷。任何會爲未來帶來一絲希望的跡象都會被立即撲滅，連在臉書上都互把對方從好友名單中刪除，可見他們分意之堅決。

「激情沙灘」續集

自從這件事發生以來，我們就一直密切關切它的發展，最後經過了（有點令人丟臉的）醫學檢驗程序證實，這兩位慾火攻心的主角：文斯和蜜雪兒，七月時在雞尾酒會後的確有在海邊發生性行爲。兩位主角之前氣急敗壞地否認此項指控，現在罪證確鑿，勢必會令他們陷入更多的麻煩。

文斯不斷地在當地報紙——七日報上刊登道歉啓事，他遠在英國的朋友們甚至還落井下石，爆料給報紙說他在英國就是花花公子了，因此他在杜拜也搞出這樣的飛機他們一點也不意外（這樣還好意思說你是人家的朋友？）。另一方面，蜜雪兒則是以公共猥褻、在公共場合飲酒、與度假中的商務人士（文斯）通姦等罪名被起訴。

大部分移民或居留在杜拜的人，都尊重當地文化並遵守由杜拜邦長家族——瑪可通所執行的伊斯蘭教教規。也因此英國時報線上的一位評論家寫了：「杜拜對西方人已相當寬容……那些遵循正常道德規範的人，都可以非常合諧無礙的住在此地。」

我想這評論家所言甚是，在海灘上卿卿我我，做著各種我們隔天不見得會記得的事情，在當下的確是很棒的享受，當然這一切如果發生在派對島伊比薩，再天經地義不過了。只不過在杜拜，有關當局已經告誡過許多例子了（包括如釀酒），這裡的行爲規範與其他地方截然不同，即使這些規則沒有存在你電腦裡，或是被印出來貼在牆上，是打從你下飛機踏上這片土地就應該烙印在心的，這是常識、是自律，就這麼簡單。

誠如我以前所講的，在這對情侶做了這些事情以後（包含丟鞋和種族歧視事件），警方開始加強巡邏取締各大酒吧和任何可以喝酒販酒的地方。只因杜拜被媒體塑造成一個五星級的城市，因此這些常見於伊比薩島的「放蕩」行爲，一概不被接受。

也許杜拜在想要吸引西方人的資金提振自己萎靡的經濟之時，也希望能試圖去接納那些有著不同價值觀的人。這些阿拉伯大公們關起門來自己也清高不到哪去。

在這裡，公開展示親熱動作，會招致責罵及不滿的怒視，有時候我們這些西方人忘情地做出這些行爲，結果通常是面帶羞愧地制止自己無禮的行爲。有時候這種事情還是會發生，因爲你一下子忘記自己身在何處，忘記要自我克制。有些事情需要花更多的心力去適應，但我們必須盡其所能去做到，既然你要到這裡享受終年晴朗的天氣和免課稅的薪水，就要自行承擔這樣的條件。

我只希望大衆能支持杜拜的決定，在行爲控管上施以較嚴苛的法律。我知道我這麼說有點僞君子，但是我們大部分的外國人移居此地，是爲了換一個新環境，而不是把自己國家的惡習帶來這裡。至於米雪兒和文斯……我也不想再苛責他們，我希望他們自己好自爲之。

錢和猴子

我們家目前經濟吃緊。伊文現在仍然沒有領到薪水，他工作的那家媒體公司營運每況愈下，他說現在有些廠商甚至還拒絕跟他合作，因爲之前的帳都還沒付清。

當然，伊文將這個問題反映給上司希斯克里夫，他則叫伊文去其他地方找願意和他們合作的廠商，當伊文找到願意合作的廠商時，內心糾結不已，因爲他實在不想欺騙他們。最近這種狀況發生的頻率越來越高，他心知肚明不管他聘用誰或哪家公司，他們一定是做白工，如果沒人幫他的話，雜誌絕對生不出來啊，他實在別無選擇。

希斯克里夫最近聘用了一位編輯，掌管新女性雜誌，卻沒有告訴原來的那位編輯她被開除了。原本的那位女編輯，是個懶散邋遢的老菸槍，來自愛爾蘭的鄉下地方，根本連個屁都寫不出來，在公司根本就是個廢人，大家都希望她趕快走。伊文和他的手下一個個被叫進去會議室和新編輯見面，那個沒路用的愛爾蘭編輯還在另一個房間忙她的事，全然不知自己已被篡位的事實。最後，當她終於被告知開除的時候，她只能靜悄悄地，在衆目睽睽之下離開，就這樣經過整個房間心知肚明的人，悄然接受自己的離去已成定局。

伊文說那個新來的編輯更糟，他說：「從倫敦來的、眼睛長在頭頂的傲婆娘，一丁點時尚概念都沒有。」

她每天都穿一樣的「制服」來上班，其中包括一雙磨到快破的麂皮船型高跟鞋。

我對船型高跟鞋是什麼完全沒概念，不過從他臉上厭惡的表情看來，那雙鞋的確讓伊文十分不爽，畢竟身爲時尚專家的他，是無法忍受任何沒格調或錯誤的穿搭。

早上伊文進辦公室時，還被這女的用髒話問候。伊文說當她還在英國低級小報工作時，那是她一整天活力和快樂的泉源。她會大叫：「你他媽的遲到了，爛貨！」還沾沾自喜地以爲大家都覺得她這麼說很有趣。

她這種自以爲「幽默風趣」、「平易近人」的謾罵，也許在倫敦還行得通，到了杜拜卻讓每個人都瀕臨抓狂邊緣。自從她來了以後，伊文沒有一天好過的，如果還拿得到薪水，還能忍一忍，不過現在既然連薪水都沒有，伊文現在都快有自殺傾向了。

今天早上匯豐銀行一大早就打電話來，要求我償還一筆我很久以前就要求取消的信用卡貸款，總金額爲九百迪拉姆幣。我在取消信用卡之前還跟他們確認過，而且停卡的原因是因爲他們提供服務的品質跟一群猴子差不多。你問說這九百塊是做什麼用的？某家（不具名）有線電視公司，也是由一群敲著胸脯大叫的狒狒所經營的，自從我從之前的公寓搬出來後，仍忝不知恥地繼續向我收費，即使我已經打電話去向他們取消第四台合約。所以現在一邊是來亂的靈長類，另一邊是我的長久以來所面臨的財務災難，我還眞是一個頭兩個大。

我這人跟錢向來過不去。我以前沒錢，現在有錢了也留不住。以前還住在倫敦的時候，我都不敢看每個月寄來的對帳單，因爲害怕面對現實。就像世界上其他人一樣，我會拿信用卡去刷下想買的東西，完全忽略自己目前的經濟窘境（逼近破產邊緣），然後手上繼續掛著無數的購物袋，像眞善美的女主角一樣一邊哼著歌，一邊盡情享受生命。就像其他人想的一樣，「未來的事未來再擔心好了」。當然，等「未來」來臨時，我就再去辦另一張卡。

而現在，我是個爲自己負責的大人了，因此我才取消之前的信用卡。唉，然而那邪惡的信用卡公司還是將魔爪撲向可憐的我。我告訴他們，我會將欠下的債全部還完，條件是他們必須取消我的信用卡，銀行告訴我說這是個好消息，雖然他們深感遺憾，我不再是他們的客戶。

然候要求我給他們我新的信用卡號碼。

當然我回他們說：「不了，我現在身上有現金，要不然我給你金融簽帳卡的號碼可以嗎？」

「這樣是不行的。」那位小姐說。「我們只接受信用卡還款，而且還要收處理手續費。」

這下我一把火起來了：「你的意思是說你們不接受眞的錢？」

「我們只接受Visa或Master信用卡，女士。」

「但是我身上有現金，就存在帳戶裡。那筆我本來就不欠你們的錢，現在就可以無條件給你們，你們還要我用信用卡來支付，讓我欠下更多債？」

「我們只接受Visa或Master信用卡，女士。」

「如果我沒有信用卡怎麼辦？萬一我這次學乖了，我取消了我所有的信用卡呢？你們也應該接受我的要求，取消這裡的信用卡。」

「請問你有信用卡嗎，女士？」

「我當然有……但是」

「請問是Visa或Master信用卡，女士？」

講電話講到快抓狂的我，最後決定如她所願付款，免得她打電話報警。也許是我問題太多，也許我是個被寵壞的顧客，自以為好聲好氣要求客服人員取消我的卡就能如我所願？這是在杜拜常見的窘境，但是認眞想想這個世界上已經有這麼多卡奴快被自己的債給滅頂，為什麼銀行還要繼續鼓勵人負債呢？

後來我又打電話給第四台的人，他們態度很客氣，也承認是他們的錯誤，他們的猴子又不知道把檔案建在哪棵樹上，所以資料找不到。他們說工程師晚點會打電話給我跟我說明九百迪拉姆幣退款的事宜，但是我的直覺告訴我，我應該會等上非常久的一段時間……

重返紐約

音樂鬼才巴茲魯曼曾寫過一首歌，內容是有關紐約人苦其心志、勞其筋骨的例子，我想我自己能感同身受。在曼哈頓待了太久，深知這個地方的步調，快得足以讓人發狂。人們推擠、在你耳邊聊天、喊叫、放聲大笑、開玩笑、嘲笑、恣意戲謔，直到你最後通通免疫，然後忘了當初你來到這裡一切美好理由。

兩年半後再回到紐約，感覺有種說不上來的怪。史黛西和我抵達陶德的公寓時，他在門口迎接我們進去（也包括M＆M），他不但煮飯給我們吃，還拿出「搖滾樂團」遊戲讓我們玩，一夥人就這樣瘋到天明。雖然外面的雨一直下，但是絲毫不影響屋裡的一切。我愛紐約！

對了，我差點就嫁給陶德……其實是爲了綠卡！我當時瘋狂迷戀紐約的一切，男人根本就不算什麼。當然，我不會跟M＆M說這些，畢竟他搭了另一班班機（當然是商務艙）從倫敦飛來，只爲了幫我慶生，現在他已經又飛回杜拜了。我告訴他如果他來的話，得住在飯店，畢竟我們已經不在一起了。但是我不是很確定，他自己私底下是怎麼看待我們倆的關係，因爲他下榻在飯店的某天晚上，我們在他房裡做了不該做的事，這讓我有點擔心（我眞是笨、笨、笨啊！），希望事情不會再複雜下去才好。不過還好我人來到了紐約，讓我再次回想在這裡做過的事情和遇過的人。

直到現在我才發現自己有多麼想念這個城市，最後我終究沒有為了拿到簽證嫁給陶德，因為當時我真正愛的、也準備要嫁的男人跟我說，他不喜歡這裡，也不想留在這裡。之後我便裝做沒這件事，我對於不如我意的事情都是這種一貫作風，之後便搬到英國、再來搬去杜拜，勇往直前，繼續探索新的可能，永遠被人家說「太有野心」（就像史丹利曾說的），也許吧。但是說也奇怪，現在再回去看事情，我發現我離開紐約的時候，紐約其實還沒將我磨出一層厚皮，又也許我自己早就練就一身銅牆鐵壁了。

街道的氣味聞起來一如往昔，會記得這些味道我自己也嚇了一跳：熱狗、脆鹹餅、咖啡混合著車子的排氣孔煙味，每個街角都有各自的風格。現在我站在這裡，排除M&M、愛爾蘭男和任何自從我離開這裡以後認識的男人，我現在最想念的還是天枰男。他現在在哪呢？是否依然蓄著那性感的鬍子？他那天枰座典型畏懼承諾的個性，是否又讓另一位女子頭痛？基本上，認識他以後，我便不再相信任何天枰座了。

我在中央公園散步的時候，告訴了史黛西我和這男人的過去，冷冽的寒意隱隱刺著我曬得黝黑的手指，但是我就是喜歡在中央公園裡這麼走著。在這裡散步可以使頭腦清醒，讓自己在一片混亂中重新理出個頭緒來。這點，是杜拜做不到的，當然杜拜也有公園，有外地進口的草皮和棕櫚樹，讓這片沙漠增添了不自然的綠意，很多有關杜拜的一切都是那麼地不自然，最近我每次離開那裡，就有不想回去的念頭。

百老匯的大街上，工人們講著手機，二十幾歲的年輕人穿戴著帽子、手套、毛茸茸的靴子，將全身包得緊緊的。在紐約街道上行走，你就彷彿變成了隱形人，而且還不需要穿到阿拉伯全身大罩衫。在這裡瘋狂是被允許甚至是鼓勵的，你走進酒吧裡，酒保會跟你聊他們的人生，你則一派輕鬆地啜飲著威士忌可樂，沒人需要知道你的名字，「我是緬因州來的演員，這只是我的副業……」賣票業者會在時代廣場攔下你，向你兜售「買一張喜劇票價只要二十美元，現在特價半價，小姐……你是那裡人？你的口音蠻酷的！」

男人們會在你拖著笨重行李，在地鐵的台階掙扎行走時即時過來幫你一把；女服務生會稱你為「小可愛」，再貼心地送上一杯冰開水；計程車司機開車開得輪胎嘎吱作響，還要一邊閃躲行人，人們也一邊跑一邊叫，躲著計程車。紅燈亮了，往另一邊走，順著格子走就可以走到目的地。保持清醒、保持專注、如果下雨了就招台計程車，不管你想不想聊，司機會自顧自地講起來，但他一定會知道路怎麼走。前面擋風玻璃處散落幾張家庭照片，放在置杯架的咖啡依舊灑得到處都是，「湯姆漢克斯上星期才來這裡，我載他到戲院去。哎，你是那裡人啊？你的口音蠻酷的！」

慾望城市裡的凱莉曾形容紐約為可愛的男友，我想我自己也是打從心底這麼認為的。紐約強壯而堅韌，教我學會為自己挺身而出，捍衛自己的地盤。但是紐約也很吵又愛頤指氣使，我被嚇過也被傷害過。我們一起共渡了許多美好的夜晚，徹夜不睡只為了完成夢想和計畫。它給了我很多，也從我這裡拿走許多。也許我當時太年輕也太天真，我早該知道紐約不會等我，它會頭也不回地向前走。

但是我們的那段情是美麗而狂野的，而且徹底了改變了我。縱使時空橫亙在我們中間，縱使我目前的情人與天秤男完全相反，而且還緊抓著我不放，紐約都永遠會是我無法忘懷的前男友。

而杜拜又帶給這段感情什麼呢？骯髒、凌亂不堪、吵雜的它，是個夢想家，它永遠勇於追逐夢想，將最不可能的計畫化成行動。天天豔陽普照的杜拜，讓我盡情在裡頭享受奢華的生活方式。帶我領略紐約不曾讓我領略過的事物，慷慨地向我承諾未來無盡的美好。但是有時候我也會迷失其中，不知道它到底想從我身上得到什麼，難以看透。但是如同紐約，我想杜拜每一天也都在教我新的事物和新的體驗。

坐在陶德的公寓裡，在這裡晚杜拜好幾個小時的地方，與杜拜截然不同的世界，我在想自己是否能夠同時愛上及住在兩個如此迥異的城市，也許巴茲魯曼應該做一首新曲子名為：畢生要在杜拜住一回，但在它將你變成一個不知感恩的傢伙前，趕快離開。

即使身在紐約，只要人們聽到我是從杜拜來的，就會問我：「你會去看巨型煙火秀嗎？聽說他們砸下的錢比北京那次的還多，你知道嗎？」拜託，花了三百萬美元耶，怎麼可能不知道。

這次的煙火秀是爲了慶祝杜拜豪奢飯店之尊——亞特蘭提斯的落成（感覺起來好像只花了兩星期就蓋好），這棟蓋在棕櫚區頂端的粉紅色怪物，好像是在一夕之間被一百位穿著淡紫色洋裝、頭上閃耀著金色光環的迪士尼仙女們所蓋成的。從遠方看起來就像一座上帝將一座巨大的沙堡，置於一片汪洋之中。愛爾蘭男從他家街口可以看到這座飯店，但是沒被邀請去參加開幕典禮。然而我的新朋友斯凡娜則因爲任務在身，一定得出席這場星光熠熠的杜拜盛事，雖然這類的盛事在杜拜早就習以爲常。

說起來斯凡娜還蠻幸運的，身爲公關的她就跟我以前擔任的職務很像，只要這城市裡有任何的開幕典禮，不論是書局還是酒吧，她都會收到邀請函。

亞特蘭提斯的派對，則是衆星雲集，邀請來的嘉賓都是ＶＩＰ中的ＶＩＰ。報導說除了紅地毯上有點混亂失控（杜拜人無法決定誰該走紅地毯，誰該站在旁邊看，每個人都自視甚高，覺得自己非走不可），這浩大的場面眞的令人嘆爲觀止。

凱莉．米諾在前面舞台勁歌熱舞五、六首歌；美國主持天后歐普拉本次缺席，但是卻好心地派了兩大好友來助陣；一身酒意的琳賽・羅涵依然不負眾望地蹣跚出席；維京集團的CEO理查・布蘭森當眾斥責一位記者，造成全場轟動；莎莉・賽隆穿著出席的禮服不甚隆重，但至少對每個人都非常親切有禮。

瑪莉・凱特・歐森超級嬌小，麥可・喬丹其實也沒那麼高，隨著群眾的喝采掌聲，煙火熱熱鬧鬧地在天空上演到凌晨兩點半，最後照明燈亮起，大家準備回家睡覺。但是還好有人洩露賓客名單（包含這些明星的客房號碼），今晚警衛可有得忙了，飯店的電梯和樓梯都得嚴加戒備，以防失心瘋的歌迷影迷突圍上去，只爲了一睹明星身著睡衣的丰采。

再回到煙火的主題，愛爾蘭男說他下午兩點打算回去他棕櫚區的住所時，竟還要申請許可證，眞讓人不可置信。我相信有些人可能還壓根忘了這件事，在外頭辛勤工作一整天，卻發現有家歸不得。棕櫚區的住戶，可能靜靜地坐在陽台啜飲著紅茶，看著巨大的凱薩琳車輪式煙火，一排排火箭般的煙管朝著天空發射各色火花，同時也嚇壞了家裡的貓。據說煙火之繁密，照亮了整個棕櫚區的住戶，聲勢浩大攝人心弦。至於身在紐約的我，是無法感同身受，我只能透過Youtube上面略帶雜訊畫質的影片欣賞。

煙火的籌辦人已確認這次的煙火秀將會被列在金氏世界記錄裡。拜託，都花了這麼多錢了，萬一沒破紀錄豈不令人氣惱？波斯灣時報寫道：「放煙火的地點爲面積四十六公里的棕櫚區水域，上面佈有兩百六十六支浮筒，另外在五點五公里長的單軌鐵路上，共有四十處佈有煙火發射裝置，亞特蘭提斯飯店南側的四百個陽台和屋頂也都架有煙火。」這實在是非常了不起的工程，畢竟杜拜連自己的公共交通設施都弄不好，竟然還可以把煙火搞得如此有聲有色。

總之，如果全世界還有人對杜拜辦派對的品質和能力還有一絲質疑，在這次煙火秀之後必然蕩然無存。就在我對紐約讚譽有加的同時，杜拜又猛地爆出來爭寵，儘管這次我不在邀請的名單之列。

百萬富翁的滋味

今天，我的銀行存款裡正式有了一百萬迪拉姆幣。我坐在我的旋轉椅上，絞盡腦汁地替一家本土銀行想一則信用卡廣告和口號，但是我的銀行帳戶裡卻有一百萬迪拉姆幣（人生眞諷刺），重點是辦公室裡沒人知道這件事。

我覺得心情格外的舒暢，幾乎是處於天下無敵的精神狀態。我現在可以自由地去做任何事、去任何地方，反正我有的是錢，我還可以將計畫書朝大頭一世的臉一丟然後瀟灑地去血拼。天啊，誘惑太多了！

你沒看錯，我也不是贏了杜拜大樂透（其實事實上杜拜也沒有樂透），賭博在這裡是種罪惡，記得嗎？這筆錢不是我的，是M＆M的。

遺憾的是他並不是要把這筆錢給我，只是先暫時保存在我這裡而已，因爲他信任我，其實依照我在錢方面的諸多問題和喜歡衝動血拼的習慣看來，我其實是個不適合保管錢的人，但是他還是相信我。現在我原本空空如也的帳戶裡存進了閃亮亮的阿拉伯錢幣，我卻不能動用，眞令人沮喪。

現在M＆M的財務狀況也好不到哪裡去，他其中一項生意計畫垮了。怎麼個垮法？他其中一項生意的大股東幹走公司帳戶的錢捲款逃走，結果害得M＆M得主動擔下責任。

現在有關當局正在調查，因爲他的前搭檔（也就是現在正在潛逃的那個人）欠了很多人錢，他們現在要M&M負責還錢。在杜拜，如果你做事情於法站不住腳，你就吃不完兜著走了，在這裡就連付不出積欠的債務，都會被以竊盜和詐欺罪名判刑，你連狡辯「但是我以爲我透支了」的機會都沒有，這裡可不比英國。

在英國，匯豐銀行會寫一封親切有禮的信函給我請我還錢，如果我不付，他們就會再寫一封，再不還就再寫，直到積欠有一陣子以後，他們可能會打電話來，或打給我爸。當我爸打給我，事情就不一樣了，我會眞的開始要認眞還債，但是整個過程沒人會威脅你要讓你坐牢，大不了就是一張法院傳票、被狠狠地罵一頓、再不然就是在申請至高無上的TopShop貴賓卡時被拒絕，但是絕對不可能鋃鐺入獄，或是被阿拉伯文連續咒罵九小時，也許這就是問題所在。

總之，M&M將他自己的錢交給我保管，直到這一切法律糾葛都過去爲止。他是個權高位重的人，人脈相當的深厚，所以他覺得應該可以安然度過這一次。當然，如果你在杜拜夠有錢的話，會有另外一套適用的規則。他試圖向我解釋有的沒的生意詞彙，而坐在他保時捷車上的我，卻只能盯著銀行帳簿，心想他哪來這麼多錢，而且這一百萬迪拉姆幣還只是他部分的私人財產而已，我畢生所有賺過的錢加起來都沒那麼多，這麼多錢也意味著重大的責任。M&M現在跟我不算在一起，但是突然間我卻成了他的財物保管者，我這個一年前還付不出錢買大麥克漢堡的女孩。

至少知道他信任我是件好事吧，特別是歷經紐約那晚的「出槌」事件之後，我決定要盡我所能當他的朋友，而且能和百萬富翁當朋友也沒什麼不好的。

他昨晚將一百萬存進了我的戶頭以後，我邀他去威斯汀飯店裡新開的一家牛排店，那裡的晚餐可說是糖尿病患者的夢魘，五道菜的套餐每一道都和巧克力有關，我想說這是來好好來談事情的好時機。

我也刻意避免提到接下來（再沒幾天）要去尼泊爾探險的事，我知道他如果知道愛爾蘭男如果也要一起去的話，一定會抓狂，斯凡娜和莎夏和其他四個人也會一起去的事實也說服不了他，他眼裡只看得見愛爾蘭男和他居心叵測的動機。

那晚在紐約M＆M的房裡發生的事情，只讓我對這一切更加不安，我本來已經鐵了心要斬情絲，結果卻一時軟弱迷失，鑄下大錯，他現在又重燃愛火，再加上他又把錢存在我這裡，讓整個情況又更加複雜了。忽略匯豐銀行的警告信是一回事，忽略眞人卻又是另一個棘手的問題，但是現在我拿了他一百萬辛苦賺來的錢，又不能說消失就消失，我希望這不是他給我錢的動機之一才好……

史黛西說我不該再和M＆M有任何往來，她認爲我會答應這麼做，是因爲愛爾蘭男自從酒醉之吻那次事件後，就再也沒有任何浪漫的表態，促使我去找一個會在乎我的人。我認爲她說的不對，但她卻說我只是想要說服自己她說得不對。也許我正在說服M＆M，我開始認爲他其實不適合我，但同時我卻無法說服史黛西我已經先說服了我自己。

我的心好痛。

好像我們之間已經沒有什麼可以慶祝的事了，我們隔壁那桌情侶開了一瓶要價五千迪拉姆幣的陳年好酒，整晚卿卿我我的，可惡。我也叫了一瓶酒來開，但是這個價錢跟我銀行帳戶裡的存款比起來，簡直讓人笑掉大牙，只不過我眞的很想眞心說服自己，我値得這樣的禮遇。

我才當了一天的百萬富翁，就已經知道錢沒辦法買到快樂，特別是當你老是投資在錯的東西上。

菠菜和尼泊爾人的時間觀

「勇敢的心和有禮的嘴，能夠帶你順利度過叢林」英國作家暨詩人吉卜林如是說（我還得去Google才知道眞有叢林之書這本書，不是只有迪士尼的動畫卡通森林王子而已），我想他忘了提到還要有一個鐵胃，又或許森林王子毛克利不是在尼泊爾的奇旺國家公園長大的，因此從來沒有吃過長相可疑的枯萎菠菜，我吃下怪菠菜之後的下場就是，馬上在馬桶裡與它再度相會。

我在所忍受的恥辱和慘境。我上星期所歷經的食物中毒，跟以前去肯亞的那次差不了多少，只不過上次我錯過了帶著新男友去，所以拉到死都不覺得有什麼好難爲情的，頂多就是跟以前的好同學搶廁所罷了，然而這一次，我卻跟愛爾蘭男來，唉，我想這世界上還是有輪回報應的。

總之，在尼泊爾你的確需要一顆勇敢的心，特別是在穿越看起來陰森可怖的叢林前，讓人不禁想起《羊男的迷宮》那部電影裡，那些睜著驚恐大眼睛、拿著長棍棒將一旁藤蔓樹葉撥開的探險者。有點像[1]大衛艾騰柏羅拍的大自然紀錄片那樣，只不過拿著小一點的攝影機。我們的嚮導是個矮小渾圓的男人，穿著有點像褪色的警察制服式的毛衣（很怪），沒有帶槍或是任何鎭定劑槍靶，然後一派輕鬆自然地跟我們說，我們週遭的土地上有三十五隻（不是一隻兩隻而已！）自由走動的野生老虎，萬一遇到準備發動攻擊的犀牛，也要記得拔腿就跑，他眞是個聰明人。

在尼泊爾首都加德滿都，有禮的嘴是必要的。這個城市的服務品質之差，你坐在餐廳猶如一輩子之久，仍然沒有任何服務生來招呼你，好不容易點了菜，你又懷疑點的菜到底會不會送來，尼泊爾人顯然是在另一個時間系統下運作。在「菠菜事件」發生隔天，我點了豆泥漢堡來吃，結果枯等了一個小時。

如果伊文也跟來的話，他早就把他的名片拿出來，然後將那個懶惰的主廚叫到另一個房間好好地拷問一番。我不確定自己到底該不該吃下那些東西，但是在我拉得死去活來時，救命恩人斯凡娜跟我說，我都拉到快虛脫了，應該要吃一點東西墊墊肚子。我在房間裡將中午自助餐所吃的全數吐進馬桶裡時，一位旅社的員工拿了水和普拿疼來，而且那頓午餐是我兩天來唯一有進食的一次。我還因此錯過了早晨的大象叢林漫步之旅，順便提醒大家一下，尼泊爾的大象背上座墊沒有附馬桶，不過搞不好杜拜的會有。

說到糟糕的服務品質，加德滿都跟杜拜有得拼，可能只差在阿拉伯聯合大公國裡的飲料單上，無法找到氂牛奶吧？說也奇怪，在這個以出產咖啡為特產的國家，竟然在首都加德滿都點不到一杯像樣的咖啡。

總之，我們八個人都非常清楚，到了尼泊爾的叢林裡，就別奢求任何在杜拜享受的到的特別待遇。我們在叢林裡的民宿待了兩晚，四周的蚱蜢像環繞立體音響般窸窣個不停，三不五時還伴以犀牛的蹭鼻聲。我還突然有股奇怪的慾望想要親眼看到大狼蛛，可是我平常是很怕蜘蛛的人，

1 David Attenborough 英語世界裡最成功的自然生物紀錄片主持人，有著滿腔對自然的熱情加上英國人特有的幽默和優雅的旁白，最常和BBC合作。

如果我眞的看到了，可能除了大聲鬼叫之外還會臉色發白，但是人來到了這裡，卻想要眞的試試看自己如果看到了會有什麼反應。結果，半隻都沒有出現。現在回想起來，我還蠻慶幸的，我當時到底在想什麼啊？我整個人在叢林裡就只會打嘴砲而已，喔，還有拉屎。

總之回到剛開始談的，我不知道那團黏呼呼的菠菜爲什麼只攻擊我的身體，別人吃了都沒事。前一分鐘，我還興高彩烈地跟大家一起參加「野生動物漫步之旅」，高舉著棒子朝愛爾蘭男和斯凡娜揮舞著，結果下一分鐘就疼得彎下腰，五臟六腑翻騰不已，開始瘋狂冒冷汗、噁心想吐。我馬上衝回小木屋，然後便再也沒有離開過馬桶，接下來的二十四小時裡，我的內臟決定要跟外頭世界say hello，本人的雙手再也沒有放開我的好友白瓷馬桶。我知道一定不只我一個人會有這種反應，旅社應該要放條像樣的地毯在地上，或是「馬桶用手套」這樣我就不會一直摸到我半消化的午餐，而且現在它們還掛在我的頭髮上。

愛爾蘭男來探望病懨懨的我，看到他以後我感覺好多了。他只待了十分鐘，因爲我嘔吐物的味道迫使他不得不再度加入外頭的營火晚會。老實說，他走的正是時候，因爲沒多久我的肚子就開始咕嚕作響，最慘的部分是，我只能虛弱地躺在那裡一動也不能動地聽著大家在外面開心地談天說笑。要生病也應該在杜拜生病，這樣至少我還可以躺在按摩浴缸裡休息，或是一口氣將影集窺男誌從第一季看到第五季，又或是躺在我的大沙發上跟舒服軟綿的抱枕們纏綿？在放假時生病眞的是世界上最衰的事情了，而且發病的時機和地點還如此地不方便，就好像是全宇宙都卯起來嘲笑妳。

我後來有想過要傳簡訊給M&M，希望能夠得到一絲溫情的回應，但是我的手機在叢林裡沒有任何訊號，我絕望地看著潮濕的天花板，想著我銀行裡還有一百萬迪拉姆幣，但現在卻是孤伶伶地一個人，誰都連絡不到我，身體、心理、精神、還有手機……

後來我狀況好一點的時候，就覺得尼泊爾彷彿是一帖良藥。我們坐在搖晃不停的巴士裡，看著座落在群山中的村莊和村落，從iPod放出來的音樂跟四周的景色一點都不搭嘎。這些地方就如同我這兩年來旅行過的城市一般，非常地原始而簡樸。熊兒沒有特地跑出來看我們（牠可能只是尼泊爾的懶熊），三十幾隻老虎躲在叢林深處不願露面，只有一群在樹梢窸窣作響的猴群們來湊熱鬧。然而尼泊爾眞正令人讚嘆的美麗，在於這片蔭綠叢林之外的郊區，羊群們開心地在台階上嬉戲，雞隻在砂石路上啄食小蟲，快樂的孩子們拿著鮮黃色的花朵在田野裡奔跑，那種自由自在的感覺就和我在印度及葉門看到的景象很相似。

我有時候也會想像自己是他們其中一員，享受簡單純樸的生活，如果我在這裡長大成人的話，也許就不會如此「野心勃勃」了。

當然，尼泊爾也有許多貧困的地區，但是那些在物質生活上一貧如洗的人們，似乎才是眞正擁有最多的人。這裡似乎比印度更爲平靜祥和、更有靈性，我甚至可以想像自己眞的融入這裡的生活方式，栽種植物（當然除了種菠菜以外）過著自給自足的生活。

奇怪的是，在尼泊爾四處閒晃的我，最大的羈絆是我銀行帳戶裡那一百萬迪拉姆幣。我透過巴士的窗戶望向四周的山脈，想像如果自己留在這裡，也許可以過著無拘無束、責任的生活，然而我也很快地意識到，如果巴士沒載到我就這樣開走，我一定不到一分鐘就被一群瘋猴子圍攻。重點是偶爾還是要讓想像力奔馳一下，有益健康嘛。在我們的心裡，我們自認是一群手拿西方遙控器的尼泊爾冒險客，愛爾蘭男和斯凡娜都說他們在這裡受到莫大啓發，之後還想再回來造訪或去其他區展開新的冒險，有機會的話也許還會眞的爬一座山，我告訴他們，這種事情還是不要找我好了。

離開杜拜會讓人重新體會現實，我常情不自禁的望向愛爾蘭男，看著他像個玩得過頭的孩子一樣開心，這樣的他，眞的讓人難以拒絕。我們總是互開對方玩笑，從奇旺國家公園回到加德滿都的路上嬉笑聊天從沒斷過，我想當你常和快樂的人在一起，會免不了受到那種樂觀氣氛的感染，我對這趟尼泊爾之旅印象最深的是笑聲（還有菠菜，但我會盡量克制自己不要想到那裡）。

二十二度的聖誕節

公司裡某個人說現在外頭有二十二度，這消息眞令人振奮，這對終年得穿細肩帶和涼鞋的人來說，算是很冷的溫度，我則是巴不得多享受這種涼爽的天氣。今天我決定穿一件高圓翻領洋裝，配上內搭褲和一條圍巾，當然，太陽後來又決定要露臉。

午餐時我覺得自己看起來蠢極了，剛剛經過我的遊客還穿著短褲咧，爲了掩飾尷尬，我故意打了個哆嗦用雙手抱著自己搓著手臂，強調自己不大適應這種氣候，因此才穿成這樣。

冷天氣還有其他優點，例如我們這星期六要去溜冰，沒錯，就是在沙漠裡溜冰。好啦，其實眞的在沙漠上溜，不過杜拜本來就是座落在沙漠上，所以我這樣說也沒錯。濱海漫步區那裡蓋了一個占地三百平方公尺的溜冰場，從此我們就可以在戶外開心地用屁股磨著蹭著冰地，我不知道杜拜人是否太過樂觀，因爲如果又出大太陽的話，很有可能會將這片冰地變成一片池塘。總之，如果溜到一半有人開始發救生衣的話，我們就會知道這又是一個偉大杜拜夢的藍圖裡，沒有計畫到的缺失。

星期六那天，我打算和愛爾蘭男兩個人手牽手溜冰，一邊發出銀鈴似的笑聲，一邊讓耳邊呼嘯而過的風，將我的頭髮吹成一道褐色、隨風飄揚的旗幟。當然，這是我腦中浮現的畫面，當現實裡我一屁股跌坐在地上然後發怒時，我的幻想將會全然幻滅。

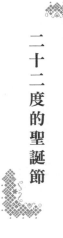

我想莎夏、斯凡娜和伊文應該也會一起來，莎夏最近又和一任男友分手，所以此刻的她十分需要逃離現實。愛爾蘭男、斯凡娜、她和我自從尼泊爾回來後，就已經變成四人幫的狀態。原本我想像莎夏那種模特爾臉龐，二十四小時都要看起來在完美狀態的人，不大可能喜歡尼泊爾，沒想到尼泊爾卻深深地啓發了她，現在的她甚至想要去貧困國家當志工。她還上網查了去泰國鄉下地方當英文老師的工作，斯凡娜和愛爾蘭男也是不斷討論著要去爬山的事，我想她們全都是認眞的。

杜拜還是有某些地方洋溢著節慶氣氛（令人有些驚訝），坐在聖誕市場裡的聖誕老公公，看起來對他搔癢難耐的鬍子頗不耐煩，還要耐心地聽著坐在腿上的孩子抱怨：「希望你能借錢給爸爸、媽媽，這樣我們就不會失去房子和車子。」話雖如此，但是耶誕節的精神應該不會受到全國經濟危機的打擊吧？大家還是會盡情地去血拼（即使爸媽不同意，還是硬要買的精神）。雖然不一定每個人都一定要買PlayStation，但是昨晚伊文和我開開心心地跑到超級市場去，瘋狂買了一堆卡路里高得驚人的食物（而且不健康）。

我們去買了一棵便宜的聖誕樹，但是帶回家的路上覺得非常開心，我們將樹在客廳裡架好，一邊聽著聖誕搖滾樂。雖然伊文手頭還是有點緊，但是他還是認爲聖誕假期過得開心最重要。去年的聖誕節我們也是在這個瘋狂的地方度過，我們只能盡其所能地讓自己過得舒適點，要不然今年又是兩個孤單老人了（插入悲情小提琴聲）。

我得把帳戶裡的錢還給M&M，他現在已經處理好所有的問題了，而且還免於名譽掃地，讓人鬆了一口氣。我自己則是紮實地享受了坐擁這麼多錢的快感（雖然只有那麼短暫的時刻）。

但是這使我們兩個人緊張的關係稍微舒緩了一下，畢竟銀行帳戶裡移除了一百萬迪拉姆幣，讓我覺得自己更自由了。M&M最近又變得有點神經質，我不懂他爲什麼就是不能接受我們兩個已經把彼此拖累得很慘了，是該放手了。他的神經質和忌妒使我窒息，我爲了躲避他而秘密進行的事情又使他再度發瘋，他似乎沒辦法接受這樣的「挫敗」。有時候我會心想，他會不會把我看成一種商業投資，他這種人最討厭在商場上失利，但是這一切只有他自己知道，我只覺得我該離開杜拜的時機快成熟了。現在人事已非，以單身的身分來處理事情，總比苦陷一段注定要失敗的關係好。

眞不敢相信下個禮拜就是聖誕節了！斯凡娜要從她工作的五星級飯店裡帶一隻火雞來（雖然她自己吃素），眞是個好心腸的姑娘。跟去年一樣，我們每人都會做一道菜，然後帶到我們其中一個人的公寓一同享用。但是大部分我們帶去的菜最後都會被大家冷落，然後最後被倒入垃圾桶裡，因爲我們都會喝個爛醉，然後在沙發上躺得東倒西歪。

這一年怎麼過得那麼快啊？我記得以前阿嬤說過，人年紀越大時間過得越快，現在我終於知道她說的意思了，唉，歲月如梭啊。

P.S. 我恨你

也許我們兩個沉浸在節慶氣氛裡high過頭，也許是去年在那個派對發生的吻讓我們將情愫悶在心裡太久，總之，愛爾蘭男和我聖誕節的時候……又吻了。那天晚上我們在運河飯店喝到很晚，我們坐計程車回到他住的地方，在他的房間裡像兩個傻子一樣跳著舞，然後便接了吻倒在床上……之後便不省人事。沒錯，我們兩個又喝個爛醉了，就跟以前那次一樣。不過這個號稱是純精神友誼的關係讓人有點困惑。

我和我的新紅粉知己斯凡娜討論這件事，自從史黛西離開後，她只能用Skype跟我聯絡，斯凡娜便成了我的新男女關係諮詢師。她認爲我和愛爾蘭男應該要在一起，她說她注意到他在尼泊爾看我的眼神不一樣，即使我一臉病樣——五臟六腑隨時都要吐出來的矬樣。但是自從我們上次激情擁抱之後，就沒有任何下文，他也沒有再約我出去，因此斯凡娜和我決定展開「攻心計畫」（簡稱P. S.），她說會從他那裡盡量套話，問出他對我眞正的感受如何，這樣我就可以不用一直在那裡窮煩惱了。

自從第一次在游泳池畔接吻之後，就再也沒有任何後續動作，以至於我一心認爲愛爾蘭男應該將我歸類爲「毀人家庭」狐狸精之類的女人，而且還一天到晚抱怨跟有婦之夫有染的感情問題。後來我就乾脆完全不抱任何希望，打算就這麼單身下去，殊不知這小子居然又親了我，你也幫幫忙，現在到底是什麼狀況啊？不問出個水落石出叫我心怎麼安呢？

我要如此調查的另一個原因，也是因為M＆M最近開始收到來自某個陌生人寄來的奇怪簡訊，這人似乎知道他所有的一舉一動，這確實嚇到M＆M了。這些訊息不是那種威脅用的，而是細節詳盡的資訊，之前M＆M打電話給我在電話那一頭哭，問我說聖誕節的時候是不是有和愛爾蘭男接吻。不管這位神祕簡訊客是誰，他似乎在我這邊也有眼線，眞的是怪嚇人一把的。掛完電話後，我又播了電話給愛爾蘭男，問他有沒有跟任何人說我們那晚的事情，他說他誰也沒說，我自己只跟幾個人說過而已，而且他們都是我私交很好、非常信任的人。

M＆M又再次打電話來質詢我，我整個人陷在舒適的紅色懶骨頭沙發裡，向他承認了我和愛爾蘭男在聖誕節親熱的事實，我眞的非常抱歉，我知道愛爾蘭男是唯一能夠打擊他的男人，道歉完之後我發現，我們接吻的時候我早已是單身身分。

也許我在某些事情上有點傻、有點躲躲藏藏、甚至有點瘋狂，但是我從來沒有對誰大聲吼罵過，但是這次當M＆M在電話那頭聲淚俱下地對我大吼，我慢慢地起身離開了我的房間，平靜地搭了電梯下去一樓，出去大樓後走入炙熱的烈陽底下，在停車場裡張口對他大吼。

當天晚上我們坐在他開著空調的保時捷前座，又對著彼此吼出各種難聽的字眼。我竟然傻到被他說服，當他跟我說他現在心情已經平靜下來，只想好好將事情談開，而我當時只是一心想知道神秘簡訊客是誰。知道周遭有個人討厭自己或是M＆M讓我不免感到緊張，但這一切也改變不了在秘密簡訊客介入前，我跟M＆M的感情早已嚴重變質的事實。這次的談話弄得兩敗俱傷，卻仍然解決不了任何事，他怒火攻心地將車開走，消失在街道的那頭。我則是氣到要出去借酒消愁。我打給斯凡娜，她說她跟愛爾蘭男已經在酒吧裡了，說她們在討論要去登山冒險的行程。在這個節骨眼，沒什麼比兩位好友的相陪更令人安慰的了，我二話不說叫了計程車前往酒吧。

沿路我的手機響個不停，螢幕上不停閃爍著M＆M的臉，他老是這樣，對著我怒吼說我傷了他的心，然後卻又打電話來哀求我跟他說話，眞搞不懂他！

我不知道愛爾蘭男已經聽過幾遍我和M＆M的無聊感情糾葛，我看著兩位好友深鎖的眉頭，再看著手機螢幕上不斷顯示著急欲得到我回應的M＆M的臉，我突然意識到，我讓自己的歹戲拖棚的戲碼毀了大家美好的夜晚。我當下覺得自己是天下第一號大傻子，我到底是怎麼搞的，怎麼會老是陷入這種糟糕的狀況，讓M＆M和他的控制欲影響到我，我眼前坐著的明明就是我很想要得到好感的男人啊，我的人生什麼時候變得如此複雜？

最後，斯凡娜逼我把手機關掉，我也照做了，關機前我那電池瀕臨沒電的手機，好心地提醒我，我有六十二通來自M＆M的未接來電。「他瘋了嗎？」她睜大眼睛問道，至今我仍認爲那是個十分合理的問題，不過他也可能是被我逼瘋的。

愛爾蘭男說他完全猜不出誰是神祕簡訊客，不過他猜有可能是之前倒閉公司的某員工，也想分M＆M一百萬的一杯羹，所以現在才出此下策希望能夠恐嚇到我們。斯凡娜則說搞不好根本沒有什麼祕密簡訊客，一切都 是M＆M在搞鬼，他可能聽到我和愛爾蘭男親熱的傳言，只是想打電話來要我承認而已。天曉得他趁我不注意的時候，偷偷查過我電話幾次了。

幾個小時候我回到公寓，結果發現M＆M竟然出現在我家，而且還在沙發上呼呼大睡，鼾聲大響。我當下氣到不行，很想直接從他身上踩過去，但是後來又心想，他來這裡就是專程來找我吵架，發洩他的妒火，萬一醒了一定又會對我瘋狂叫罵。他應該是拜託伊文讓他進來，或是自己一手把門推開進來的吧。

我躡手躡腳地經過他身邊，但是他卻聽到我房門關門的聲音，正當我準備要鎖門時，他已經跟到門後，一邊哭一邊用拳頭垂著門板叫我讓他進去，我當然拒絕了，我還大叫命令他走開，喝醉的我用高分貝的聲音指控他毀了我的生活，還有我恨他。當下的我說出各種可怕的話，只爲了逼他離開，別再騷擾我，叫他別再哀求要跟我復合了，因爲我們只會將對方逼瘋，但是他仍然不肯走。

這整件事發生的時候，伊文都是清醒的，他後來告訴我，他從M&M大叫那時候就醒了，他跟我一樣嚇到了。我從來沒有看過任何一個男人，表現出如此情緒化、激動到讓人害怕的一面，我那時眞的很害怕。結果我打電話給斯凡娜，那時她已經要從酒吧回家了，她親自打電話給M&M叫他離開我家。

直到我和斯凡娜兩人都威脅要打電話報警，他才終於平靜下來說他要走了。我都快嚇死了，我坐在床邊，身上還穿著之前出門的那件洋裝，睫毛膏隨著淚水泊泊流下。我眞不敢相信事情會演變到這個地步，我想我眞的影響M&M太深，比他的控制欲想要控制我還深，現在又加了一個來路不明的跟蹤者，一切事情變得更複雜，你說，還有什麼事情可以比現在這個狀況更機車的？

烹飪與應酬之間

爲了不要再繼續跟M＆M有任何悔恨交織的簡訊往來（他眞的每天都會傳個幾封），我去了一家聖誕節前開幕的伏特加酒吧，雖然沒有別喝酒的理由，但是看看我最近的狀況，有免費的雞尾酒可喝何樂而不爲呢？所以我就拉著斯凡娜一起到了蘇克阿巴哈區，有個叫左岸的地方，門口有一排穿著白洋裝的女孩們迎接我們的光臨。

老實說，我其實沒什麼心情出門，最近我常覺得自己變了，再也瞧不起這些奢華但卻假裡假氣的派對或是互換名片看誰官階高、職稱妙，或是學歐洲人在臉頰旁對著空氣發出親吻聲，雖然這些事我以前很常做。也許我眞的只想和伊文坐在家裡的沙發，打開電視看著廚房女神奈潔莉切菜做出美味的料理。看著她在全國人民前開心地做出一道又一道讓人滿足到心寬體胖的料理，讓我覺得自己好像也沒那麼差，看著她一匙又一匙挖起冰淇淋放進嘴中，還有在美麗燭光照射下的甜點佳餚，我會認爲雖然好像該跟朋友出門，試圖忘了自己那段爛感情，但是看著她的體型比自己還大隻，而且完全不在乎會這樣一直胖下去，我就覺得繼續待在家裡吃吃喝喝好像也不是什麼罪過的事。

但我沒多想就出門了，出了門就發現再也無法脫身，我和斯凡娜在這群假惺惺的媒體人之間，享用著免費的雞尾酒，突然間看到一個熟悉的臉孔，我發現我認識伏特加男，他本身也恰似活廣告，像杯會走路講話的甜蜜雞尾酒，莎夏和我以前曾在他的豪華公寓裡享用過晚餐，還記得那個充滿藝術品和擺飾的地方嗎？看來他也認出我，他緩步輕移走過來，給了我臉頰一邊一個空氣吻，然後端給我們一人一杯西瓜調酒，然後熱切地說我們很快會再見面，然後飄到別處去繼續利用他的笑容散發無盡的魅力。

我記得自己以前也是這個樣子，我從不在酒吧裡的某處站太久，我和M&M認真交往之前，我也會穿著Topshop買來的洋裝和高跟鞋這滿屋子飄來晃去，四處和人聊天社交，沒多久之前，這裡也還算是個充滿各種工作機會和潛力的地方，可供我發掘和利用。不知道有多少人跟我一樣，逐漸也對這一切倦了累了，不管理由為何。

我們全窩在酒吧邊聊天，我趁機向斯凡娜打探P.S計畫的最新消息，自從和M&M的那齣鬧劇後，我就鮮少再看到愛爾蘭男了。他最近案子接得也多，工作忙得不可開交，再加上我自己對之前發生的事情很羞愧，所以也不敢再出來丟人現眼。總之，諸多考量加起來我覺得應該不會有什麼好消息，但是身為傻子的我，依然在心中保有那麼一絲希望。

我提起這件事的時候，斯凡娜的眼神略帶歉意的避開了一下，我一看便心知肚明了，唉，自己全搞砸了。我和M&M的感情到結束時他都還是已婚狀態，而且到現在還拒絕相信我們已經分手了，半夜還跑來我家拍打著門大聲斥罵，看到秘密簡訊客傳來的訊息還會無法抑制的大哭，說這一切不會嚇跑愛爾蘭男是騙人的，他大概覺得有關我的一切都是荒唐的鬧劇，也許他這麼想是對的。

到現在我們依然不知道是誰傳的簡訊，M&M到現在還會收到。每一封都是由不同的電話號碼傳來的，所以每次他試圖回撥時，系統都會說電話不存在。最新的理論是，M&M之前的手下現在替政府工作，他們用最先進、尚未問世的雷達系統在追蹤M&M的一舉一動，反正在杜拜，什麼都可能發生……

雖然晚上的派對依然辦得有聲有色，但是實際上杜拜的狀況每下愈況。廣告公司現在狂丟瘋狂點子出來，希望說服任何願意聽的人；之前賺進大把鈔票的開發建築商和銀行，現在也都開收斂了起來；人們開始離開杜拜，因爲每個人都注意到了這個轉變。之前那個不知道有沒有開除史丹利的出版社，現在傳言會開除另一票人，這也就意味著，之前和我一起去齋浦爾的那群女生們，可能很快就必須再打包了，當然，伊文的公司現在也深陷泥沼。

我和斯凡娜站在那裡，看著女人們啜飲著手中的雞尾酒，男人們像蝴蝶一樣在場中翩翩飛舞，像願意聆聽的人們施展魅力，突然間，有股感覺油然而生，我意識到我不屬於這裡，不屬於這個酒吧，也不屬於杜拜。我最近一直在想著思考著是否該離開的事情，而現在眞的感受到了。

杜拜還有一個優點就是，不管你是否花了三個小時應酬社交，親著無數個你再也不會或不想再見到的人的臉頰，你永遠可以在搭著計程車回家後，打開電視看著奈潔莉忙碌的做菜身影。

杜拜內幕消息

我昨晚跟我的朋友凱西共進晚餐。她在杜拜賺得可多了，她跟她的新老公一年多前才搬來這裡，還為自己在一間股份有限公司找了一份非常適合她年齡和性別的工作。她之前很努力地在工作賺錢，不過最近就沒那麼拼了……跟我有點像。

大多數在這裡的人都不討論薪水。但你還是可以從他們在酒吧、餐廳、和（如果是男人的話）花在廉價旅館中穿著豹紋的俄羅斯女人身上花了多少，來判斷他們賺了多少。

但凱西可不一樣，她賺得多，沒錯，但不像其他人，她把錢都存了起來，好在澳洲的老家買棟房子，或去一些有異國情調的地方度個假。當她搬過來的時候，她在杜拜的公司除了給她高到誇張的薪水以外，還提供了她所需的一切。他們運來了她所有的家具，為她的豪華雙臥室公寓付了大部分的租金，甚至當她堅持說沒有她的狗就活不下去時，還幫忙把她的兩隻狗弄來杜拜。

說眞的，她老公應該根本不用工作，但是他自己也是個有野心的男人，所以他不管到哪都全力以赴。我想他們應該是杜拜最成功的中產階級夫妻之一吧。但是最近凱西卻對她所看到的事情感到無法置信。

在餐廳裡，凱西巡視了四周，確保沒有她的同事或上司後，喝了一口她的調酒，然後跟我說她前幾天到公司的時候，發現一個矮小的印度男人坐在文具櫃那，用裁紙機在裁紙。她問他在幹嘛，但他只是茫然地看著她。她問了她的經理說，那個人是做什麼的，但經理只告訴她說這是為了降低成本。基本上那個可憐的傢伙就是被雇來把所有A3大小的紙裁成A4的紙。你懂了吧，在杜拜，雇用一名印度男子一個星期的費用，比買新的A4紙加上回收桶還便宜。

這必定是史上最無俚頭的事情了……是嗎？錯了。還有更誇張的，同一個公司，每星期都花十八萬美元為一個他們先前不知道為甚麼要鑽的洞排水。我聽到的時候差點沒被我的琴酒嗆死。

「是真的，」凱西說，她指著餐廳的窗戶。一個超級大洞被貨車和鑽土機圍繞著，那裡原本應該是一棟八十層樓高塔的地基，要透過地下道把杜拜購物中心和道路另外一端的建築連接起來。在她指出之前，我甚至完全沒有注意到這附近有那麼多洞。

這些地基，凱西說，是一位阿酋大公下令鑽的，大公積極地想要展開建案，還把當地上百位居民從家中撤離，拆毀了他們的別墅，然後指示他的人馬開始鑽洞……這一切都是在沒有取得建築許可證的情況下進行的。接著，水開始滲進來，這個洞太深、又太接近海邊了，眞是的大錯誤。

後來終於聯絡到籌備人來評估狀況。他們很確定地表示，不可能，這個地點完全無法負荷這樣大小和深度的建築，……那幹嘛不早點問他們啊？但大公不但沒有把洞填起來，也沒有承認自己犯了個大錯，反而要凱西的公司砸大錢在各種不同的機器上，把洞裡的水抽乾，在這同時，他可以想想到底下一步要怎麼走。

顯然，這不是第一個沒有獲得合格工程師、建築師、或房地產商允許就開始的建案。當然，這些人從一開始就被仔細挑選出來組成團隊，還領了大筆薪水，但最後大公想怎麼做就怎麼做，沒人可以說話。他可是有座城市要打造呢！何必讓結構工程這種小事阻撓他呢？

每每有新建案時，土地法也成了只是參考用的而已。凱西覺得這只是謠言，但很顯然地，以七星級旅館做爲賣點的杜拜帆船酒店坐落在其私人島嶼上，原本他們是想要在頂樓蓋一個賭場的，因爲酒店是在「外海」，所以這樣一來禁賭法在裡頭就不適用了。可是看來有人推翻了這樣的決定，或許這就可以解釋爲甚麼現在超高級的天空酒吧（Sky Bar）裡會有這些醜得要命的地毯了。

凱西認識一些同樣受雇於她們公司，但在阿布達比工作的人。他們被雇用去建一座島——雖然這跟世界島或宇宙島比起來是很小的建案——但仍然是一整座島啊！這座島已經快要完成了，但直到要把人們弄到島上來時，他們才想到碼頭可是要從大公兄弟的土地上開始延伸才可行啊。

他們都覺得這不會是個問題，你會想這兩人在建案開始之前應該就有討論過了吧？畢竟是一家人啊！但事實並非如此，直到接近落成，他們才發現負責最終決策的大公忘了問他的兄弟可不可以在他的領土上蓋一座通往小島的通道。而大公的兄弟則叫他去死。很顯然地，兄弟鬩牆在這裡扮演了一定的角色。即使是——兩個之中較有權力，可以推翻期兄弟決定——的大公也束手旁觀不想倘這場混水。畢竟錢都已經砸下去了，這座島的和被雇來打造島嶼的工人的命運就這樣懸滯著。除此之外，大公才剛買了一艘一百三十米的遊艇，他很喜歡在另一座新建的島上停泊。

凱西的好朋友，洛可就有參與這項建案，我已計畫要在幾個星期後跟他見面，然後我們會一起去阿曼的木珊丹半島浮潛。

不幸的是，特地爲了尊貴的大公所疏通的島灣只有八十米寬，六米深而已，而大公可不喜歡

美麗的帆船酒店夜景……

這樣。根據洛可表示，這樣大公就得把他的豪華遊艇停在一哩外的海上，然後再搭快艇過來。這太不方便了，尤其是他通常都會騎著動力滑板車（如果你沒看過的話，就是兩輪、電動的運輸工具）到處趴趴走，用小船的話很難運輸他的動力滑板車。所以沒過多久他就拋棄了他自己打造出的沙漠島。

雖然如此，洛可還是認爲大公是個很不錯的傢伙，盡管他做的夢有點危險。由於工作的關係，他和大公相處的時間很長。大公對在公國各處宮殿中的民衆非常親切，甚至還幫民衆忙打造了一座游泳池。

但是當然，在測試附近的道路時，必須要確定寬度可以讓他的動力滑板車通過。甚至一座可以帶他到一個美麗洞穴的小橋也必須要有一定的寬度，而洛可就在那邊負責測試。

他摒住呼吸，站在那看著偉大的大公調整他的白色長袍，避免纏住腳下玩具的輪子。你可以想像，當大公從他的電動滑板車上下來，並告訴他們所有人，他對於新的道路感到非常滿意時，洛可體驗到了他職業生涯的最高峰。

或許更有趣的是，大公會與職業格鬥選手往來，他本身也具有巴西格鬥術的黑帶資格。在打鬥中，除了挖眼睛和咬人外，甚麼都可以做。大公太愛這項運動了，因此出於善意地，他收養了二十名貧困的兒童，讓他們上學、鼓勵他們鍛鍊身體，並幫助他們從事自己所選擇的武術項目。

根據洛可在皇宮的消息來源之一，他們現在幾乎可以說是一組小型軍隊了，到處參加國際性比賽，而且還時常獲勝。很酷吧！這傢伙可是活生生的阿拉伯傳奇。因此，在沙漠中打造出一整座城市對他來說根本不算什麼。

我熱愛聽到這個地方的內幕消息！我本來可以跟凱西在這坐上幾個小時，但是我們的咖啡已經涼了，招待的巧克力也被我們吃完了，即使是薪水爆高的人，胃裡也就只能裝這麼多昂貴的調酒。現在琴酒的酒力退了，而我發現凱西對他公司現況的擔憂，遠比自己所吐露的還多。她的整個生活都搬來了這裡，然後現在卻看著事情逐漸惡化。她擔心公司很快就要開始裁員了。這樣的沮喪感讓她在私底下頗有微詞，但是她卻無法跟其他人提及她對於這些失敗建案的擔憂，因為沒有人應該知道杜拜正向下沉淪中。

好在她很努力為未來存錢。她的未來在澳洲，而不是這裡……這或許也是件好事，即便是有一兩個島讓她很擔憂，但是她有的是錢，還是可以打通關，這點我很確定。

晴天霹靂

我想P.S計劃是正式宣告結束了。我覺得自己像個傻子。今天在午休的時候我跟愛爾蘭男聊了一下，他感覺比平常來得沉默，有點壓抑的樣子。我想可能又是因爲他的工作造成的吧，但是他說他有別的事情要告訴我，是有關於斯凡娜的事情。我慌了，我以爲她發生甚麼糟糕的事情；我有好幾天沒有聽到她的消息了。但接著他說：「我眞的、眞的很喜歡她。我自動在腦中把這句話翻譯成「我們墜入情網了，而且背著你我們甚麼都做了。」我不知道該說甚麼，所以我沉默了。我就站在那裡對著電話目瞪口呆的像個智障。他說的話，再加上他們一起做過的事情，在我腦海中越演越烈——一直演變到比事實還要誇張的地步。基本上，我現在最好的朋友，跟我的曖昧對象不但彼此看對眼還開始約會了，這下可好了。

當我的腦袋從不敢相信轉換到怒火中燒的接受，並快要抓狂的時候，愛爾蘭男問我：「你還好嗎？」這讓我更不爽，就像他狠狠了我拐子一樣。當一個男人告訴你一件讓你胃抽筋的消息，然後問你好不好時，你知道他就只是要讓自己好過一點而已。如果他眞的在乎你的感受，他就不會告訴你這件令人不爽的事情（或是跟你朋友亂搞）了吧，不是嗎？

我在停車場裡感到好孤單，我最近常對人大吼或是哭泣。但是，我試著不要掉眼淚，然後深呼吸一口氣，換上我最開心的語調，好像我根本不在乎一樣。困擾？當然不會啊！我眞爲你高興，她很棒，你也是，這眞是個天大的好消息啊，感謝你跟我說！還有甚麼事嗎？

我不確定他是否相信了，他太了解我了。而斯凡娜在被他自負的愛爾蘭魅力攻陷之前，一定也問過他我的事情。這整件事從一開始就糟透了，而這一切都要感謝我對M＆M可悲的愛。也難怪他會把我們的曖昧拋在腦後，然後去找更好的。但是……我們互相喜歡，他說，然後又問了一次我是否沒事。我感到我的下巴在顫抖，他確認了他們之間的感覺是互相的，再加上他第二次確定我是否安好的問題就好像甩了我兩巴掌一樣。

我想，這證實了他早就放棄喜歡我了，只是一直不知道該如何對我開口。他顯然已經發現自己喜歡斯凡娜多過我，但是卻看著我蕩婦一般的行徑。身爲一個善良、體貼的男人，他爲我感到不值。噢……愛爾蘭男居然可憐我。

他說的話就好像是爲我們……如果還有的話……僅存的扭曲愛戀的棺材，釘上最後一根釘子一樣。我可以清楚的看到……我在棺材裡面不停地敲打著、尖叫著，看著他跟斯凡娜邪惡地看著我被困住的靈魂，然後一起離開，離我而去，到山裡面。山裡面！這就是一切的起源，對吧！他們仍然在計畫著他們的靈性尼泊爾之旅。他們找到了共同的嗜好，一切線索都擺在我眼前，他們慢慢、慢慢地發展到現在。他們眞的要一起去那個該死的山裡了，他們一直如此，只是我從沒發現。他們也沒發現。愛爾蘭男又繼續說，一切就……這樣發生了。

我今天在公司所辦的事情是有史以來最少的——這是有原因的。我就是無法專心，甚至無法寫信給史黛西說發生了甚麼事情。甚至不能更新我的Facebook狀態：爲貝琪：痛恨全世界所有的人。

我想我早該預料到了……當你一開始就拒絕面對時，你根本看不見之後會發生的事情。我跟M＆M正在緊要關頭的那晚。在我打給斯凡娜之前，我甚至不知道他們那天晚上自己去了酒吧，之前我們都是一起去的。在那次媒體派對宴會上，她不像我們之前那樣對於P.S計畫大發議論，卻只是盯著她的調酒，大概是想要跟我說她對他有感覺，但是卻不知道該如何開口吧。我那時就應該看出來了。但是我這些日子以來既自私又愚蠢，只沉浸在自己的可悲生活和野心之中，連這麼明顯的事情都沒有發現！這就是杜拜對我的影響嗎？

但我起碼知道一件事情。我現在的感覺：我想像和他們兩個單獨在一起時，所感到的空虛，絕對遠比當時M＆M在新年時把我甩了還要更痛苦。這比被甩還糟，我只能這麼說。我從沒有這樣被甩過，因為我從沒有給我們機會在一起。而現在只留下太多「如果」。

我太懦弱了，當我第一次有機會把握我跟愛爾蘭男在西班牙所留下的一切時，我還是沒辦法跟M＆M斷得一乾二淨。我太膽怯、太受限了。覺得自己不應該在M＆M對我如此迷戀時，再去喜歡別人。每次我表現出他不是我的第一順位時，我都不知道要如何面對他的絕望和憤怒。所以在心意搖擺不定的同時，我也助長了這一切。當然，我曾試著要跟他分手，但是我總是會回頭。即使我沒有完全回到他身邊，但我還是讓他覺得他可以再找我。我不應該給他這種感覺的，一點也不。總之，現在當我回想起來，我的心其實一直都不是屬於他的。但如果是這樣的話，為甚麼我現在卻感到心碎了呢？

當晚，斯凡娜試著要打電話給我，但我無法接她的電話。我看著她的來電顯示，感覺自己真是個賤貨，因為我明知道她很有可能覺得自己糟透了。我是她這些日子以來，在杜拜最好的朋友。但是我還是想不到要對她說甚麼。我知道她不是故意的，她美豔動人、聰明、又風趣，而他也是個很棒的男人。說到底，其實還是我介紹他們認識的啊，一切都是我自找的。是我自己把他們倆湊成一對的。這些我都知道，但是我覺得自己超蠢，而且我眞的、眞的不想要接她電話。

不，這都是我的錯，所以我想我必須要面對這些後果。我想要一個人躲起來三個星期，吃巧克力、跟B.J單身日記的女主角布莉姬·瓊斯一樣，看著自己的大腿越來越肥；我希望自己可以被狗吃掉。杜拜的甚麼都是最大的，而我想我正式成了最大的窩囊廢了。

汪洋中的一條船

我幾乎要取消跟凱西的木珊丹半島浮潛之旅了，但伊文說我眞的應該要努力讓自己擺脫這一切，認識一下新的人。我猜他應該是受不了看著我每天在家癱瘓了吧。可以想見，我們家最近不是那麼溫馨美滿。伊文很有可能是受不了聽我一天到晚講這些愚蠢的感情事，而我也不想要再聽到他那個不發薪水的爛公司的事情了。但是，爲了展現出友情和團結，我們還是繼續向對方傾訴、惹毛彼此、然後讓事情變得更糟。朋友不就是這樣嗎？

木珊丹半島位於阿曼的最北邊，路程約幾個小時，如果你停在途中，給自己一個機會去欣賞一下杜拜現在……或是將會（如果他們終於可以完成建設的話）有多進步，你會發現這一路都很美。而在繁榮都市以外的所有事物，跟三十年前完全一樣。到處都可以看到駱駝、牛、和山羊。婦女從頭到腳都包得緊緊的。路邊還是有佈滿風沙的推車，販賣著水果和蔬菜，另外還有賣地毯的，和做瓷器的大鬍子。有點像是回到了在石油出現之前的大公國一樣。

凱西安排了一艘可以搭載十五個人的帆船，那是一艘大型的木船，停泊在一個被山嶽環繞的美麗景點。我們的印度船員負責開船，也包辦了我們所有的食物；他們可以做出很棒的魚料理，還有超好吃的沙拉，眞令人印象深刻。

喔，偷偷跟你說，我們帶了足夠的酒可以撐到最後一天。洛可是我第一個認識的人。他在我檢查腿上佈滿的紅豆冰時——八成是我前幾晚在遊艇俱樂部（碼頭上的那個遊艇俱樂部就在水裡，而最近蚊子大軍正開始進攻）時弄的，跳到我面前。總之，我抓完癢抬起頭來，他就在那，帶著一臉笑意和閃閃發亮的眼睛跟我說，他從凱西那聽說了很多我的事情，而顯然我也從凱西那聽了很多他的事情。我超想知道更多大公惡搞事件的細節，但他看起來完全不像那種跟皇室攪和以維生的人，不過，那種人的臉上也不會寫出來就是了。

對於木珊丹半島我只想說，我這輩子從沒看過這種顏色的海水。馬爾地夫是很不錯，但是從杜拜開車只要幾小時就可以看到的湛藍、深不見底的海水完全就可以與之匹敵。杜拜附近的海水或許曾經也是這樣，清澈到你可以看到十呎深的海床。但不斷的挖掘不只讓魚群消失，還攪起了泥沙，所以當你泡在及腰深的朱美拉海灘時，你甚至看不到自己的膝蓋。這眞的很可惜，而且讓我擔憂到底水裡還有甚麼。嗯，或許這就是爲甚麼蚊子越來越多的原因吧。

當帶著我的呼吸管從帆船跳下時，我直接就跳進了一群快速遊過的小魚之中。這其實是有點可怕——如果你一直不動的話，那些魚就會囓咬你的手指和腳趾。當我們靠在帆船的甲板上時，我們可以看見他們就在那等著我們。他們就像黃色和銀色交織成的鮮豔漩渦，如同水下的暴風雲一般。

我甚至看到海底有一隻魟魚！我從來沒有直接看過自己身下有魟魚。超大的！我得很可悲地承認，當我看著牠時，之前「史帝夫、艾文的遭遇閃過我腦海，讓我突然想要逃得遠遠的。紐西蘭人的洛可人超好的，手邊還準備好了充滿氣的游泳圈來救我。月光映照著我們愈來愈醉的臉，這個東西就成了我們照像用的支撐架，這也是本次旅行中我最愛的行程。沒有甚麼比得上在前不著村、後不著店的地方，跟一群陌生人玩酒醉的眞心話大冒險更有趣了。

我一邊啜飲著伏特加加可樂，一邊聽著洛可和凱西跟我們說著澳洲和紐西蘭的故事，我想他一定是想家了，我們或許身處在中東最美麗的一個角落，但是嚴酷的沙漠地貌和紐西蘭大自然所繪出的綠色畫布間的差異是非常巨大的。我曾在那裡待了一個月。我們也見證了夜間的魔法、霓虹之海。我一邊看著海洋閃閃發光，一邊聊著天。這似乎是因爲，在海水中微小的發光生物體，將氧氣和其他的身體化學作用結合而產生的光。很聰明吧？這眞是一種奇妙的現象。在黑夜之中，環繞在我們帆船周圍的海水，看起來就好像是流星一樣閃閃發光。

喔，對了，洛可超搞笑的！我好久沒有跟一堆陌生人在帆船上這樣，笑得這麼開心了。他住在阿布達比，而他的故事全是在說一些誇張的有錢人，和注定要失敗的建案。他的笑聲就好像會傳染一樣，讓你不禁想要捏他的臉頰。雖然我已經決定要保持很糟的心情，然後看著周遭的群山思考我受創的情況，但他眞的還蠻帥的。而自卑自憐現在成了我痛苦衣櫥中新的百搭服。

我還是沒有跟愛爾蘭男和斯凡娜好好談過，我就是沒辦法。史黛西叫我認清事實、放手、接受我是個蠢蛋的事實，然後祝他們幸福。我知道她說得沒錯，但到目前爲止，已經超過兩個星期了，而我愈久不接他們的電話，或主動打給他們，我就愈不知道該怎麼處理他們的事情。

我想我就是個懦夫吧，因爲我眞的希望他們幸福，也希望他們可以讓彼此幸福。我希望他們可以去爬很多山，在山丘上共舞，就像迪士尼從此幸福快樂的劇情一樣。我眞的是這麼想的！他

1 澳洲知名的鱷魚先生Steve Irwin，因於海底拍攝被魟魚刺到而身亡。

們是我杜拜最喜歡的兩個人，我也眞的很想念他們，但是，我眞的不想要知道他們的關係。我不想聽到他們的消息，不想看到他們，即使他們是個別出現也不想，因爲我眞的他媽的受傷了。而這讓我更恨我自己在M&M面前就像個白癡一樣。我知道我很自私，但是我不想要每看到他們在一起就恨自己一次。我只想要讓自己抽離出來。

顯然，杜拜早就不是我的救生艇了，但現在我的確是在在船上漂浮著。認識新的人、做些新的事情還是不錯啦！我想我應該要更努力去重新發現我快樂的一面，然後繼續維持這樣的狀態，這就正是爲甚麼我剛答應與洛可的約會，嗯，有何不可？

回去之後，在凱西跟我提起之前，我根本不知道他對我有意思。我想我相對鬱悶的心情、還有我沒剃毛又被蚊子咬得亂七八糟的雙腿，應該會嚇跑每個人吧，而且我也根本沒想到要談感情。說眞的，我現在也還是這麼想。但洛可是個很好相處的人，很有自信、很積極、又超級樂觀——就跟我剛到這裡的時候一樣。我現在眞的很需要有這些特質的人在我身邊。

貝琪即將單飛

可憐的伊文，他已經將近四個月沒拿薪水了，而且他的公司現在也真的是一團亂。希斯克里夫之前在討每個月的支票時，最後只拿到了少得可憐的薪水，而且還晚了將近三個星期才拿到。公司裡的每個人只能拿到現金「三百迪拉姆幣，而且還是他們真的完全沒錢買食物時才拿得到。伊文很快就要繳不出房租了，所以他不得不搬出我們的住處，這就是我為甚麼在一個星期之前，在濱海區那裡簽約租下了一間公寓套房。

一切都發生地很快，不過還好我們的租約也快到期了。我其實還蠻興奮的，但我當然沒跟伊文這麼說，畢竟他是我的朋友，而且他最近也真的很慘。我想要表現我的同情，但是想到幾天之後，我就可以有自己住處，讓我開心得要命。我已經好久都沒有像這個星期一樣這麼開心了，而且這跟我和洛可的幾次超棒約會一點關係的沒有，我說真的！

伊文打算在他有錢之前，先去住他朋友那，然後他就要離開杜拜了。「我要去旅行了，」他有天在我的門口對我宣布，然後他問我是不是借走了他的蘆薈眼膜，有的話麻煩還他。我根本無法想像伊文要怎麼在那麼小的空間中過活。他的東西比我還多，而且在我們剛搬進來的時候他就

1 約台幣二千三百元。

搶走了有最大間浴室的套房，因爲他有一整間藥房的貨要安置。而我，只有一條多芬的抑汗劑，還有一些兩年多前從藥妝店買來的化妝品，就這樣。但他說他一定得去旅行，或者說是，去做任何可以離開這個鬼地方的事。

我一直想要住套房。當我在紐約時，我去了我朋友馬汀在下東城區的套房。他有那種白天收在牆上，晚上拉下來以結省空間的床。我眞的覺得那是我看過最酷的東西了，我還花了十分鐘在那邊拉上拉下的，然後決定以後我也要弄一張這種床。但我想現在應該不行吧，我得把原本有的家具運過去，然後賣掉那些不能放進我新套房的東西，不過這就是冒險啊，不是嗎？我自己的住處呢！眞不敢相信，我從與史黛西共住在伊朗房一路進展到現在，終於可以自己住在一間漂亮新公寓的套房了，而且附近也沒有建築工地！

杜拜的房租降了很多，我最後以一年[2]五萬五迪拉姆幣的租金簽下了我這間套房。比我之前跟伊文住的那裡少了將近八千迪拉姆幣，而且就在濱海區遊艇俱樂部的正對面。我想我眞的會成爲遊艇俱樂部的常客，這裡比那間在媒體城，連一個派都不會做的英國酒館好得多了。只要我記得在下班後記得噴上防蟲液，就可以享受聚樂部的歡樂時光了，那個時段的葡萄酒可是買一送一。想像一下，我將會看著那些我買不起的遊艇，但完全不覺得怎麼樣，因爲我在對街就有一棟我輕鬆就可以負擔得起的住處，另外還有兩杯葡萄酒在手，喔耶！

現在想起來，我每年付的房租，都比我新住房的房租還貴。我也常聽到許多朋友離開，或是聽他們說想要離開。伊文可不是唯一一個。從一開始一個負債累累的無名小卒開始，在搬來杜拜將近兩年之後，我現在居然可以在濱海區過著意想不到的夢幻生活，但我卻無法讓我所有的朋友都在這裡與我同樂。現在我可以在五分鐘之內就攔到一台計程車，知道不管去任何地方的路程都不會超過一小時，但誰會在終點等我呢？

如果我一直想這些事情的話，感覺還滿糟的。所以，我寧可看著事情的光明面。能夠走路到每個地方眞的是一種奢華的享受啊，濱海區還有人行道呢。而且附近的購物中心裡面還有大超市。這讓老媽開心得不得了，因爲現在她知道我可能（只是可能而已）會買食物自己做飯，而不是一天到晚叫外賣或外食了。

這裡的泳池也很棒，旁邊甚至還有一個小的按摩池，有點像是我們之前在愛爾村的那個一樣，但這個不是在屋頂上，而是在建築物前的一塊空地上。這樣的設計就好像尖叫著要我們在那邊辦派對一樣。莎夏早就看好要在那邊辦趴了，而洛可也計劃好一整個周末都要在充氣墊上喝啤酒，然後叫肯德基外送到他的躺椅上。（我逐漸發現，他眞的很紐西蘭。）雖然我很興奮，但是想到要一個人住我還是有點怕怕的。當然，每個人都會說些好處，像是可以光著屁股在家走來走去，把我綠野仙蹤前傳音樂劇的原聲帶放到最大聲，昂首闊步地假裝自己是綠野仙蹤裡的那個女巫，把茶杯堆在牆角做成我自己的陶瓷翡翠城（我之前跟伊文也有這樣做，不過有穿著衣服就是了）。

我會在床上做所有事情，除了因爲我有權這麼做，也因爲沒有其他地方可以這麼做了。我有四十二英吋的電視供我任意支配。但是我還是有點擔心，一旦我過膩了這些奢華生活，我會覺得

2 約台幣四十三萬四千元。

有點孤單。我搞不好會再買一隻貓——一隻沒有被惡魔附身的的貓來陪我。接著我搞不好又會想要再買一隻，然後他們就會生一堆小貓，我又會狠不下心來把牠們丟掉。最後全家就會聞起來像是貓沙跟貓食，再也沒有人想要來拜訪我了，在我警覺到之前，我就會成了貓夫人貝琪，那個原本滿酷的，但現在卻有點怪怪的，而且一個朋友也沒有的人。

另外，一個人住也有很多討厭的地方，例如，得付全額押金、沒有人跟我分攤電視和網路的費用、而且還要自己或是找工資廉價的人來打掃（女傭們最近開始用打掃來賺外快）。雖然房租降了，但實際上其他的花費可能會比跟伊文一起住的時候還多。我告訴自己不要去想這些，也盡量不去想要怎麼把我所有的東西塞進一間套房裡面。

離開分租生活，沒有伊文睡在我隔壁房間，像是開始了另一個新世界。我的生活也開始步上正軌了。我的確有段時間把一切搞得一團亂，但我總是說，[3]如果生活給了你檸檬，那就來做檸檬汁吧！

奢華之戰

我今天得提早離開我可愛的新公寓，眞的很討厭。因為女傭又來了，她在打掃的時候我還眞的沒有地方可以躲。伊文說我是被寵壞的死小孩，居然還請女傭來打掃我的套房，也不過才十平方英呎大的地方罷了。但是，你知道，我眞的很忙，忙著做日光浴——外面好不容易稍微降溫了一點，還得去購物等等之類的。喔，好啦，我知道我有點驕縱，但是說眞的，她的服務眞的是物超所值。

這個女傭甚至還幫我燙衣服，太驚人了！洛可前幾天有來這裡，然後不小心掉了一件上衣在這。我洗完之後，我的女傭就拿去燙了，我邊準備上班邊看著她燙衣服，她甚至還幫我把衣服掛起來，好讓我在洛可下次來的時候可以遞給他看！

但與她共處一室使我不禁覺得有點糟，讓我覺得自己很刻薄。她可能才比我大不了幾歲，一句英文都不會講。雖然我試著要跟她交談，但是我們最後總是變成在模仿對方，就像是巴黎馬戲團的默劇演員那樣。她設法告訴我說她也有幫這棟公寓中其他戶打掃，我想她在這裡應該也小賺了一筆吧，應該是少數幾個可以在目前經濟衰退的情況下還有收入的人，畢竟這附近有很多亂

3 英文諺語。類似中文裡隨遇而安的意思。

七八糟的東西待整理。

這讓我想到一個我朋友所遇到的小麻煩。還記得羅雪兒嗎？那個被銀行僱員雇用的澳洲女孩，她被雇用的理由就是要讓那個人覺得自己很重要，其他甚麼事也不用做。就在昨天，她打算要離開杜拜回鄉度假一個月，但是卻在機場被扣留住了，還被留滯在一間審問室裡一整天！基本上，她被告知說她的銀行正對她提起訴訟，所以她不能出境。羅雪兒不知道該做何反應，她完全不知道銀行要告她——沒有人打電話給她，甚麼通知都沒有。我在杜拜一直都是自己跟銀行打交道，但即便如此，我還是常常被匯豐銀行氣個半死。而且，請僅記，這個女孩才二十二歲而已，她是我所見過最溫柔甜美的小東西。

現在的情況是，羅雪兒支付車貸的支票跳票了，她在銀行戶頭裡還有錢，但她最近剛失業，而因爲她要出境，貸款公司需要新的保人來擔保她的貸款。但這可憐的女孩完全不知道這件事情。不但錯過了她的班機，還在沒有食物的情況下，在機場裡被關了五個小時，然後被丟進警車，載到警察局又待了兩個小時。

警察局裡的警察對她說阿拉伯語，拒絕幫她找翻譯，還想要她在一張她看不懂的阿拉伯文表格上簽名。她拒絕了，而最後她的男友（因爲法律因素而不能承認他是她男友，他們也沒有住在一起）只好保她出來。這一切對她來說眞的是太丟臉了，她甚至連上廁所都有人跟著！好在，羅雪兒的機票是沒有時限的單程機票，所以她最後終於可以回到澳洲了，現在她打算乾脆就留在那算了。

全世界現在都在面對經濟衰退的問題，但杜拜重視這問題的程度遠高於其他地方，而且還立法，把規定強加於不幸受到經濟衰退影響的受害者。幸好我仍然有份工作，有個女傭，還有個套房的全新租約，在我生活中似乎也有了個新男人，但選擇待在這裡，眞的是個正確的決定嗎？我原本以爲如此，但現在我又產生了疑慮了，老天爺啊！

情況是英國的就業問題現在眞的是糟透了。在我所認識的人中，被裁掉的人比實際上有工作的人還多。我有一些朋友，最近在杜拜失業了，回去英國卻仍然找不到工作。我自己也有些負債，沒有人可以背著債務逃離杜拜，而我還有幾千塊的貸款還沒付完。我愈是去想，就愈覺得自己是被困在這裡了——盡管是在一個帶有游泳池、按摩池、警衛、附近還有超市，又附帶女傭的豪華套房中，但我仍然是受困的。如果我想要搭著便宜的航空去到任何地方待上超過一個周末的話，我也會被關到牢房，並且被阿拉伯文包圍，到時後又有誰會來保我出去呢？

說眞的，我現在就是住在一間豪華的監獄中；一間舒適，十乘以十呎的鍍金牢籠裡。我起床，看著女傭熨燙我的洋裝收藏，還有我類男友的上衣，想著我是多麼地幸運、多麼幸福，但最終現實是，我並不比一個在轉輪上奔跑的天竺鼠自由多少，只能待在鐵欄杆後，哪也去不了。

暮光之時

M&M發現我在游泳池的淺水區躺著讀《暮光之城：蝕》。隨著他踱步走到我的身邊，我的心臟都快要從喉嚨跳出來了，我還想乾脆把頭埋進水裡，希望他不要看到我，不過他早就看到我了，不知怎地，我知道即將會發生甚麼事情。

他彎下身來，他的臉過於貼近我的臉，問我有沒有在跟甚麼人約會。其實這個問題眞的有點蠢，好像如果我沒有在跟別人約會的話，他就不會來這裡，站在我的游泳池旁，滿頭大汗地打斷我與「愛德華和貝拉的約會一樣。看樣子，一定有人把洛可的事情跟他說了。

我早就在臉書上封鎖M&M了，但是他還是習慣會傳簡訊給在英國的史黛西，打探我的消息。他可能以為史黛西不會跟我說他有這麼做，但儘管她人在倫敦，她還是幾乎每天都會跟我進逐字分析。雖然說史黛西顯然是覺得M&M一直打探有點煩，因此開始無視於他的提問。而他一定是把她的沉默當作是我們在隱瞞他甚麼，還做了最壞的猜測。

我跟他說，這不關他的事，然後游到了泳池的另一邊，遠離他。天啊，我越來越擔心他會失控。正因爲我害怕他的這種有點躁鬱的反應，所以一開始才想要隱瞞他的。一開始的惡性循環就是這樣開始的！我甚麼也沒說，但他又走到我旁邊，跟我說他不敢相信我居然這麼快就開始跟別人約會了，問我知不知道這樣傷他有多深之類的鬼話……

我依然一語不發，把頭埋在書裡，希望讓自己看起來仍是在讀書。我把自己想像成貝拉，跳上愛德華的背，被他背進一棵高樹中，離這恐怖的怪獸遠遠的。

我又不是故意要開始跟洛可約會的。事實上，我甚至不確定自己是否可以被歸類到「穩定交往中」，他只是個有趣的相處對象罷了。事實上，當我們從木珊丹半島回來，他第一次打給我時，我們花了整整兩個小時在電話中討論甜玉米的價值，和一些有的沒的。當他從阿布達比老遠過來接我的時候，因為一時興起，他又把我載回去，帶我到一個全是妓女，又黑又髒的夜店去。他覺得看她們在舞池中與矮小的印度人耳鬢廝磨是件很有趣的事情，比坐著吃一頓五星級的晚餐來得有趣。

當我表示可以自己付帳時，洛可甚至會讓我付錢買喝的。我本來期待男人會負責付飲料錢，不過現在可以自己付帳的確蠻有新鮮感。我覺得這樣很平等，而不像是某個人保存良好的所有物或戰利品。有趣的是，像是這麼小的事情卻可以讓你的心態大大不同。

當然，洛可剛開始讓我不再執著於愛爾蘭男跟斯凡娜的事情，還有不受M&M的事情分心，但M&M很明顯仍然是我在杜拜情感困境的根源。但無可否認地，洛可和我是同一種人，我們會說些言不及義的垃圾話，然後做些要征服地球的計劃。我覺得洛可了解真正的我，而不是我準備好用來讓某人驚艷的那個版本，這個情況跟我和愛爾蘭男一開始認識的時候很像。在某種程度上，他們真的還滿相似的。

---

1 小說《暮光之城：蝕》的男女主角。

當M＆M站在那等我開口時，我大概重複讀了書上同一個段落十五次。他要我試著從他的角度去看待這件事情，所以我也想了一下。我想在分手之後，總是會有其中一個人先放手，不是嗎？而知道自己這麼快就被取代了，眞的會蠻不爽的。不過M＆M還是不需要知道洛可的事情，如我所說，他八成是去打探了一些消息，然後發現自己不太喜歡發現的事情。

我抬起頭來，看著他的汗濕透了橄欖球衫，眼神懇切地仍在等待我的答案，我突然覺得十分同情他，我覺得很心痛。這讓我嚇了一跳，我明明就準備好要跟防衛心和自負戰鬥了，但這種同情感卻侵襲了我。我對M＆M做的事情就跟愛爾蘭男對我做的事情一樣。而當愛爾蘭男同情我的時候，我眞的恨透那種感覺了。

當我在停車場跟愛爾蘭男講電話的時候，我覺得就好像有個侏儒拿著刀在刺我的膝蓋，想要我倒下摔個粉碎一樣。但是我堅強起來，就像M＆M現在想要做的一樣。我對於這個男人的新發現讓我對他感到尊敬；這個男人，站在那裡，因爲連我都不了解的原因而盲目地愛著我。我給了他一個我自己都覺得很假的微笑，然後聳了聳肩，希望這對他來說就夠了。不然我還能怎樣？我不想要向他確保他的確失去了我而傷害他，但我也不想要在這裡，就在我的泳池旁邊體驗到另外一場情緒性的攻擊演說。

在那一刻，M＆M站起身來跟我說，我讓他思考了幾件事情，他告訴我他要飛去他太太那，跟她離婚。我覺得我的下巴掉了下來，離婚？現在？

我看著他走開，然後馬上跑上樓打電話給史黛西。我連珠炮似地在電話中丟出一連串問題：過了這麼久，在我們經歷了這麼多事情之後，他眞的覺得離婚就會讓我愛他嗎？他眞的覺得在我對著他大喊出不只一次「我恨你」之後，我還是會回到他身邊嗎？如果我現在沒有跟別人在一起的話，他還是會想要離婚嗎？如果他沒有被逮到（跟我）有婚外情的話，他在幾個月前還會跟他太太說他根本就不愛他了嗎？

那天晚上洛可打給我，我直接將電話轉進語音信箱。對於M＆M的生氣和不爽讓我覺得很內疚，所以我不太想跟他說話。史黛西或多或少也影響了我的決定，基本上，她覺得如果M＆M還是會影響我的話，那我眞的還沒準備好要跟其他人在一起。她認爲我應該要退一步好好想一想是否因爲只是想有個人在身邊，就一頭熱地投入一段感情中。

當然，我抗議說我不是故意要讓這種事發生的，而且我們之間也沒有很認眞，但是她仍然堅持說我的腦袋和我的心還是在爲三個不同的男人而爭戰著。如果是這樣的話，那我就更不應該跟任何人在一起，甚至洛可也一樣，他除了不會像愛德華・庫倫一樣在陽光下發光，或是帶我飛過樹梢外，其他似乎都該死的完美，眞的。

我最恨每次都被她說中。

再會杜拜

M&M雖然終於離了婚，這並沒有改變我們之間的關係，但是他將一大筆錢匯入我的帳戶裡幫我償清債務的舉動，讓我驚訝得說不出話！他說他會這麼做是因為還愛著我，儘管我已經說得很清楚我跟他之前已經不可能了。但是他說他不想看到我被困在一個我不想再留的地方。

我對他如此慷慨的舉動，感動到說不出話來，我們一起歷經了這麼多事，在我這樣傷了他的心之後，他依然選擇幫助我，而且非常清楚債務還清之後，我便會頭也不回的離開杜拜。我想這應該意味著M&M已經從我們的關係中學會了放手：如果你真心愛一個人，緊抓住對方不放，或想控制他們未來可以交往的對象，都不會使他們再度愛上你。那句老話說得甚有道理，如果你愛某人，就要放他自由。

我不敢相信他真的這麼做了，他知道若是在以往，在我身上灑錢是不可能讓我快樂的，但是這次他這麼做，不是為了收買我的人或我的心，而是幫我贖回自由。

我答應M&M我以後一定會全數還他（天知道，我何時才能還清），但是他仍堅持不收我的錢。他要我到其他我可以展翅高飛的地方發展，做我自己真正想做的事。老實說我真的很想離開這地方，我忍受杜拜的時間，早已遠超過我享受的時間。我在這裡度過了畢生難忘的經驗，這點我非常清楚，我在杜拜做過的事情將永遠跟著我。雖然現在的我看起來有點像個不知感恩的傢伙，而且最後還將很多事情搞砸又差點回不了家，我知道當我以後回首想起這段日子，我會非常感激杜拜所帶給我的一切。

現在當初那種新奇的感覺都已經消磨殆盡，跟我預期的一樣，加入遊艇俱樂部或是擁有一份有穩定月薪的工作都不再使我快樂了，更何況現在我的朋友所剩無幾，大部分不是漸行漸遠就是早已離開杜拜。

伊文也走了，我們在哈瑞卡拉OK吧幫他辦了歡送派對，這個地方也今非昔比，想當年史黛西和我剛來的時候，這裡的員工知道我們每個人的名字，而現在這裡則充斥著西裝咖、刻意營造出一種矯揉造作的奢華氣氛，跟以前那個廉價酒吧喝到爽的氣氛有如天壤之別，現在的哈瑞卡拉OK吧和我、史黛西和交易員去吃早午餐的那間豪華五星級餐廳沒什麼兩樣，他現在還新增了歡樂酒吧時光，我想應該想讓生意激增、多賺點錢吧。

幾天前莎夏被開除了，她成天坐在辦公桌轉著手指，希望能夠有哪個專案計畫能夠落在她桌上，但是她的公司因爲經營不善，所以現在也接不到幾個案子。她哭著打電話給我，說她想帶著一身卡債潛逃回加拿大。在杜拜，如果你欠的是卡債，就不會在機場被攔下，會被攔下來的是那種借了個人信貸（房租、車貸、房貸等）才會。有個朋友說她的一個朋友現在借睡在她的車上，因爲她無家可歸。在她住的那區的停車場，管理員還會去洗那些被塵土覆蓋的廢棄跑車，這樣還住在那裡的人就分不清楚，到底有多少台車是被車主遺棄在那裡。

後來廣告公司又裁了好幾個人，妮娜原本以爲自己會被裁掉，但後來發現他們選擇裁掉菲律賓員工，而留下西方人（其實根本沒什麼差）。我們也不能在公司裡討論薪水，但是私底下大家都知道，那些菲律賓籍的員工做著和白人員工一樣的工作，領的薪水卻少很多，所以照理來說，公司應該要裁掉那些花掉比較多薪水預算的白人才對。我想他們應該也有其他考量因素，但我想我永遠也不會了解阿拉伯人的邏輯。

當我跟大頭一世說我要辭職時，氣氛還蠻怪的。我走進他的辦公室，坐在他桌子前面，然後一開口就告訴他我要辭職。我跟他說我的感情生活現在一團糟，我的朋友們都被開除了，我自己也想試試其他可能，離開杜拜去做其他事。我想要向他說之以理、動之以情，只希望他不要太生氣，畢竟我走了以後就沒有人能夠幫他拼字了。

我說完他朝我點了點頭，透過他的名牌眼鏡看著我，我等著他說出對我有多失望、或是我錯失了發展的大好機會之類的話，但等到的卻是幾秒鐘的沉默，然後他說：「老實說，我一直都覺得你當編輯比當一個「創意人」還適合，我之前很在意這件事，後來就想說忍一忍就算了。」

我咬了下唇，試圖想要釐清他話中的意思，我不知道這是讚美還是侮辱，又或許可能他用英文表達的不清楚，或是講錯了，但都不是，他這個人決定要將傲慢大頭症的精神貫徹始終。

我本來也想脫口而出，說我也忍受他很久了，但是決定不要跟這個人計較。反正廣告這條路，現在不是、未來也不會是我要走的路。

我決定要將我美麗的小套房分租出去，飛到美國找伊文，他已經「旅行」了好幾個禮拜了。他工作的那間媒體公司仍然欠他一大筆薪水，他現在考慮要採取法律途徑，但看起來似乎也不會有什麼效用。希斯克里夫直接忽略所有他寄來，主旨與薪水有關的信件，同時他也希望能夠鞏固自己在公司的地位，因此更加積極出現在各大典禮場合，展現他的社交手腕，並且睡遍全市所有可睡的女人。

我想我會想念杜拜很多事情，雖然其中有很大部分都是很膚淺的事：例如只要出門就可以以計程車代步，有女傭可以打掃家裡、可以租下一整間獨立套房、薪資優渥的穩定工作等。即使M&M不幫我償清債務，我預估只要再半年就可以自己付清，這些都是我引以為傲的事情。

除此之外，我想杜拜不是個我會考慮定居終生的地方。首先，這裡和世界上其他地方都不一樣，我在這裡也沒有什麼歸屬感，對杜拜本身沒有什麼好留戀的。我當初離開紐約的時候心都碎了，捨不得離開那個城市和在那裡結交的好友。我坐在我倫敦的床哭著思念曼哈頓，熟悉的街道、景色、味道和旺盛的能量。但是杜拜對我而言，卻像是沒有靈魂似的。

巨型廣告看板上曾經佈滿杜拜向大衆承諾的空泛夢想，要建造更多的豪華住宅區和更新更大的主題樂園，現在則是充滿了雞肉和電信公司廣告，這年頭的杜拜，已經沒有什麼可以炫耀了。大公們還是掌控全局，一樣地充滿權威和權力，如同我之前和史黛西走路回家時發現的那樣，只不過現在那些看板上的大公，不再有公信力了。在我腦中他所代表的一切，就如同被炙熱陽光無情曝曬的看板一樣，一天比一天消褪。

世界島、宇宙島、時尚島……諸如此類的計畫，使我大開眼界，讓我腦中興奮地無法思考，誤以為自己住在全世界最棒、最先進、最頂級的地方，然而現在，這些島在哪裡？它們仍只是新聞稿上聳動的噱頭，存在的目的只是為了取悅渴望奇蹟的民衆。最終，那些我曾經相信杜拜可以成就的夢想，都崩落成塵土，被吹向無垠的沙漠。直到現在，他們都還沒有要動工建造侏儸紀公園。

這讓我不禁思考，杜拜眞的像我以前想得那樣偉大嗎？潘蜜拉・安德森、布萊德・彼特、大衛・貝克漢，全都因爲相信這個美夢，而投資了大筆資金在這裡，同時也希望全世界其他人能夠跟進，但是結果還是不如人願。當我打包一箱箱的行李準備運回倫敦，我猜想這些人眞的是像媒體說的那樣對杜拜抱持厚望嗎？我自己是媒體界的人，我的工作就是要時常和這城市保持聯繫，我常常諷刺地將這些有的沒有的故事告訴家鄉的朋友，博君一笑，但是杜拜的生活方式和價值觀，卻也潛移默化地影響了我：我相信聳動的頭條，願意繼續做夢，我渴望金錢、權力和注意力，就像世界上其他人一樣。

我幫忙打造了杜拜的廣告業，直到幾天前，我都是被雇來想出杜拜有史以來最棒的口號的成員之一：杜拜，一個任何事都有可能成眞的城市！

我來到這裡以後，許多人來來去去我的生活，有些人我會永遠保持聯繫，但有些像是交易員、銀行家等人，我已經好幾個月沒見過了。而且海蒂也不再打電話給我了，本來她十分看好我和愛爾蘭男在一起，到後來覺得**M&M**其實是個很棒的男人。他們兩人現在還會一起吃飯，**M&M**是個好男人，但是僅止於當朋友。我早該在幾個月前就劃清界線，我看到了我不該看到的一面，但反過來想他也看到我不欲人知的一面。

我難以開口告訴洛可我要離開的消息，他從阿布達比開車過來找我，我們兩個一起去喝一杯。他抱住我，跟我說再見，然後輕嘆了一聲跟我說：「有一天，你會知道我是多棒的一個人。」那天晚上，我將手機轉入語音信箱，隔天我回撥給他，跟他解釋我各方面都沒準備好要跟他走下去。後來我又跟他說離開杜拜去探索其他可能，是我做過最健康的決定，而他竟然欣然同意。現在他的公司好像也有點不大穩定，他自己也有在近期內離開的打算。

跟伊文去旅行之後要做什麼呢？我決定要先回去倫敦見我的家人，花些時間陪露西和其他朋友，吃著炸馬鈴薯沾咖哩醬，開心地沉浸在沒有任何文字禁忌和限制的垃圾雜誌和電視裡。至於接下來，我還眞不知道要做什麼呢！兩年前我在倫敦小公寓裡打包的時候，完全不知道杜拜會爲我帶來什麼衝擊和影響，那時的我，也不知道未來會如何發展，就如同現在我要離開杜拜一樣。伊文希望我去雪梨，史黛西也是，因爲她再也受不了倫敦的陰溼和寒冷的氣候了。他們說我們在澳洲也可以租下一棟有游泳池的房子，穿著夾腳拖悠閒地在海灘漫步，聽起來眞令人動心。洛可也有親戚住在雪梨，不過現在的我還不想想那麼多。

不管未來如何發展，我都要向杜拜說再見了，再會杜拜，我走了。是該展開全新旅程的時候了，遠離這些覆滿沙塵的大樓、空虛的夢想和膚淺的人。我現在很開心，當然等我到倫敦開始要拆行李，或是要從希斯羅機場坐地鐵道我哥哥家那段路，或要自己煮晚餐或打掃房間時，可能會很痛苦……該死的！

人要離開杜拜也許不難，但是要將杜拜的影子從我身上移去，可能要花上一輩子的時間。

國家圖書館出版品預行編目資料

慾望杜拜／貝琪 ‧ 威克著. -- 初版. -- 臺中市：
晨星, 2011.09
面；　公分. --（勁草！；334）

ISBN 978-986-177-524-1 平裝）

873.6　　100014511

勁草！334

慾望杜拜

作者　貝 琪 ‧ 威 克
編輯　陳 巧 凝
校對　張 雅 婷
美術編輯　許 芷 婷
封面設計　陳 其 輝

負責人　陳銘民
發行所　晨星出版有限公司
台中市工業區 30 路 1 號
TEL:(04)23595820　FAX:(04)23597123
E.mail:morning@morningstar.com.tw
http://www.morningstar.com.tw
行政院新聞局局版台業字第 2500 號
法律顧問　甘龍強律師
承製　知己圖書股份有限公司　TEL：(04)23581803
初版　西元 2011 年 9 月 30 日

總經銷　知己圖書股份有限公司
郵政劃撥：15060393
（台北公司）台北市 106 羅斯福路二段 95 號 4F 之 3
TEL:(02)23672044　FAX:(02)23635741
（台中公司）台中市 407 工業區 30 路 1 號
TEL:(04)23595819　FAX:(04)23597123

定價 350 元
（缺頁或破損的書，請寄回更換）
ISBN 978-986-177-524-1

Printed in Taiwan

請填妥後對折裝訂，直接投郵即可，免貼郵票。

廣告回函
台灣中區郵政管理局
登記證第267號
免貼郵票

407

台中市工業區30路1號

晨星出版有限公司

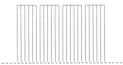

請沿虛線摺下裝訂，謝謝！

更方便的購書方式：

(1) 網站：http://www.morningstar.com.tw

(2) 郵政劃撥 帳號：15060393

戶名：知己圖書股份有限公司

請於通信欄中註明欲購買之書名及數量

(3) 電話訂購：如為大量團購可直接撥客服專線洽詢

◎ 如需詳細書目可上網查詢或來電索取。

◎ 客服專線：04.23595819#230 傳真：04.23597123

◎ 客戶信箱：service@morningstar.com.tw

◆讀者回函卡◆

以下資料或許太過繁瑣，但卻是我們瞭解您的唯一途徑
誠摯期待能與您在下一本書中相逢，讓我們一起從閱讀中尋找樂趣吧！

姓名：____________________ 性別：□男 □女 生日： ／ ／

教育程度：________________

職業：□學生 □教師 □內勤職員 □家庭主婦
□SOHO族 □企業主管 □服務業 □製造業
□醫藥護理 □軍警 □資訊業 □銷售業務
□其他 ________________

E.mail：________________________________ 聯絡電話：____________________

聯絡地址：□□□____

購買書名：慾望杜拜

・本書中最吸引您的是哪一篇文章或哪一段話呢？____________________________

・誘使您購買此書的原因？

□於 _______ 書店尋找新知時 □看 _______ 報時瞄到 □受海報或文案吸引
□翻閱 _______ 雜誌時 □親朋好友拍胸脯保證 □ _______ 電台DJ熱情推薦
□其他編輯萬萬想不到的過程：____

・對於本書的評分？（請填代號：1. 很滿意 2. OK啦！ 3. 尚可 4. 需改進）

封面設計 _________ 版面編排 _________ 內容 _________ 文／譯筆 _________

・美好的事物、聲音或影像都很吸引人，但究竟是怎樣的書最能吸引您呢？

□價格殺紅眼的書 □內容符合需求 □贈品大碗又滿意 □我誓死效忠此作者
□晨星出版，必屬佳作！ □千里相逢，即是有緣 □其他原因，請務必告訴我們！

____

・您與眾不同的閱讀品味，也請務必與我們分享：

□哲學 □心理學 □宗教 □自然生態 □流行趨勢 □醫療保健
□財經企管 □史地 □傳記 □文學 □散文 □原住民
□小說 □親子叢書 □休閒旅遊 □其他 ______________

以上問題想必耗去您不少心力，為免這份心血白費
請務必將此回函郵寄回本社，或傳真至（04）2359.7123，感謝！
若行有餘力，也請不吝賜教，好讓我們可以出版更多更好的書！

・其他意見：

晨星出版有限公司 編輯群，感謝您！